La elegancia del erizo

Muriel Barbery

Traducción de Isabel González-Gallarza

Seix Barral

Título original: *L'élégance du hérisson*

© Editions Gallimard, 2006
© por la traducción, Isabel González-Gallarza, 2007
Derechos exclusivos de edición en español reservados para todo el mundo:
© Editorial Seix Barral, S. A., 2010
    Avinguda Diagonal, 662, 6.ª planta. 08034 Barcelona (España)
    www.seix-barral.es

Primera edición en Colección Booket: marzo de 2010

Depósito legal: B. 4.256-2010
ISBN: 978-84-322-5065-1
Impresión y encuadernación: Printer Industria Gráfica
Printed in Spain - Impreso en España

A Stéphane, con quien he escrito este libro.

MARX

(PREÁMBULO)

1

QUIEN SIEMBRA DESEO

—Marx cambia por completo mi visión del mundo —me ha declarado esta mañana el niño de los Pallières, que no suele dirigirme nunca la palabra.

Antoine Pallières, próspero heredero de una antigua dinastía industrial, es el hijo de una de las ocho familias para quienes trabajo. Último bufido de la gran burguesía de negocios —la cual no se reproduce más que a golpe de hipidos limpios y sin vicios—, resplandecía sin embargo de felicidad por su descubrimiento y me lo narraba por puro reflejo, sin pensar siquiera que yo pudiera estar enterándome de algo. ¿Qué pueden comprender las masas trabajadoras de la obra de Marx? Su lectura es ardua; su lenguaje, culto; su prosa, sutil; y su tesis, compleja.

Y entonces por poco me delato como una tonta.

—Deberías leer *La ideología alemana* —le digo a ese papanatas con trenca color verde pino.

Para comprender a Marx y comprender por qué está equivocado, hay que leer *La ideología alemana*. Es la base antropológica a partir de la cual se construirán todas las exhortaciones a un mundo nuevo, y sobre la que reposa una certeza esencial: los hombres, a quienes pierde el deseo, harían bien en limitarse a sus necesidades. En un mundo en el que se amordace la *hibris* del deseo podrá nacer una organización social nueva, despojada de luchas, opresiones y jerarquías deletéreas.

—Quien siembra deseo, recoge opresión —a punto estoy de murmurar como si sólo me escuchara mi gato.

Pero Antoine Pallières, cuyo repugnante y embrionario bigote nada tiene de felino, me mira desconcertado por mis extrañas palabras. Como siempre, me salva la incapacidad que tienen los seres de dar crédito a todo aquello que hace añicos los marcos que compartimentan sus mezquinos hábitos mentales. Una portera no lee *La ideología alemana* y, por lo tanto, no podría de ninguna manera citar la undécima tesis sobre Feuerbach. Por añadidura, una portera que lee a Marx, a la fuerza lo que le interesa tiene que ser la subversión, y le vende el alma a un diablo llamado CGT. Que pueda leer a Marx para elevar su espíritu es una incongruencia que ningún burgués llega a concebir siquiera.

—Saluda a tu madre de mi parte —mascullo, cerrándole la puerta en las narices, con la esperanza de que la fuerza de prejuicios milenarios cubra la disfonía de ambas frases.

2

LOS MILAGROS DEL ARTE

Me llamo Renée. Tengo cincuenta y cuatro años. Desde hace veintisiete, soy la portera del número 7 de la calle Grenelle, un bonito palacete con patio y jardín interiores, dividido en ocho pisos de lujo, todos habitados y todos gigantescos. Soy viuda, bajita, fea, rechoncha, tengo callos en los pies y también, a juzgar por ciertas mañanas que a mí misma me incomodan, un aliento que tumba de espaldas. No tengo estudios, siempre he sido pobre, discreta e insignificante. Vivo sola con mi gato, un animal grueso y perezoso, cuya única característica notable es que le huelen las patas cuando está disgustado. Ni uno ni otro nos esforzamos apenas por integrarnos en el círculo de nuestros semejantes. Como rara vez soy amable, aunque siempre cortés, no se me quiere, si bien pese a todo se me tolera porque correspondo tan bien a lo que la creencia social ha aglutinado como paradigma de la portera de finca, que soy uno de los múltiples engranajes que hacen girar la gran ilusión universal según la cual la vida tiene un sentido que se puede descifrar fácilmente. Y como en alguna parte está escrito que las porteras son viejas, feas y ariscas, también está grabado en letras de fuego en el frontón del mismo firmamento estúpido que dichas porteras tienen gruesos gatos veleidosos que se pasan el día dormitando sobre cojines cubiertos con fundas de crochet.

Asimismo, también está escrito que las porteras ven la televisión sin descanso mientras sus gruesos gatos dormitan, y que el vestíbulo del edificio tiene que oler a potaje, a sopa o a guiso de legumbres. Tengo la inmensa suerte de ser portera en una residencia de mucha categoría. Era para mí tan humillante tener que cocinar esos platos infames que la intervención del señor de Broglie, el consejero de Estado del primero —intervención que debió de describir a su esposa como educada pero firme, y que tenía como fin erradicar de la existencia común ese tufo plebeyo—, fue un inmenso alivio que disimulé lo mejor que pude bajo la apariencia de una obediencia forzosa.

Eso fue hace veintisiete años. Desde entonces, voy cada día a la carnicería a comprar una loncha de jamón o un filete de hígado de ternera, que guardo en mi bolsa de la compra entre el paquete de fideos y el manojo de zanahorias. Exhibo con complacencia estos víveres de pobre, realzados por la característica apreciable de que no huelen porque soy pobre en una casa de ricos, con el fin de alimentar a la vez el lugar común consensual y a mi gato, *León*, que si está gordo es por esas viandas que deberían estarme destinadas, y que se atiborra ruidosamente de embutido y pasta con mantequilla mientras yo puedo dar rienda suelta, sin perturbaciones olfativas y sin levantar sospechas, a mis propias inclinaciones culinarias.

Más ardua fue la cuestión de la televisión. En tiempos de mi difunto esposo, me acostumbré sin embargo, porque la constancia con que éste se aplicaba a su contemplación me ahorraba a mí la pejiguera de tener que hacerlo yo. Llegaba hasta el vestíbulo el ruido ahogado del aparato, y ello bastaba para perpetuar el juego de las jerarquías sociales, la apariencia de las cuales, una vez fallecido Lucien, tuve que esforzarme por mantener, a costa de más de un quebradero de cabeza. En vida, mi marido me liberaba de la inicua obligación; una vez muerto, me privaba de su incultura, escudo indispensable contra el recelo ajeno.

La solución la hallé en un botón que no era tal. Una campanilla unida a un mecanismo que funciona por infrarrojos me avisa ahora de cualquier ir y venir por el vestíbulo del edificio, lo cual hace inútil todo botón que, al pulsarse, me advertiría de alguna presencia en el portal, por muy lejos que yo me encontrase. En tales ocasiones, permanezco en la habitación del fondo, donde paso la mayor parte de mis horas de ocio y donde, al amparo de los ruidos y los olores que mi condición me impone, puedo vivir como me place sin verme privada de la información vital para todo centinela, a saber: quién entra, quién sale, con quién y a qué hora.

Así, los residentes que cruzaban el vestíbulo oían los sonidos ahogados que indican que hay un televisor encendido y, más por carencia que por exceso de imaginación, se formaban la imagen de la portera arrellanada en el sofá ante la caja tonta. Yo, encerrada en mi antro, no oía nada pero sabía que alguien transitaba. Entonces, en la habitación contigua, por el ojo de buey situado frente a la escalera, oculta tras el visillo blanco, averiguaba con discreción la identidad del transeúnte.

La aparición de las cintas de vídeo y, más adelante, del dios DVD, cambió las cosas de manera aún más radical en lo que a mi beatitud se refiere. Como no es muy frecuente que una portera disfrute con *Muerte en Venecia*, y que de la portería provengan notas de Mahler, recurrí a los ahorros conyugales, con tanto esfuerzo reunidos, y adquirí otro aparato que instalé en mi escondrijo. Mientras, garante de mi clandestinidad, el televisor de la portería berreaba sin que yo lo oyera insensateces para cerebros poco o nada refinados, yo podía extasiarme, con lágrimas en los ojos, ante los milagros del Arte.

Idea profunda n.º 1

Ansío las estrellas
mas abocada estoy
a la pecera

Aparentemente, de vez en cuando los adultos se toman el tiempo de sentarse a contemplar el desastre de sus vidas. Entonces se lamentan sin comprender y, como moscas que chocan una y otra vez contra el mismo cristal, se inquietan, sufren, se consumen, se afligen y se interrogan sobre el engranaje que los ha conducido allí donde no querían ir. Los más inteligentes llegan incluso a hacer de ello una religión: ¡ah, la despreciable vacuidad de la existencia burguesa! Hay cínicos de esta índole que comparten mesa con papá: «¿Qué ha sido de nuestros sueños de juventud?», preguntan con aire desencantado y satisfecho. «Se han desvanecido, y cuán perra es la vida…». Odio esta falsa lucidez de la edad madura. La verdad es que son como todos los demás: chiquillos que no entienden qué les ha ocurrido y que van de duros cuando en realidad tienen ganas de llorar.

Sin embargo, es fácil de comprender. El problema está en que los hijos se creen lo que dicen los adultos y, una vez adultos a su vez, se vengan engañando a sus propios hijos. «La vida tiene un sentido que los adultos conocen» es la mentira universal que todos creen por obligación. Cuando, una vez adulto, uno comprende que no es cierto, ya es demasiado tarde. El misterio permanece intacto, pero hace tiempo que se ha malgastado en actividades estúpidas toda la energía disponible. Ya no le queda a uno más que anestesiarse como puede tratando de enmascarar el hecho de que no le encuentra ningún sentido a la vida, y engaña a sus propios hijos para intentar convencerse mejor a sí mismo.

De entre las personas que frecuenta mi familia, todas han seguido el mismo camino: una juventud dedicada a tratar de rentabilizar la propia inteligencia, a exprimir como un limón el filón de los estudios y a asegurarse una posición de elite; y luego toda una vida dedicada a preguntarse con estupefacción por qué tales esperanzas han dado como fruto una existencia tan vana. La gente cree ansiar y perseguir estrellas, pero termina como peces de colores en una pecera. Me pregunto si no sería más sencillo enseñarles a los niños desde el principio que la vida es absurda. Ello le robaría algunos buenos momentos a la infancia, pero permitiría que el adulto ganara un tiempo considerable (por no hablar de que uno se ahorraría al menos un trauma: el de la pecera).

En lo que a mí respecta, tengo doce años, vivo en la calle Grenelle, número 7, en un piso de ricos. Mis padres son ricos, mi familia es rica y por consiguiente mi hermana y yo somos virtualmente ricas. Papá es diputado, después de haber sido ministro, y sin duda llegará a ser presidente de la Asamblea Nacional y se pimplará la bodega entera del palacete de Lassay, sede de dicha Asamblea. Mamá… Pues bien, mamá no es lo que se dice una lumbrera pero tiene cierta cultura. Es doctora en letras. Escribe sus invitaciones para cenar sin faltas de ortografía y se pasa el tiempo dándonos la tabarra con referencias literarias («Colombe, no te pongas en plan Guermantes», «Tesoro, eres una verdadera Sanseverina»).

Pese a ello, pese a toda esta suerte y toda esta riqueza, hace mucho tiempo que sé que el destino final es la pecera. ¿Que cómo lo sé? Pues porque da la casualidad de que soy muy inteligente. Excepcionalmente inteligente, incluso. No tengo más que compararme con los demás niños de mi edad para ver que nos separa un abismo. Como no me apetece mucho llamar la atención, y en una familia en la que la inteligencia se considera un valor supremo a una niña superdotada no la dejarían nunca en paz, en el colegio trato de hacer menos de lo que podría, pero aun así siempre soy la primera en todo. Hay quien podría pensar que resulta fácil hacerse pasar por alguien con una inteligencia normal cuando, como yo, a los doce años se tiene el nivel de una universitaria de una facultad de dificultad superior. Pero ¡no, en absoluto! Hay que esforzarse mucho por parecer más tonto de lo que se es. Aunque, en cierta manera, este empeño no salva de morir de aburrimiento: todo el tiempo que no tengo que pasar aprendiendo y comprendiendo, lo empleo en utilizar el estilo, las respuestas, las formas de proceder, las preocupaciones y los pequeños errores de los buenos alumnos normales y corrientes. Leo todo lo que escribe Constance Boret, la segunda de la clase, en mates, lengua e historia, y así me entero de lo que tengo que hacer: en lengua, una serie de palabras coherentes y correctamente ortografiadas; en mates, la reproducción mecánica de operaciones desprovistas de sentido; y en historia, una sucesión de hechos ligados entre sí por conectores lógicos. Pero incluso si me comparo con los adultos, soy mucho más lista que la mayoría de ellos. Así son las cosas. No me siento especialmente orgullosa porque tampoco es que el mérito sea mío. Pero lo que está claro es que yo no pienso terminar en la pecera. He reflexionado mucho antes de tomar esta decisión. Incluso para una persona tan inteligente como yo, con tanta facilidad para los estudios, tan diferente de los demás y tan superior a la mayoría de la gente, mi vida ya está toda trazada, lo cual es tristísimo: nadie parece haber caído en la cuenta de que si la existencia es absurda, lograr en ella un éxito brillante no tiene más valor que fracasar por completo. Simplemente es más cómodo. O ni siquiera: creo que la lucidez hace amargo el éxito, mientras que la mediocridad alberga siempre alguna esperanza.

He tomado pues una decisión. Pronto dejaré atrás la infancia y, pese a mi certeza de que la vida es una farsa, no creo que pueda resistir hasta el final. En el fondo, estamos programados para creer en lo que no existe, porque somos seres vivos que no quieren sufrir. Por ello empleamos todas nuestras energías en convencernos de que hay cosas que valen la pena y que por ellas la vida tiene sentido. Por muy inteligente que yo sea, no sé cuánto tiempo aún podré luchar contra esta tendencia biológica. Cuando entre en el mundo de los adultos, ¿seré todavía capaz de hacer frente al sentimiento de lo absurdo? No lo creo. Por eso he tomado una decisión: al final de este curso, el día en que cumpla 13 años, el próximo 16 de junio, me suicidaré. Pero cuidado, no pienso hacerlo a bombo y platillo como si fuera un acto de valentía y un desafío. De hecho, más me vale que nadie sospeche nada. Los adultos tienen con la muerte una relación rayana en la histeria, el hecho adopta proporciones enormes, se comportan como si fuera algo importantísimo cuando en realidad es el acontecimiento más banal del mundo. Por otra parte, lo que a mí me importa no es el hecho del suicidio en sí, sino el cómo. Mi vertiente japonesa se inclina evidentemente por el *seppuku*. Cuando digo mi vertiente japonesa me refiero a mi amor por el Japón. Estoy en octavo y, como es obvio, he elegido el japonés como segunda lengua. El profe de japonés tampoco es que sea muy bueno, se come las palabras cuando no habla su idioma y se pasa el tiempo rascándose la coronilla con aire perplejo, pero el libro de texto no está mal y, desde que empezó el curso, he progresado mucho. Tengo la esperanza de que, de aquí a pocos meses, podré leer mis cómics *manga* preferidos en su edición original. Mamá no entiende que una «niña tan lista como tú» pueda leer *manga.* Ni siquiera me he tomado la molestia de explicarle que «manga» en japonés quiere decir simplemente «tebeo». Ella cree que me atiborro de subcultura, y yo no hago nada por sacarla de su error. Dentro de unos meses quizá pueda leer a Taniguchi en japonés. Pero esto nos lleva de nuevo a nuestra cuestión de antes: eso tendría que conseguirlo antes del 16 de junio porque ese día me suicido. Pero nada de *seppuku.* Sería un gesto cargado de sentido y de belleza pero… da la casualidad de que… no tengo ninguna gana de sufrir. Más aún, detestaría sufrir; encuentro que cuando uno toma la decisión de morir, justamente porque considera que es algo lógico, tiene que hacerlo con tiento. Morir ha de ser un paso delicado, un deslizarse suavemente hacia el descanso. ¡Hay gente que se suicida tirándose por la ventana de un cuarto piso, bebiéndose un vaso de lejía o incluso ahorcándose! ¡Es aberrante! Lo encuentro incluso obsceno. ¿De qué sirve morir si no es para no sufrir? Yo, en cambio, he previsto bien mi salida de este mundo: desde hace un año, todos los meses le cojo a mamá un somnífero de la caja que guarda en su mesilla de noche. Se toma tantos que, de todas maneras, no se daría ni cuenta si le cogiera uno cada día, pero he decidido ser muy prudente. No hay que dejar ningún cabo suelto cuando se toma una decisión que es harto improbable que nadie comprenda. Uno no imagina la rapidez con la que la gente obstaculiza los proyectos a los que más apego se tiene, en nombre de tonterías del estilo de «el sentido de la vida» o «el amor a los hombres». Ah, y también: «el carácter sagrado de la infancia».

Así pues, me encamino tranquilamente a la fecha del 16 de junio y no tengo miedo. Tan sólo algún que otro pesar quizá. Pero el mundo tal y como es no está hecho para las princesas. Dicho esto, que uno tenga el proyecto de morir no quiere decir que hasta entonces tenga que vegetar como una verdura podrida. Antes al contrario. Lo importante no es morir ni a qué edad se muere, sino lo que uno esté haciendo en el momento de su muerte. En los cómics de Taniguchi, los héroes mueren escalando el Everest. Como no tengo ninguna probabilidad de poder trepar al K2 o a las Grandes Jorasses antes del próximo 16 de junio, mi Everest personal es una exigencia intelectual. Me he puesto como objetivo tener el mayor número posible de ideas profundas y apuntarlas en este cuaderno: si nada tiene sentido, al menos que el espíritu se vea forzado a enfrentarse a tal situación, ¿no? Pero como tengo una vertiente japonesa muy acusada, he añadido una obligación más: esta idea profunda ha de expresarse bajo la forma de un pequeño poema a la japonesa: un *haikú* (tres versos) o un *tanka* (cinco versos).

Mi *haikú* preferido es de Basho.

> *En esas chozas*
> *comen los pescadores*
> *¡gambas y grillos!*

¡Esto, de pecera nada, no; esto es poesía, sí, señor!

Pero en el mundo en el que vivo, hay menos poesía que en una choza de pescador japonesa. ¿Y os parece normal que cuatro personas vivan en cuatrocientos metros cuadrados cuando muchas otras, y entre ellas quizá incluso algunos poetas malditos, ni siquiera tienen una vivienda decente y se hacinan en grupos de quince en veinte metros cuadrados? Cuando este verano nos enteramos en las noticias de que unos africanos habían muerto porque se había incendiado el edificio insalubre en el que vivían, se me ocurrió una idea. Ellos, la pecera la tienen delante de las narices todo el día, no pueden escapar de ella a golpe de poesía. Pero mis padres y Colombe se imaginan que nadan en el océano sólo porque viven en un piso de cuatrocientos metros cuadrados atestado de muebles y de cuadros.

Entonces, el 16 de junio pienso refrescarles un poco esa memoria de sardinas que tienen: voy a prenderle fuego a la casa (utilizando pastillas de barbacoa). Ojo, no soy ninguna criminal: lo haré cuando no haya nadie (el 16 de junio cae en sábado, y los sábados por la tarde Colombe va a casa de Tibère, mamá, a su clase de yoga, papá, a su círculo y yo me quedo en casa), evacuaré a los gatos por la ventana y avisaré a los bomberos con el margen de tiempo suficiente para que no haya víctimas. Después me iré tranquilamente a dormir a casa de la abuela con mis somníferos.

Sin piso y sin hija quizá sí piensen ya en todos esos africanos muertos, ¿no?

CAMELIAS

1

UNA ARISTÓCRATA

Los martes y los jueves, Manuela, mi única amiga, toma el té conmigo en mi casa. Manuela es una mujer sencilla a la que veinte años malgastados en limpiar el polvo en casas ajenas no han despojado de su elegancia. Limpiar el polvo es además un eufemismo de lo más púdico. Pero, en casa de los ricos, las cosas no se llaman por su nombre.

—Vacío papeleras llenas de compresas —me dice con su acento dulce y sibilante—, recojo la vomitona del perro, limpio la jaula de los pájaros —quién diría que unos animalitos tan pequeños puedan hacer tanta caca— y saco brillo a las tazas de los váteres. Así que, ¿el polvo?, ¡vamos, hombre, eso es lo de menos!

Hay que tener en cuenta que cuando baja a la portería a las dos de la tarde, los martes desde la casa de los Arthens, los jueves desde la casa de los de Broglie, Manuela ha limpiado minuciosamente con bastoncillos de algodón, hasta dejarlos impolutos, unos retretes de postín cubiertos de pan de oro que, no obstante, son tan sucios y apestosos como todos los meaderos y cagaderos del mundo, porque si hay una cosa que los ricos comparten a su pesar con los pobres es unos intestinos nauseabundos que siempre acaban por zafarse en algún sitio de lo que los hace tan apestosos.

Por ello Manuela merece nuestras reverencias y nuestros aplausos. Pese a sacrificarse en el altar de un mundo en el que las tareas ingratas están reservadas para algunas, mientras otras se tapan la nariz sin mover un dedo, ella no renuncia por ello a una inclinación al refinamiento que supera con creces todo revestimiento de pan de oro, por muy sanitario que sea.

—Para comer nueces hay que poner debajo un mantel —dice Manuela, que saca de su vieja cesta una cajita de madera clara de cuya tapa se escapan volutas de papel de seda color carmín. A buen recaudo en su estuchito nos aguardan unas tejas con almendras. Preparo un café que no tomaremos pero cuyos efluvios ambas adoramos, y bebemos a sorbitos una taza de té verde para acompañar las tejas, que comemos a mordisquitos para saborearlas.

De la misma manera que yo soy para mi arquetipo una traición permanente, Manuela es para el de la asistenta portuguesa pura deslealtad. Pues la hija de Faro, nacida bajo una higuera tras siete retoños y antes de otros seis, enviada a trabajar al campo desde su más tierna infancia y al poco casada con un albañil pronto expatriado, madre de cuatro hijos franceses por derecho de suelo pero portugueses por consideración social, la hija de Faro pues, con medias negras y pañuelo en la cabeza incluidos, es una aristócrata, una de verdad, una bien grande, de las que no se prestan a discusión porque, aun llevando el sello en el mismo corazón, desde-

ña toda etiqueta y todo abolengo. ¿Qué es una aristócrata? Una mujer a la que la vulgaridad no alcanza pese
a acecharla por todas partes.

Vulgaridad de una familia política que, los domingos, combate a golpe de risotadas el dolor de haber nacido débil y sin porvenir; vulgaridad de un vecindario
marcado por la misma pálida desolación que los neones
de la fábrica a la que van los hombres cada mañana
como si bajaran al infierno; vulgaridad de las señoras
cuya vileza no podría enmascarar ni todo el dinero del
mundo, y que se dirigen a ella como a un perro tiñoso.
Pero hay que haber visto a Manuela ofrecerme como a
una reina los frutos de sus elaboraciones reposteras para
captar toda la gracia que habita en esta mujer. Sí, como
a una reina. Cuando hace su aparición Manuela, mi
portería se transforma en palacio, y nuestras meriendas
de parias, en festines de monarcas. De la misma manera que el contador de historias transforma la vida en un
río de resplandecientes reflejos en el que se anegan la
pena y el tedio, Manuela metamorfosea nuestra existencia en una epopeya cálida y jubilosa.

—El niño de los Pallières me ha saludado en la escalera —dice de pronto, quebrando el silencio.

Yo le contesto con un gruñido despectivo.

—Lee a Marx —digo, encogiéndome de hombros.

—¿Marx? —repite, pronunciando la «x» como una
«che», una «che» un poco mojada que tiene el encanto
de los cielos límpidos.

—El padre del comunismo —le contesto.

Manuela emite un sonido de desdén.

—La política —me dice—. Un juguete de niñatos
ricos, y no se lo prestan a nadie.

Reflexiona un momento, con el ceño fruncido.

—No es el tipo de libro que suele leer —comenta.

Las revistas que los jóvenes esconden debajo del colchón no escapan a la sagacidad de Manuela, y el niño de los Pallières parecía antes enfrascado en un consumo aplicado aunque selectivo de las mismas, como de ello daba fe el desgaste de una página de título más que explícito: «Las marquesas picantonas».

Nos reímos y charlamos un rato más de esto y lo otro, en el sosiego apacible de las viejas amistades. Esos momentos son para mí muy valiosos, y se me encoge el corazón cuando pienso en el día en que Manuela cumplirá su sueño y volverá para siempre a su pueblo, dejándome aquí, sola y decrépita, sin compañera que haga de mí, dos veces por semana, una reina clandestina. Me pregunto también con aprensión qué ocurrirá cuando la única amiga que he tenido nunca, la única que todo lo sabe sin haber preguntado jamás nada, dejando tras de sí una mujer desconocida por todos, la sepulte con ese abandono bajo un sudario de olvido.

Se oyen unos pasos en el portal, y luego distinguimos con nitidez el sonido sibilino de la mano del hombre sobre el botón de llamada del ascensor, un viejo aparato de reja negra y puertas que se cierran solas, acolchado y forrado de madera que, de haber habido más espacio, antaño habría ocupado un ascensorista con librea. Reconozco ese paso; es el de Pierre Arthens, el crítico gastronómico del cuarto, un oligarca de la peor especie que, por cómo entorna los párpados cuando permanece de pie ante el umbral de mi portería, debe de pensar que vivo en una cueva oscura, pese a que lo que acierta a entrever le informe de lo contrario.

Pues bien, me he leído esas famosas críticas suyas.

—No me entero de nada de lo que dice —me comentó un día Manuela, para quien un buen asado es un buen asado y no hay más que hablar.

No hay nada que comprender. Es triste ver una pluma como la suya malograrse así a fuerza de ceguera. Escribir sobre un tomate páginas y páginas de prosa deslumbrante —pues Pierre Arthens critica como quien narra una historia y ya sólo eso debería haber hecho de él un genio— sin nunca ver ni sostener en la mano dicho tomate es una funesta proeza. Pero ¿se puede ser tan competente y a la vez tan ciego a la presencia de las cosas?, me he preguntado a menudo al verlo pasar delante de mí con su narizota arrogante. Pues se diría que sí. Algunas personas son incapaces de aprehender en aquello que contemplan lo que constituye su esencia, su hálito intrínseco de vida, y dedican su existencia entera a discurrir sobre los hombres como si de autómatas se tratara, y de las cosas como si no tuvieran alma y se resumieran a lo que de ellas puede decirse, al capricho de inspiraciones subjetivas.

Como movidos por una voluntad, los pasos retroceden de pronto y Arthens llama a mi puerta.

Me levanto, con cuidado de arrastrar los pies, calzados con unas zapatillas tan conformes al personaje que sólo la coalición de la *baguette* y la boina puede considerarse un desafío en cuanto a típicos lugares comunes se refiere. Al hacerlo, sé que exaspero al Maestro, oda viva a la impaciencia de los grandes depredadores, y ello tiene algo que ver con la aplicación con la que entorno muy despacio la puerta, asomando una nariz desconfiada que espero luzca coloradota y lustrosa.

—Estoy esperando un paquete por mensajero —me

dice, guiñando los ojos y arrugando la nariz—. Cuando llegue, ¿podría traérmelo inmediatamente?

Esta tarde, el señor Arthens lleva una gran chalina de lunares que flota alrededor de su cuello de patricio y no le favorece en absoluto, porque la abundancia de su cabellera leonina y el vuelo holgado y etéreo del pedazo de seda evocan ambos una suerte de tutú vaporoso que anega la virilidad que suele exhibir el hombre como atributo. Y qué diablos, esa chalina me trae algo a la memoria. A punto estoy de sonreír al recordarlo. Es la de Legrandin. En *En busca del tiempo perdido*, obra de un tal Marcel, otro portero notorio, Legrandin es un esnob dividido entre dos mundos: el que frecuenta y aquel en el que le gustaría entrar; un patético esnob cuya chalina, de esperanza en amargura y de servilismo en desdén, expresa sus más íntimas fluctuaciones. Así, en la plaza de Combray, al no tener deseo alguno de saludar a los padres del narrador, pero no pudiendo evitar cruzarse con ellos, encomienda a la chalina la tarea de denotar, dejándola volar al viento, un humor melancólico que lo exima del saludo habitual.

Pierre Arthens, que ha leído a Proust pero no concibe por ello ninguna indulgencia especial para con las porteras, carraspea con impaciencia.

Recuerdo al lector su pregunta:

—¿Podría traérmelo inmediatamente (el paquete por mensajero, pues los paquetes de los ricos no emplean las vías postales ordinarias)?

—Sí —contesto yo, batiendo marcas de concisión, animada por la suya propia y por la ausencia de un «por favor» que, a mi juicio, la forma interrogativa y condicional no alcanza a disculpar del todo.

—Es muy frágil —añade—, tenga cuidado, se lo ruego.

La conjugación del imperativo y ese «se lo ruego» tampoco me complace, sobre todo porque Arthens me cree incapaz de tales sutilezas sintácticas y sólo las emplea porque sí, sin tener la cortesía de suponer que yo podría sentirme insultada por ello. Equivale a tocar fondo en el ámbito social percibir en la voz de un rico que sólo se está dirigiendo a sí mismo y que, si bien las palabras que pronuncia nos están técnicamente destinadas, ni siquiera alcanza a imaginar que podamos entenderlas.

—¿Cómo de frágil? —pregunto pues con un tono no muy amable.

Suspira ostensiblemente, y noto en su aliento un ligerísimo toque de jengibre.

—Se trata de un incunable —me dice, y clava en mis ojos, que yo trato de poner vidriosos, su mirada satisfecha de terrateniente.

—Pues nada, que le aproveche —le contesto con expresión de asco—. Se lo subo en cuanto llegue el mensajero.

Y le doy con la puerta en las narices.

Me complace sobremanera la perspectiva de que Pierre Arthens narre esta noche durante la cena, a título de anécdota jocosa, la indignación de su portera, que, al mencionar en su presencia un incunable, sin duda vio en ello algo escabroso.

Dios sabrá quién de nosotros dos se humilla más.

Diario del movimiento del mundo n.º 1

Permanecer centrado en sí mismo sin perder el calzón

Está muy bien esto de tener regularmente una idea profunda, pero no me parece suficiente. O sea, quiero decir: voy a suicidarme y a prenderle fuego a la casa dentro de unos meses, así que es obvio que no puedo pensar que me sobra tiempo, tengo que hacer algo consistente en el poco que me queda. Y sobre todo, me he planteado a mí misma un pequeño reto: si uno se suicida, tiene que estar seguro de lo que hace y no puede quemar la casa para nada. Entonces, si hay una cosa en el mundo por la que valga la pena vivir, no me la puedo perder, porque una vez que uno se muere es demasiado tarde para arrepentirse de nada, y morir porque te has equivocado es una tontería como un piano.

Y sí, vale, tengo mis ideas profundas. Pero en estas ideas profundas juego a ser lo que a fin de cuentas soy: una intelectual (que se burla de los demás intelectuales). Este pasatiempo no es siempre muy glorioso pero sí muy recreativo. Entonces se me ha ocurrido que había que compensar este aspecto «gloria espiritual» con otro diario que hable del cuerpo o de las cosas. No de las ideas profundas del espíritu, sino de las obras maestras de la materia. De algo encarnado, tangible; pero también bello o estético. Aparte del amor, la amistad y la belleza del Arte, no veo gran cosa que pueda alimentar la vida humana. Soy demasiado joven para aspirar verdaderamente al amor y a la amistad. Pero el Arte... si no tuviera que morir, el Arte habría sido toda mi vida. Bueno, cuando digo el Arte, tengo que aclarar a qué me refiero: no estoy hablando sólo de las grandes obras de los maestros. Ni siquiera por Vermeer le tengo apego a la vida. Su obra es sublime pero está muerta. No, yo me refiero a la belleza en el mundo, a lo que puede elevarnos en el movimiento de la vida. *El diario del movimiento del mundo* lo dedicaré pues al movimiento de la gente, de los cuerpos, o, incluso, si de verdad no hay nada que decir, de las cosas, y a encontrar en ello algo lo bastante estético como para darle valor a mi vida. Gracia, belleza, armonía, intensidad. Si encuentro esas cosas, entonces quizá reconsidere las opciones; si encuentro un movimiento bello de los cuerpos, a falta de una idea bella para el espíritu, entonces quizá piense que vale la pena vivir.

A decir verdad, esta idea del diario doble (uno para el espíritu, otro para el cuerpo) se me ocurrió ayer porque papá estaba viendo un partido de rugby por la tele. Hasta ahora, en esos casos yo sobre todo observaba a papá. Me gusta mirarlo cuando se remanga la camisa, se descalza y se arrellana en el sofá con su cerveza y su plato de salchichón para ver el partido, y todo en él clama: «Mirad el tipo de hombre que también puedo ser.» Al parecer no se le pasa por la cabeza que un estereotipo (el muy serio señor Ministro de la República) más otro estereotipo (buena persona pese a todo y amante de la cerveza fresquita) dan como resultado un estereotipo al cuadrado. Pero bueno, resumiendo, que el sábado papá volvió a casa antes de lo normal, dejó tirada su cartera donde Dios le dio a entender, se descalzó, se remangó la camisa, cogió una cerveza de la cocina y se repanchingó delante de la tele diciéndome: «anda, bonita, tráeme un poco de salchichón, por favor, que no me quiero perder el *haka*.» De perderse el *haka*, nada, tuve tiempo de sobra de cortarle las lonchas de salchichón y, para cuando se las llevé en una bandeja, todavía no habían terminado los anuncios. Mamá estaba sentada en equilibrio precario sobre el reposabrazos del sofá, para dejar bien clara su oposición a todo aquello (en la familia estereotipo, yo me pido ser la rana intelectual de izquierdas), y le daba la tabarra a papá con una historia complicadísima de no sé qué cena en la que había que invitar a dos parejas enfadadas para reconciliarlas. Conociendo la sutileza psicológica de mamá, un proyecto de ese calibre sólo puede dar risa. Bueno, total, que le llevé el salchichón a papá y, como sabía que Colombe estaba en su habitación escuchando su música supuestamente vanguardista iluminada del siglo v, me dije: después de todo, por qué no, vamos a ver qué tiene que ofrecer este *haka*. Que yo recordara, el *haka* era una especie de baile un poco grotesco que hacen los jugadores del equipo neozelandés antes del partido. En plan baile intimidatorio de gorilas. Y que yo recordara también, el rugby era un juego pesado, con tiarrones que se tiran al césped sin parar y se levantan para volver a caerse y a arremolinarse unos sobre otros tres pasos más allá.

Los anuncios se terminaron por fin y, después de unos letreros sobre una imagen de un montón de tíos cachas tumbados en la hierba, la cámara enfocó el estadio con la voz en *off* de los comentaristas, y luego un primer plano de los mismos (adictos al *cassoulet*) para después volver al estadio. Los jugadores hicieron su aparición en el terreno, y desde ese momento ya empecé a sentir una suerte de fascinación. Al principio no lo entendía del todo, eran las mismas imágenes que de costumbre pero producían en mí un efecto nuevo, como un cosquilleo, una tensión, un «estoy conteniendo el aliento». A mi lado, papá ya se había pimplado su primera birra y se preparaba a proseguir en esa misma vena gala, pidiéndole a mamá, que acababa de despegarse del reposabrazos, que le trajera otra. Yo, como digo, contenía el aliento. «¿Qué ocurre?», me preguntaba mirando la pantalla, y no acertaba a saber qué era lo que me estaba produciendo ese cosquilleo.

Se me hizo la luz cuando los del equipo neozelandés empezaron su *haka*. Entre ellos había un jugador maorí muy alto y muy joven. Era éste el que había atraído mi atención desde el principio, sin duda por su estatura primero, y luego también por su manera de moverse. Un tipo de movimiento muy curioso, muy fluido pero sobre todo muy concentrado, quiero decir muy concentrado en sí mismo. La mayoría de la gente cuando se mueve lo hace en función de lo que tiene alrededor. Justo en este momento, mientras escribo, *Constitución* pasa por delante de mí arrastrando la tripa sobre el suelo. Esta gata no tiene ningún proyecto en la vida y sin embargo se dirige hacia algo, probablemente un sillón. Y eso se ve en su manera de moverse: va hacia algo, y recalco el «hacia». Mamá acaba de pasar en dirección a la puerta principal, se va a hacer la compra y de hecho, ya está fuera, su movimiento se anticipa a sí mismo. No sé muy bien cómo explicarlo, pero cuando te desplazas, de alguna manera ese movimiento hacia algo te desestructura: estás ahí y a la vez ya no estás porque ya estás yendo a otra parte, no sé si me explico. Para dejar de desestructurarse, habría que dejar de moverse por completo. O te mueves y ya no estás entero, o estás entero y no te puedes mover. Pero ese jugador en cambio, en cuanto salió al terreno de juego sentí con respecto a él una cosa distinta. La impresión de verlo moverse, sí, pero a la vez seguía ahí. Absurdo, ¿verdad?

Cuando empezó el *haka,* yo sobre todo lo miraba a él. Saltaba a la vista que no era como los demás. De hecho, *Cassoulet* nº 1 dijo: «Y Somu, el temible zaguero neozelandés, sigue impresionándonos con sus hechuras de coloso; dos metros siete, ciento dieciocho kilos, once segundos en los cien metros, ¡una monada de criatura, sí, señor!» Tenía hipnotizado a todo el mundo, pero nadie sabía exactamente por qué. Sin embargo, el motivo se hizo patente durante el *haka:* se movía, hacía los mismos gestos que los demás (darse palmadas en los muslos, aporrear el suelo rítmicamente, tocarse los codos, todo ello clavando los ojos en los del adversario con aire de guerrero nervioso) pero, mientras que los gestos de los demás se dirigían hacia sus adversarios y hacia todo el estadio que los estaba mirando, los gestos de este jugador permanecían en él, estaban concentrados en él mismo, y ello le confería una presencia y una intensidad increíbles. Y como consecuencia de ello, el *haka,* que es un canto guerrero, adquiría toda su fuerza. Lo que hace la fuerza del soldado no es la energía que emplea en intimidar a su adversario enviándole un montón de señales, sino la fuerza que es capaz de concentrar en sí mismo, centrándose en sí, sin salir de sí mismo. El jugador maorí se convertía en un árbol, un gran roble indestructible con raíces profundas, que irradiaba una fuerza poderosa, de la que todo el mundo era consciente. Y sin embargo, uno tenía la certeza de que ese gran roble también podía echar a volar, que iba a ser tan rápido como el viento, a pesar de o gracias a sus grandes raíces.

Entonces, a partir de ese momento me puse a seguir el partido con atención buscando siempre lo mismo: esos momentos compactos en que un jugador se convertía en su propio movimiento sin la necesidad de fragmentarse dirigiéndose hacia algo. ¡Y vi montones de ellos! En todas las fases del juego: en las melés, con un punto de equilibrio evidente, un jugador que encontraba sus raíces, convirtiéndose así en una pequeña ancla bien sólida que le daba su fuerza al grupo; en las fases de despliegue, con un jugador que encontraba la velocidad precisa al dejar de pensar en anotar, al concentrarse en su propio movimiento, y que corría como si estuviera en estado de gracia, con el balón pegado al cuerpo; en la exaltación de los pateadores, que se aislaban del resto del mundo para encontrar el movimiento perfecto del pie. Pero ninguno llegaba a la perfección del gran jugador maorí. Cuando marcó el primer ensayo para Nueva Zelanda, papá se quedó como atontado, con la boca abierta, sin acordarse de beberse su cerveza. Debería haberse disgustado porque él iba con el equipo francés, pero en lugar de eso, dijo: «¡Vaya jugador!», pasándose la mano por la frente. Los comentaristas eran un poco reacios a prodigarse en alabanzas, pero con todo tampoco lograban ocultar que acabábamos de presenciar algo verdaderamente bello: un jugador que corría sin moverse dejando a todo el mundo atrás. Eran los otros los que parecían hacer movimientos frenéticos y torpes, incapaces de alcanzarlo.

Entonces me dije: ya está, he podido encontrar en el mundo movimientos inmóviles; ¿vale la pena seguir viviendo por esto? En ese momento, un jugador francés perdió el calzón corto en un *maul,* y, de golpe, me sentí súper deprimida porque todo el mundo se desternillaba de risa, incluido papá, que se tomó otra cervecita para celebrarlo, a pesar de los dos siglos de protestantismo que han regido nuestra familia. Yo me sentía como si todo fuera una profanación.

Así que, no, esto no basta. Para convencerme serán necesarios otros movimientos. Pero, al menos, habré acariciado la idea de que sí valía la pena vivir.

2

DE GUERRAS Y COLONIAS

No tengo estudios, decía en el preámbulo de mi discurso. No es del todo exacto; pero mi juventud escolar llegó hasta el certificado de estudios, antes del cual me había cuidado muy mucho de no llamar la atención —asustada por las sospechas que sabía que en el señor Servant, el maestro, había levantado el descubrirme devorando con avidez su diario, que no hablaba más que de guerras y de colonias, cuando apenas contaba yo diez años.

¿Por qué? No lo sé. ¿Creen ustedes realmente que habría podido? Es una pregunta para los adivinos de antaño. Digamos que la idea de luchar en un mundo de pudientes, yo, la hija de un don nadie, sin belleza ni encanto, sin pasado ni ambición, sin don de gentes ni esplendor, me fatigó antes incluso de intentarlo. Yo sólo deseaba una cosa: que me dejaran en paz, sin exigirme demasiado, y poder disfrutar, unos instantes al día, de la libertad de saciar mi hambre.

Para quien no conoce el apetito, la primera punzada de hambre es a la vez un sufrimiento y una iluminación. Yo era una niña apática y casi minusválida, tan cargada de espaldas que casi parecía jorobada, que si se mantenía en la existencia no era sino porque desconocía que pudiera haber otra vía. La ausencia de gusto en mí rayaba en la nada; nada me decía nada, nada despertaba nada en mí y, cual débil brizna de paja empujada aquí y allá al capricho de enigmáticas ráfagas de viento, ignoraba incluso hasta el mismo deseo de poner fin a mi vida.

En mi casa apenas se hablaba. Los niños chillaban y los adultos se afanaban en sus tareas como lo hubieran hecho de haber estado solos. Teníamos suficiente para comer, aunque frugalmente, no se nos maltrataba y nuestra ropa de pobres estaba limpia, de modo que aunque podía causarnos vergüenza, al menos no sufríamos el frío. Pero no nos hablábamos.

La revelación tuvo lugar cuando, a la edad de cinco años, en mi primer día de colegio, tuve la sorpresa y el susto de oír una voz que se dirigía a mí pronunciando mi nombre.

—¿Renée? —preguntaba la voz, mientras yo sentía posarse sobre la mía una mano amiga.

Era en el pasillo donde, con ocasión del primer día de colegio y porque llovía, se había apelotonado a un tropel de niños.

—¿Renée? —seguía modulando la voz que venía de lo alto, y la mano amiga no dejaba de ejercer sobre mi brazo —incomprensible lenguaje— ligeras y tiernas presiones.

Levanté la cabeza, en un movimiento insólito que casi me dio vértigo, y mis ojos se cruzaron con una mirada.

Renée. Se trataba de mí. Por primera vez, alguien se dirigía a mí por mi nombre. Mientras que mis padres recurrían a un gesto o a un gruñido, una mujer, cuyos ojos claros y labios sonrientes observé entonces, se abría camino hasta mi corazón y, pronunciando mi nombre, entraba conmigo en una proximidad de la que hasta entonces yo nada sabía. Descubrí a mi alrededor un mundo que, de pronto, adornaban mil colores. En un destello doloroso, percibí la lluvia que caía en el patio, las ventanas lavadas por las gotas, el olor de la ropa mojada, la estrechez del corredor, angosto pasillo en el que vibraba la asamblea de párvulos, la pátina de los percheros de pomos de cobre en los que se amontonaban las esclavinas de paño barato, así como la altura de los techos, a la medida de los cielos para la mirada de un niño.

Entonces, con mis enormes ojos clavados en los suyos, me aferré a la mujer que acababa de traerme a la vida.

—Renée —repitió la voz—, ¿quieres quitarte el impermeable?

Y, sujetándome con firmeza para que no me cayera, me desvistió con la rapidez que otorga la larga experiencia.

Se cree erróneamente que el despertar de la conciencia coincide con el momento del primer nacimiento, quizá porque no sabemos imaginar otro estado vivo que no sea ése. Nos parece que siempre hemos visto y sentido y, seguros de esta creencia, identificamos en la venida al mundo el instante decisivo en que la conciencia nace. Que, durante cinco años, una niña llamada Renée, mecanismo perceptivo operativo dotado de vista, oído, olfato, gusto y tacto, hubiera podido vivir en una perfecta inconsciencia de sí misma y del universo desmiente tan apresurada teoría. Pues para que se dé la conciencia, es necesario un nombre.

Sin embargo, por un concurso de circunstancias desgraciadas, se desprende que a nadie se le había ocurrido darme el mío.

—Qué ojos más bonitos tienes —añadió la maestra, y tuve la intuición de que no mentía, que en ese instante mis ojos brillaban animados por toda esa belleza y, reflejando el milagro de mi nacimiento, lanzaban mil destellos.

Me puse a temblar y busqué en los suyos la complicidad que engendra toda alegría compartida.

En su mirada dulce y bondadosa sólo leí compasión.

Cuando por fin nacía al mundo, sólo inspiraba piedad.

Estaba poseída.

Puesto que mi hambre no podía saciarse con el juego de interacciones sociales inconcebibles para mi condición —y eso no lo entendí hasta más tarde, esa compasión en los ojos de mi salvadora, pues ¿alguna vez se ha visto a una pobre experimentar la ebriedad del lenguaje y ejercitarse en él con los demás?—, se saciaría con los libros. Por primera vez, toqué uno en mi vida. Había visto a los mayores de la clase mirar en ellos invisibles rastros, como si una misma fuerza los moviera a todos y, sumiéndose en el silencio, extraer del papel muerto algo que parecía vivo.

Aprendí a leer sin que nadie se enterara. Los demás niños seguían balbuciendo las letras cuando yo hacía tiempo que conocía ya la solidaridad que teje entre sí los signos escritos, sus combinaciones infinitas y los sonidos maravillosos que me habían marcado en ese mismo lugar, el primer día, cuando la maestra pronunciara mi nombre. Nadie lo supo. Leí como una posesa, a escondidas primero, luego, cuando me pareció haber superado el tiempo de aprendizaje normal, a la vista de todos pero cuidándome mucho de disimular el placer y el interés que la lectura me suscitaba.

La niña frágil se había convertido en un alma hambrienta.

A los doce años dejé el colegio para trabajar en casa y en el campo con mis padres y mis hermanos. A los diecisiete me casé.

3

EL CANICHE COMO TÓTEM

En el imaginario colectivo, la pareja de porteros, dúo fusionado compuesto de entidades tan insignificantes que sólo su unión las revela, es dueña a la fuerza de un caniche. Como todo el mundo sabe, los caniches son una clase de perros de pelo rizado cuyos amos suelen ser jubilados adeptos del poujadismo, señoras muy solas que hacen trasvase de cariño sobre el animal o conserjes de finca urbana agazapados en sus lúgubres porterías. Pueden ser negros o color albaricoque. Los segundos son más agresivos que los primeros, pero éstos huelen peor que aquéllos. Todos los caniches ladran con acritud a la menor ocasión, pero sobre todo cuando no ocurre nada. Siguen a su amo trotando sobre sus cuatro patas rígidas, sin mover el resto de su tronquito en forma de salchicha. Sobre todo, tienen unos ojillos negros y malvados, hundidos en unas órbitas insignificantes. Los caniches son feos y tontos, sumisos y fanfarrones. Así son los caniches.

Por ello la pareja de porteros, metaforizada en su totémico can, parece privada de tales pasiones como el amor y el deseo y, como el propio tótem, destinada a ser por siempre fea, tonta, sumisa y fanfarrona. Si bien ocurre que en ciertas novelas los príncipes se enamoren de las obreras o de las princesas de las galeras, nunca se da el caso, entre un portero y otro, incluso de sexos opuestos, de romances como los que viven los demás y que merecerían relatarse en alguna parte.

No sólo no tuvimos nunca ningún caniche, sino que también creo poder decir que nuestro matrimonio fue feliz. Con mi marido pude ser yo misma. Recuerdo con nostalgia las mañanas de domingo, esas benditas mañanas pues eran las del descanso, en las que, en la cocina silenciosa, él se tomaba su café mientras yo leía.

Me casé con él a los diecisiete años, después de un cortejo breve pero adecuado. Trabajaba en la fábrica, como mis hermanos mayores, y a la salida a veces se venía con ellos a casa para tomar un café o una copita de licor. Por desgracia, yo era fea. Sin embargo, ello no habría sido en absoluto decisivo si mi fealdad hubiera sido como la de las demás. Pero mi fealdad tenía la crueldad de que era sólo mía y de que, despojándome de toda frescura cuando aún no era siquiera una mujer, a los quince años me confería ya la apariencia que tendría a los cincuenta. La espalda encorvada, la cintura ancha, las piernas cortas, los pies torcidos, el vello abundante, los rasgos toscos, en fin, sin gracia ni contornos, se me podrían haber perdonado en beneficio del encanto propio de toda juventud, aun ingrata; pero, en lugar de eso, a los veinte años yo ya parecía una vieja pretenciosa y aburrida.

Por ello, cuando las intenciones de mi futuro marido se precisaron, y ya no me fue posible ignorarlas, me abrí a él, hablando por vez primera con franqueza a al-

guien que no fuera yo misma, y le confesé mi perplejidad ante la idea de que pudiera querer casarse conmigo.

Era sincera. Hacía tiempo que me había acostum-
brado a la perspectiva de una vida solitaria. Ser pobre,
fea y, por añadidura, inteligente, condena en nuestras
sociedades a trayectorias sombrías y desengañadas a las
que más vale resignarse lo antes posible. A la belleza se
le perdona todo, incluso la vulgaridad. La inteligencia
ya no se ve como una justa compensación de las cosas,
una manera de restablecer el equilibrio que la naturaleza ofrece a los menos favorecidos de entre sus hijos, sino
como un juguete superfluo que realza el valor de la joya.
En cuanto a la fealdad, siempre se la considera culpable,
y yo estaba condenada a ese destino trágico con el dolor
que precisamente me confería mi lucidez.

—Renée —me respondió él con toda la seriedad
de la que era capaz, y agotando en esa larga parrafada
toda la facundia que ya nunca más habría de desple-
gar—, Renée, yo no quiero por mujer a una de esas ingenuas que en el fondo no son sino unas desvergonzadas y, detrás de su cara bonita, no tienen más cerebro
que un mosquito. Quiero una mujer fiel, una buena esposa, una buena madre y una buena ama de casa. Quiero una compañera apacible y segura que permanecerá a
mi lado para apoyarme. A cambio, de mí puedes esperar que sea serio en el trabajo, tranquilo en el hogar y
tierno cuando convenga serlo. No soy un mal hombre
y lo haré lo mejor que pueda.

Y así lo hizo.

Bajito y enjuto como la cepa de un olmo, tenía no
obstante una expresión agradable, por lo general sonriente. No bebía, no fumaba, no mascaba tabaco y no
apostaba. En casa, después de trabajar, veía la televisión,

hojeaba revistas de pesca o jugaba a las cartas con los amigos de la fábrica. De carácter muy sociable, invitaba a la gente a nuestra casa con frecuencia. Los domingos se iba de pesca. En cuanto a mí, me ocupaba sólo de las tareas del hogar, pues se oponía a que lo hiciera en casas ajenas.

No le faltaba inteligencia, no obstante no fuera ésta de la clase que valora el genio social. Si bien sus competencias se limitaban al terreno de lo manual, desplegaba en éste un talento que no respondía únicamente a aptitudes motoras y, pese a ser inculto, abordaba todas las cosas con ese ingenio que, en los trabajos manuales, distingue a los laboriosos de los artistas y, en la conversación, informa que el saber no lo es todo. Resignada desde tan tierna edad a una existencia de monja, me parecía pues bien clemente que el Cielo hubiera puesto entre mis manos de esposa un compañero de tan agradables modales y que, sin ser un intelectual, no era por ello menos listo.

Me podría haber tocado en suerte un Grelier.

Bernard Grelier es uno de los pocos seres del número 7 de la calle Grenelle con el cual no temo delatarme. Poco importa que le diga: «*Guerra y Paz* es la puesta en escena de una visión determinista de la historia» o «Conviene que engrase los goznes del cuartito de la basura», no otorgará más sentido a una frase o a otra, ni tampoco menos. Me pregunto incluso por qué inexplicado milagro la segunda exhortación llega a desencadenar en él un principio de acción. ¿Cómo se puede hacer lo que no se comprende? Sin duda este tipo de proposiciones no requiere tratamiento racional alguno y, al igual que esos estímulos que, sucediéndose sin tregua en la médula espinal, desencadenan el reflejo sin solicitar la intervención del cerebro, la exhortación de engrasar quizá no sea más que una solicitación mecánica que pone los miembros en movimiento sin que concurra el espíritu.

Bernard Grelier es el marido de Violette Grelier, la «gobernanta» de los Arthens. Contratada treinta años antes como simple criada, había ido ascendiendo en categoría a medida que los señores se iban enriqueciendo y, aupada ya a la función de gobernanta, soberana de un irrisorio reino compuesto por la asistenta (Manuela), un mayordomo ocasional (inglés) y un mozo para tareas varias (su marido), tenía por el pueblo llano el mismo desprecio que los grandes burgueses de sus jefes. De la mañana a la noche parloteaba como una cotorra, se afanaba aquí y allá, dándose mucho pisto, reñía a los criados como en los tiempos dorados de Versalles y mortificaba a Manuela con pontificales discursos sobre el amor al trabajo bien hecho y el declive de los buenos modales.

—Ésta en cambio no ha leído a Marx —me dijo un día Manuela.

La pertinencia de esta constatación, por parte de una portuguesa de pro poco versada sin embargo en el estudio de los filósofos, me llamó la atención. No, desde luego que Violette Grelier no había leído a Marx, debido a que no figuraba en ninguna lista de productos limpiadores para la plata de los ricos. El precio de esa laguna era la herencia de una vida cotidiana adornada por interminables catálogos que hablaban de almidón y de trapos de lino.

La mía había sido pues una buena boda.

Además, no tardé mucho en confesarle a mi marido mi gran pecado.

Idea profunda n.º 2

El gato de aquí abajo
ese tótem moderno
y a ratos decorativo

Así por lo menos ocurre en mi casa. Si se quiere comprender a nuestra familia, basta con observar a los gatos. Nuestros gatos son dos grandes odres atiborrados de croquetas de lujo que no tienen ninguna interacción interesante con las personas. Se arrastran de un sofá a otro, dejándolo todo perdido de pelos, y nadie parece haber comprendido que no sienten el más mínimo afecto por nadie. El único interés que presentan los gatos es el de ser objetos decorativos con capacidad de movimiento, un concepto que encuentro intelectualmente interesante, pero a los nuestros les cuelga demasiado la barriga como para que pueda aplicárseles.

Mamá, que se ha leído toda la obra de Balzac y cita a Flaubert en cada cena, demuestra hasta qué punto la educación es una auténtica tomadura de pelo. Basta observarla con los gatos. Es vagamente consciente de su potencial decorativo, pero se obstina sin embargo en hablarles como si fueran personas, lo cual no se le pasaría por la cabeza si se tratara de una lámpara o de una estatuilla etrusca. Parece ser que los niños creen hasta edad avanzada que todo lo que se mueve tiene alma e intención. Mamá ya no es ninguna niña, pero está visto que no alcanza a considerar que *Parlamento* y *Constitución* no tienen más entendimiento que la aspiradora. Estoy dispuesta a reconocer que la diferencia entre la aspiradora y ellos estriba en que un gato puede sentir dolor y placer. Pero ¿significa eso que tiene más aptitudes para comunicarse con el ser humano? En absoluto. Ello sólo debería incitarnos a tomar precauciones especiales, como con un objeto muy frágil. Cuando oigo a mamá decir: «*Constitución* es una gatita a la vez muy orgullosa y muy sensible» cuando la gata en cuestión está repanchingada en el sofá porque ha comido demasiado, me dan ganas de reír. Pero si reflexionamos sobre la hipótesis según la cual el gato tiene como función la de ser un tótem moderno, una suerte de encarnación emblemática y protectora del hogar, reflejando con benevolencia lo que son los miembros de la familia, la teoría se hace patente. Mamá hace de los gatos lo que le gustaría que fuéramos nosotros y que en absoluto somos. Pocos son menos orgullosos y sensibles que los tres miembros de la familia Josse que me dispongo a mencionar: papá, mamá y Colombe. Son del todo apáticos, están anestesiados y vacíos de emociones.

Resumiendo, yo pienso que el gato es un tótem moderno. Por mucho que se diga, por mucho que se perore sobre la evolución, la civilización y un montón más de palabras que terminan en «ción», el hombre no ha progresado mucho desde sus inicios: sigue pensando que no está aquí por casualidad y que unos dioses en su mayoría benévolos velan por su destino.

4

RECHAZO AL COMBATE

He leído tantos libros…

Sin embargo, como todos los autodidactas, nunca estoy segura de lo que he comprendido de mis lecturas. Un buen día me parece abarcar con una sola mirada la totalidad del saber, como si invisibles ramificaciones nacieran de pronto y unieran entre sí todas mis lecturas dispersas; y, de repente, el sentido no se deja aprehender, lo esencial se me escapa y, por mucho que lea y relea las mismas líneas, las comprendo cada vez un poco menos, y me veo a mí misma como a una vieja chalada que piensa tener el estómago lleno sólo por haber leído con atención el menú. Al parecer, la conjunción de esa aptitud y esa ceguera es la marca característica de la autodidaxia. Privando al sujeto de las guías seguras que toda buena formación proporciona, le hace no obstante ofrenda de una libertad y una síntesis de pensamiento allí donde los discursos oficiales imponen barreras y proscriben la aventura.

Esta mañana precisamente, me encuentro, perpleja,

en la cocina, con un librito ante mí. Estoy en uno de esos momentos en que me arrebata el delirio de mi empresa solitaria y, a un paso de tirar la toalla, temo haber dado por fin con mi amo.

Que lleva por nombre Husserl, un nombre que rara vez se otorga a los animales de compañía o a las marcas de chocolate, debido a que evoca algo serio, árido y vagamente prusiano. Pero ello no me consuela. Considero que el destino me ha enseñado, mejor que a nadie, a resistir a las sugestiones negativas del pensamiento mundial. Déjenme que les diga algo: si hasta el momento se habían imaginado que, a fuerza de fealdad, vejez, viudez y reclusión en una portería, me había convertido en un ser miserable resignado a la bajeza de su suerte, es que carecen de imaginación. Me he replegado, es cierto, y he rechazado el combate. Pero, en la seguridad de mi espíritu, no existe desafío que yo no sea capaz de afrontar. Indigente de nombre, posición y apariencia, soy en mi entendimiento una diosa invicta.

Por ello, Edmund Husserl, que, a mi juicio, es un nombre para aspiradores sin bolsa, amenaza la perennidad de mi Olimpo privado.

—Bueno, bueno, bueno, bueno —digo, respirando bien hondo—, todo problema tiene solución, ¿no? —y le lanzo una mirada a mi gato, buscando algo de aliento por su parte.

El ingrato no responde. Acaba de tragarse una monstruosa loncha de paté y, animado desde ese momento por una gran benevolencia, coloniza el sillón.

—Bueno, bueno, bueno, bueno —repito tontamente y, perpleja, contemplo una vez más el ridículo librito.

Meditaciones cartesianas — Introducción a la fenomenología. Uno se da cuenta enseguida, por el título de la obra y al leer las primeras páginas, que no es posible abordar a Husserl, filósofo fenomenólogo, sin haber leído antes a Descartes y a Kant. Pero resulta también patente, con la misma prontitud, que dominar a Descartes y a Kant no basta para que a uno se le abran las puertas de acceso a la fenomenología trascendental.

Es una lástima; pues siento por Kant una sólida admiración, por los dispares motivos de que su pensamiento es un concentrado glorioso de genio, rigor y locura y porque, por espartana que pueda ser su prosa, apenas he tenido dificultad en descifrar su sentido. Los textos de Kant son grandes textos, y así lo atestigua su aptitud para superar la prueba de la ciruela claudia.

La prueba de la ciruela claudia asombra por su evidencia; tan evidente es, como digo, que lo deja a uno desarmado. Su fuerza estriba en una constatación universal: al morder la fruta, el hombre comprende al fin. ¿Qué es lo que comprende? Todo. Comprende la lenta maduración de una especie humana abocada a la supervivencia que, un buen día, llega a la intuición del placer, la vanidad de todos los apetitos facticios que distraen de la aspiración primera a las virtudes de las cosas sencillas y sublimes, la inutilidad de los discursos, la lenta y terrible degradación de los mundos a la cual nadie podrá sustraerse y, pese a ello, la maravillosa voluptuosidad de los sentidos cuando conspiran a enseñar a los hombres el placer y la aterradora belleza del Arte.

La prueba de la ciruela claudia se efectúa en mi cocina. Sobre la mesa de formica dispongo la fruta y el libro, y, atacando la primera, me lanzo también sobre el segundo. Si resisten mutuamente a sus cargas poderosas, si la ciruela claudia no logra hacer que dude del texto y si éste no acierta a arruinarme la fruta, entonces sé

que me hallo en presencia de una empresa de enverga-
dura y, atrevámonos a decirlo, de excepción, tan escasas
son las obras que no se ven disueltas, ridículas y fatuas,
en la extraordinaria suculencia de los pequeños frutos
dorados.

—Pues estoy apañada —le digo a *León*, porque mis
competencias en materia de kantismo son muy poquita
cosa frente al abismo de la fenomenología.

No se puede decir que tenga mucha alternativa. No
me queda más remedio que ir a la biblioteca y tratar de
dar con una introducción al asunto. Por lo general des-
confío de esas glosas o atajos que aprisionan al lector en
un pensamiento escolástico. Pero la situación es demasiado grave como para que pueda otorgarme el lujo de
tergiversar. La fenomenología se me escapa y ello me resulta insoportable.

Idea profunda n.º 3

Los más fuertes
entre los hombres
no hacen nada
hablan
y hablan sin parar

Ésta es una idea profunda mía, pero nació a su vez de otra idea profunda. Lo dijo un invitado de papá que vino ayer a cenar: «Los que saben hacer las cosas, las hacen; los que no saben, enseñan a hacerlas; los que no saben enseñar, enseñan a los que enseñan, y los que no saben enseñar a los que enseñan, se meten en política.» Todo el mundo pareció encontrar aquello muy inspirado, pero no por los motivos adecuados. «Cuánta razón tiene», dijo Colombe, que es especialista en falsa autocrítica. Forma parte de aquellos que piensan que el saber vale por el poder y el perdón. Si sé que formo parte de una elite autosatisfecha que sacrifica el bien común por exceso de arrogancia, me libro de la crítica y consigo con ello el doble de prestigio. Papá también tiende a pensar así, aunque es menos cretino que mi hermana. Él todavía cree que existe algo llamado «deber» y, aunque sea a mi juicio quimérico, ello lo protege de la idiotez del cinismo. Me explico: no hay mayor frivolidad que ser cínico. Si adopta la actitud contraria es porque todavía cree a pies juntillas que el mundo tiene sentido y porque no acierta a renunciar a las pamplinas de la infancia. «La vida es una golfa, ya no creo en nada y gozaré hasta la náusea» es el lema del ingenuo contrariado. O sea, mi hermana, vamos. Por mucho que estudie en una de las universidades más prestigiosas de Francia, todavía cree en Papa Noel, no porque tenga buen corazón, sino porque es totalmente pueril. Se reía como una tonta cuando el colega de papá soltó su ingeniosa frase, como si pensara «qué lista soy, domino la meta-referencia», y eso me confirmó lo que opino desde hace tiempo: Colombe es un cero a la izquierda.

Pero yo en cambio pienso que esta frase es una auténtica idea profunda, precisamente porque no es verdad, por lo menos no del todo. No significa lo que uno cree que significa. Si uno ascendiera en la escala social de manera proporcional a su incompetencia, os puedo asegurar que el mundo no marcharía como marcha. Pero el problema no es ése. Lo que esta frase quiere decir no es que los incompetentes tengan un lugar bajo el sol, sino que no hay nada más difícil e injusto que la realidad humana: los hombres viven en un mundo donde lo que tiene poder son las palabras y no los actos, donde la competencia esencial es el dominio del lenguaje. Eso es terrible porque, en el fondo, somos primates programados para comer, dormir, reproducirnos, conquistar y asegurar nuestro territorio, y aquellos más hábiles para todas esas tareas, aquellos entre nosotros que son más animales, ésos siempre se dejan engañar por los otros, los que tienen labia pero serían incapaces de defender su huerto, de traer un conejo para la cena y de procrear como es debido. Es un terrible agravio a nuestra naturaleza animal, una suerte de perversión, de contradicción profunda.

5

TRISTE CONDICIÓN

Después de un mes de lectura frenética, decido con inmenso alivio que la fenomenología es una tomadura de pelo. De la misma manera que las catedrales siempre han despertado en mí ese sentimiento próximo al síncope que se experimenta ante la manifestación de lo que los hombres pueden construir para rendir homenaje a algo que no existe, la fenomenología acosa mi incredulidad ante la perspectiva de que tanta inteligencia haya podido servir una causa tan vana. Como estamos en noviembre, por desgracia no tengo ciruelas claudias a mano. En tal caso, once meses al año a decir verdad, recurro al chocolate negro (70 % de cacao). Pero conozco de antemano el resultado de la demostración. Si tuviera la posibilidad de saborear el patrón de prueba, seguro que me partiría de risa leyendo, y un bonito capítulo como «Revelación del sentido final de la ciencia en el empeño de "vivirla" como fenómeno noemático» o «Los problemas constitutivos del ego trascendental» podría incluso matarme de risa; caería fulminada en mi mullida poltrona, con zumo de ciruela claudia o hilillos de chocolate rodando por las comisuras de mis labios.

Si se quiere abordar la fenomenología, hay que ser consciente del hecho de que se resume en una doble interrogación: ¿de qué naturaleza es la conciencia humana? ¿Qué conocemos del mundo?

Empecemos por la primera.

Hace milenios que, desde el «conócete a ti mismo» hasta el «pienso luego existo», no se deja de glosar esta irrisoria prerrogativa del hombre que constituye la conciencia que éste tiene de su propia existencia y, sobre todo, la capacidad que tiene esta conciencia de tomarse a sí misma como objeto. Cuando algo le pica, el hombre se rasca y tiene conciencia de estar rascándose. Si se le pregunta: ¿qué haces? Responde: me rasco. Si se lleva más lejos la investigación (¿eres consciente del hecho de que eres consciente de que te rascas?), responde otra vez que sí, y así con todos los «eres consciente» que se puedan añadir. ¿Alivia en algo su sensación de picor el saber que se rasca y que es consciente de ello? ¿Influye acaso de manera beneficiosa la conciencia reflexiva en la intensidad del picor? Quia. Saber que a uno le pica y ser consciente del hecho de que se es consciente de saberlo no cambia estrictamente nada el hecho de que a uno le pique. Y desventaja añadida, hay que soportar la lucidez que resulta de esta triste condición, y apuesto diez libras de ciruelas claudias a que ello acrecienta una molestia que, en el caso de mi gato, un simple movimiento de la pata anterior basta para aliviar. Pero resulta para los hombres tan extraordinario, porque ningún otro animal lo puede y porque así escapamos a la bestialidad, que un ser pueda saberse sabiendo que se está rascando, que esta prelación de la conciencia humana parece para muchos la manifestación de algo divino, algo que en nosotros escapa al frío determinismo al que están sometidas todas las cosas físicas.

Toda la fenomenología se asienta sobre esta certeza: nuestra conciencia reflexiva, marca de nuestra conciencia ontológica, es la única entidad en nosotros que vale la pena estudiarse pues nos salva del determinismo biológico.

Nadie parece consciente del hecho de que, puesto que *somos* animales sometidos al frío determinismo de las cosas físicas, ello anula todo lo anterior.

6

SOTANAS DE TELA BASTA

Consideremos la segunda pregunta: ¿qué conocemos del mundo?

A esta pregunta, los idealistas como Kant responden.

¿Qué responden?

Responden: poca cosa.

El idealismo es la postura que considera que sólo podemos conocer aquello que nuestra conciencia, esa entidad semi divina que nos salva de la bestialidad, aprehende. Conocemos del mundo lo que nuestra conciencia puede decir de éste porque lo aprehende, y nada más.

Consideremos un ejemplo, casualmente un simpático gato llamado *León*. ¿Por qué? Porque encuentro que es más fácil con un gato. Y yo les pregunto: ¿cómo pueden estar seguros de que se trata de verdad de un gato, e incluso saber lo que es un gato? Una respuesta sana sería argüir que nuestra percepción del animal, completada por algunos mecanismos conceptuales y lingüísticos, nos lleva a formar ese conocimiento. Pero la respuesta idealista consiste en alegar la imposibilidad de saber si lo que percibimos y concebimos del gato, si lo que nuestra conciencia aprehende como gato, concuerda con lo que es el gato en su intimidad profunda. Quizá mi gato, que, en el momento en el que hablamos, yo aprehendo como un cuadrúpedo obeso con bigotes trémulos y que guardo en mi mente en un cajón etiquetado como «gato», sea en realidad y en su misma esencia una bola de liga verde que no hace miau. Pero mis sentidos están constituidos de tal manera que no lo percibo así, y el inmundo montón de cola verde, engañando mi repulsión y mi cándida confianza, se presenta a mi conciencia bajo la apariencia de un animal doméstico glotón y sedoso.

He ahí el idealismo kantiano. No conocemos del mundo más que la *idea* que nuestra conciencia forma del mismo. Pero existe una teoría más deprimente que ésta, una teoría que abre perspectivas más aterradoras todavía que la de acariciar sin darse cuenta de ello un pedazo de baba verde o, por las mañanas, hundir en una cueva pustulosa las rebanadas de pan que uno creía destinadas al tostador.

Existe el idealismo de Edmund Husserl, que ahora ya evoca para mí una marca de sotanas de tela basta para sacerdotes seducidos por un oscuro cisma de la Iglesia baptista.

En esta última teoría sólo existe la aprehensión del gato. ¿Y el gato? Pues bien, el gato no le importa a nadie. El gato no es necesario en absoluto. ¿Para qué? ¿Qué gato? A partir de ahora, la filosofía se permite complacerse sólo con la lujuria de la mente nada más. El mundo es una realidad inaccesible que sería vano tratar de conocer. ¿Qué conocemos del mundo? Nada. Puesto que todo conocimiento no es más que la autoexploración por sí misma de la conciencia reflexiva, se puede mandar el mundo a paseo.

Tal es la fenomenología: la «ciencia de lo que aparece a la conciencia». ¿Cómo es un día normal de un fenomenólogo? Se levanta, tiene conciencia de enjabonar bajo la ducha un cuerpo cuya existencia carece de fundamento, de tomarse unas tostadas reducidas a la nada, de vestir una ropa que es como unos paréntesis vacíos, de ir al trabajo y de asir un gato.

Poco le importa que el gato exista o no y lo que el gato sea en su esencia misma. Lo que no se puede decidir no le interesa. En cambio, es innegable que a su conciencia se le aparece un gato y es ese aparecer lo que preocupa a nuestro hombre.

Un aparecer por lo demás bastante complejo. Es desde luego notable que se pueda detallar hasta ese punto el funcionamiento de la aprehensión por parte de la conciencia de algo cuya existencia en sí es indiferente. ¿Saben ustedes que nuestra conciencia no aprehende nada de una sentada, sino que efectúa complicadas series de síntesis que, mediante perfilados sucesivos, consiguen que nuestros sentidos perciban objetos diversos como, por ejemplo, un gato, una escoba o un matamoscas? (No me negarán que no resulta útil este mecanismo.) Realicen el ejercicio de mirar a su gato y de preguntarse cómo es que saben ustedes qué aspecto tiene por delante, por detrás, por arriba y por abajo cuando en ese momento sólo lo están viendo de frente. Ha sido necesario que su conciencia, sintetizando sin que ustedes se dieran cuenta siquiera las múltiples percepciones de su gato desde todos los ángulos posibles, termine creando esa imagen completa del gato que su visión actual no les proporciona jamás. Lo mismo ocurre con el matamoscas, que no perciben nunca ustedes más que por un lado, si bien pueden visualizarlo entero en sus mentes y, milagro, saben sin tener siquiera que darle la vuelta qué aspecto tiene por el otro lado.

Estaremos de acuerdo en que ese saber resulta muy útil. Resulta difícil imaginar a Manuela utilizando un matamoscas sin echar mano inmediatamente del saber que tiene de los distintos perfilados necesarios para su aprehensión. Por otra parte, resulta difícil imaginar a Manuela utilizando un matamoscas por la sencilla razón de que en las casas de los ricos nunca hay moscas. Ni moscas, ni viruela, ni malos olores, ni secretos de familia. En casa de los ricos todo es limpio, sin aristas, sano y por consiguiente preservado de la tiranía de los matamoscas y del oprobio público.

He aquí pues lo que es la fenomenología: un monólogo solitario y sin fin de la conciencia consigo misma, un autismo puro y duro que ningún gato real y verdadero importuna jamás.

7

EN EL SUR CONFEDERADO

—¿Qué está leyendo? —me pregunta Manuela, que viene, jadeando, de casa de cierta señora de Broglie a quien la cena que organiza esa noche ha vuelto tísica. Al recibir de manos del mozo de supermercado siete cajas de caviar Petrossian, respiraba como Darth Vader.

—Una antología de poemas folklóricos —le digo, cerrando para siempre el capítulo Husserl.

Hoy Manuela está de buen humor, salta a la vista. Saca con brío una cajita llena de pastas de almendras provistas aún de los papelitos blancos fruncidos sobre los que se han confeccionado, se sienta, le quita con esmero las arrugas al mantel, preámbulo de una declaración que a todas luces la exalta.

Yo dispongo las tazas, me siento a mi vez y aguardo.

—La señora de Broglie no está satisfecha con sus trufas —empieza Manuela.

—¿Ah, no? —contesto educadamente.

—No huelen a nada —prosigue con expresión hosca, como si ese fallo fuera para ella una ofensa personal de máxima importancia.

Saboreamos esa información en su justo valor, y me complazco en imaginarme a Bernadette de Broglie en su cocina, azorada y desgreñada, afanándose por vaporizar sobre las infractoras una decocción de jugo de setas y níscalos con la esperanza irrisoria pero desesperada de que terminarán así por exhalar algo que pueda evocar un bosque.

—Y *Neptune* se ha hecho pis en la pierna del señor Saint-Nice —prosigue Manuela—. El pobre animal debía de llevar horas aguantándose, y cuando el señor ha sacado la correa, no se ha podido contener y se lo ha hecho en el mismo *hall* sobre el bajo de su pantalón.

Neptune es el cocker de los propietarios del tercero derecha. La segunda y la tercera son las únicas plantas divididas en apartamentos (de doscientos metros cada uno). En el primer piso están los de Broglie; en el cuarto, los Arthens; en el quinto, los Josse; y, en el sexto, los Pallières. En el segundo viven los Meurisse y los Rosen. En el tercero, los Saint-Nice y los Badoise. *Neptune* es el perro de los Badoise o más exactamente de la señorita Badoise, que estudia derecho en la Universidad de París-II y organiza concentraciones de propietarios de cockers que también estudian derecho en París-II.

Tengo una gran simpatía por *Neptune*. Sí, nos apreciamos mucho, sin duda por la gracia de la complicidad que nace de que los sentimientos de uno son inmediatamente accesibles al otro. Neptune siente que le tengo cariño; sus distintos deseos me son a mí transparentes. Lo sabroso de todo este asunto reside en el hecho de que él se obstina en ser un perro cuando su ama querría hacer de él un caballero. Cuando sale al patio, tirando, tirando a más no poder de su correa de cuero amarillo, mira con codicia los charcos de agua enfangada que se pasan todo el día ahí tan tranquilos. En cuanto su dueña tira con un golpe seco de su yugo, *Neptune* baja el trasero a ras del suelo y, sin más ceremonia, se pone a lamerse los atributos. Cuando ve a *Athéna*, la ridícula whippet de los Meurisse, saca la lengua como un sátiro lúbrico y jadea de manera anticipada, con la cabeza llena de fantasías. Lo más gracioso que tienen los cockers es que, cuando están de buen humor, tienen unos andares como si se balancearan; es como si llevaran unos muellecitos fijados a las patas que, al andar, los impulsaran hacia arriba, pero suavemente, sin brusquedad. Al andar así se les agitan también las patas y las orejas, como el balanceo de un navío, y el cocker, barquito amable que cabalga sobre tierra firme, aporta a estos pagos urbanos un toque marítimo que me encanta.

Neptune, por último, es un comilón dispuesto a todo por un vestigio de nabo o un mendrugo de pan duro. Cuando su dueña pasa delante del cuartito de la basura, éste tira como un loco de su correa en dirección al mismo, con la lengua fuera y agitando la cola como un loco. Diane Badoise se desespera. Esta alma distinguida estima que su perro debía haber sido como las muchachas de clase alta de Savannah, en el sur confederado de antes de la guerra, que sólo podían encontrar marido si fingían no tener apetito.

En lugar de eso, Neptune es más bien un *yankee* hambriento.

Diario del movimiento del mundo n.º 2

Bacon para el cocker

En mi edifico hay dos perros: la whippet de los Meurisse, que parece un esqueleto recubierto por una costra de cuero beis, y el cocker rojizo de Diane Badoise, la hija del abogado ese tan pijo, una rubia anoréxica que lleva impermeables de Burberrys. La whippet se llama *Athéna* y el cocker, *Neptune*. Esto lo digo por si hasta ahora no os habíais dado cuenta de la clase de edificio en que vivo. Aquí nada de perros *Rex* ni *Toby*. Bueno, total que ayer, en el vestíbulo, se cruzaron los dos perros y tuve la ocasión de presenciar una coreografía muy interesante. No haré comentarios sobre los perros, que se olisquearon el trasero. No sé si a *Neptune* le huele mal el suyo, pero el caso es que *Athéna* se echó para atrás de un salto mientras que él, por el contrario, parecía estar olisqueando un ramo de rosas en medio del cual hubiera un gran chuletón poco hecho.

Pero no, lo interesante en este asunto eran las dos humanas que sujetaban el otro extremo de las correas. Porque, en la ciudad, son los perros quienes llevan a los amos de paseo, aunque nadie parezca comprender que el hecho de haber querido cargar voluntariamente con un perro al que hay que sacar a pasear dos veces al día, llueva, nieve o haga viento, equivale a pasarse uno mismo una correa por el cuello. Bueno, resumiendo, que Diane Badoise y Anne-Hélène Meurisse (mismo modelo de mujer con veinticinco años de intervalo) se cruzaron en el vestíbulo, sujeta cada cual a su correa. ¡En esos casos, es siempre un lío de aquí te espero! Son las dos tan torpes como si llevaran aletas de buceo en los pies y en las manos, porque son incapaces de hacer lo único que sería eficaz en esa situación: reconocer lo que ocurre para poder evitarlo. Pero como hacen como si sacaran a pasear a un par de peluches distinguidos sin ninguna pulsión fuera de lugar, no pueden gritarles a los perros que dejen de olisquearse el culo o de lamerse las pelotas.

He aquí pues lo que ocurrió: Diane Badoise salió del ascensor con *Neptune*, y Anne-Hélène Meurisse esperaba justo delante con *Athéna*. Por así decirlo, echaron a los perros uno contra el otro y, por descontado, no podía ser de otra manera, *Neptune* se puso como loco. Salir tan tranquilito del ascensor y encontrarse con el hocico en el trasero de *Athéna* no es algo que ocurra todos los días. Hace la tira de tiempo que Colombe nos da la tabarra con el *kairos,* un concepto griego que significa más o menos el «momento propicio», eso que según ella Napoleón sabía aprovechar, pues por supuesto mi hermana es experta en estrategia militar. Bueno, pues eso, que el *kairos* es la intuición del momento, vaya. Pues dejadme que os diga que *Neptune* el suyo lo tenía justo delante del hocico y no se anduvo por las ramas, no, qué va, se puso en plan húsar a la antigua: se montó encima. «¡Oh, Dios mío!», exclamó Anne-Hélène como si fuera ella misma la víctima del ultraje. «¡Oh, no!», protestó a su vez Diane Badoise, como si toda la vergüenza recayera sobre ella, cuando me apuesto una chocolatina Michoko a que ni se le hubiera pasado por la cabeza subirse sobre el trasero de *Athéna*. Y entonces se pusieron las dos a la vez a tirar de sus perros por medio de las correas, pero hubo un problema y eso fue lo que dio lugar a un movimiento interesante.

El caso es que Diane debería haber tirado hacia arriba y la otra, hacia abajo, lo cual habría separado a los perros, pero, en lugar de eso, tiraron cada una de un lado, y como el espacio que hay delante del hueco del ascensor es reducido, muy pronto se toparon con un obstáculo: una chocó contra la reja del ascensor y, la otra, contra la pared de la izquierda; gracias a eso, *Neptune*, al que la primera tracción había desestabilizado, pudo recuperar algo de impulso y se arrimó con más ímpetu aún si cabe a *Athéna*, que ponía ojos de susto, chillando como una loca. En ese momento, las humanas cambiaron de estrategia, tratando de arrastrar a sus perros hacia espacios más amplios para poder repetir la maniobra con mayor comodidad. Pero la cosa urgía: todo el mundo sabe que llega un momento en que no se puede despegar a dos perros de ninguna manera. Pusieron pues ambas el turbo gritando a la vez «ay Dios, ay Dios, ay Dios» y tirando de las correas como si de ello dependiera su virtud. Pero, en su precipitación, Diane Badoise resbaló ligeramente y se torció el tobillo. Y he aquí el movimiento interesante: el tobillo se le torció hacia fuera y, al mismo tiempo, todo su cuerpo se movió en esa misma dirección, salvo su cola de caballo que describió la trayectoria inversa.

Os aseguro que fue impresionante: parecía un cuadro de Bacon. Hace siglos que en el cuarto de baño de mis padres hay un cuadro de Bacon enmarcado en el que sale una persona en el cuarto de baño, precisamente, pero a lo Bacon, o sea, en plan torturado y no muy atractivo. Siempre he pensado que debía de tener cierto efecto sobre la serenidad de los actos pero bueno, aquí en casa todo el mundo disfruta de su propio cuarto de baño, así que nunca me he quejado.

Pero cuando Diane Badoise se desarticuló por completo al torcerse el tobillo, formando con las rodillas, los brazos y la cabeza unos ángulos extraños, todo ello coronado por la cola de caballo, dispuesta en horizontal sobre el resto, enseguida pensé en el cuadro de Bacon. Durante un brevísimo instante, pareció una marioneta desarticulada, se oyó un gran *crac* corporal y, durante varias milésimas de segundo (porque todo ocurrió muy deprisa pero, como ahora presto atención a los movimientos del cuerpo, lo vi como a cámara lenta), Diane Badoise se asemejó a un personaje de Bacon. De ahí a que yo me diga que ese chisme lleva todos estos años en el cuarto de baño de mis padres sólo para que yo pudiera apreciar bien ese movimiento extraño, no hay más que un paso. Después Diane se cayó sobre los perros y con ello resolvió el problema, pues *Athéna*, al aplastarse contra el suelo, se zafó de *Neptune*. A ello siguió una coreografía complicada, porque Anne-Hélène quería ayudar a Diane a la vez que pugnaba por mantener a su perra a distancia del lúbrico monstruo, y *Neptune*, del todo indiferente a los gritos y al dolor de su ama, seguía tirando de la correa en dirección al chuletón con aroma de rosas. Pero en ese preciso instante la señora Michel salió de la portería, y yo cogí la correa de *Neptune* y lo alejé de allí.

Qué chasco se llevó el pobre. De repente se sentó y se puso a lamerse sus partes haciendo mucho ruido, lo cual no hizo sino agravar la desesperación de la pobre Diane. La señora Michel llamó a una ambulancia porque su tobillo empezaba a parecer una sandía y llevó a *Neptune* de vuelta a casa de sus amos, mientras Anne-Hélène se quedaba con Diane. En cuanto a mí, volví a mi casa preguntándome: y bien, por un Bacon al natural, ¿vale la pena seguir viviendo?

Decidí que no: porque no sólo *Neptune* no consiguió su golosina sino que, además, se quedó sin paseo.

8

PROFETA DE LAS ELITES MODERNAS

Esta mañana, mientras escuchaba la emisora France Inter, me he llevado la sorpresa de descubrir que no soy quien creía ser. Hasta entonces había atribuido a mi condición de autodidacta proletaria las razones de mi eclecticismo cultural. Como ya he mencionado, he dedicado cada segundo de mi existencia que podía sustraer al trabajo a leer, ver películas y escuchar música. Pero ese frenesí en devorar objetos culturales adolecía a mi juicio de una falta de gusto total, la de la mezcla brutal de obras respetables con otras que lo eran mucho menos.

Sin duda es en el campo de la lectura donde mi eclecticismo es menos acusado, si bien mi diversidad de intereses es en dicho ámbito la más extrema. He leído obras de historia, de filosofía, de economía política, de sociología, de psicología, de pedagogía, de psicoanálisis y, por supuesto y ante todo, de literatura. Las primeras me han interesado; la última constituye toda mi vida. Mi gato, *León*, debe su nombre a Tolstoi. El anterior se llamaba *Dongo* por Fabrice del. Al primero lo bauticé

Karenina por Ana, nombre que yo acortaba en *Kare*, por miedo a que me desenmascarasen. Exceptuando la infidelidad stendhaliana, mis gustos se sitúan de manera muy nítida en la Rusia anterior a 1910, pero me vanaglorio de haber devorado una parte bastante apreciable de la literatura mundial, teniendo en cuenta que soy una persona de origen campesino cuyas esperanzas de hacer carrera alcanzaron hasta la portería del número 7 de la calle de Grenelle, cuando habría podido pensarse que un destino como el mío me abocara al culto eterno de las novelitas rosas de Barbara Cartland. Bien es cierto que soy —y me siento— culpable de cierta inclinación por las novelas policíacas, pero las que yo leo las considero literatura de altísima categoría. Me resulta especialmente difícil, algunos días, sustraerme a la lectura de alguna novela de Connelly o de Mankell para contestar al timbrazo de Bernard Grelier o de Sabine Pallières, cuyas preocupaciones no son congruentes con las meditaciones de Harry Bosch, el agente amante del jazz del Departamento de Policía de Los Ángeles, sobre todo cuando me preguntan:

—¿A qué se debe que el olor de la basura *llega* hasta el patio?

Que Bernard Grelier y la heredera de una antigua familia de la Banca puedan preocuparse por las mismas trivialidades e ignorar ambos que la construcción sintáctica encabezada por «a qué se debe» rige el empleo del subjuntivo arroja nueva luz sobre la humanidad.

En el capítulo cinematográfico, por el contrario, mi eclecticismo alcanza cotas insospechadas. Me gustan las películas comerciales americanas y las obras del cine de autor. De hecho, durante mucho tiempo consumí preferentemente cine de entretenimiento americano o inglés, con excepción de algunas obras serias que yo consideraba con mi mirada pronta a pasarlo todo por el tamiz de la estética, esa mirada pasional y empática que sólo se codea con el entretenimiento. Greenaway suscita en mí admiración, interés y bostezos, mientras que lloro cual magdalena esponjosa cada vez que Melly y Mammy suben la escalera de los Butler tras la muerte de Bonnie Blue, y considero *Blade Runner* una obra maestra de la distracción de primera categoría. Durante mucho tiempo, he estimado una fatalidad que el séptimo arte fuera bello, poderoso y soporífero y que el cine de entretenimiento fuera fútil, divertido y abrumador.

Miren, hoy por ejemplo bullo de impaciencia ante la perspectiva del regalo que me he hecho a mí misma. Es el fruto de una paciencia ejemplar, el cumplimiento del deseo, largo tiempo diferido, de ver de nuevo una película que vi por vez primera la Navidad de 1989.

9

OCTUBRE ROJO

La Navidad de 1989 Lucien estaba muy enfermo. Si bien no sabíamos todavía cuándo llegaría la muerte, ya sentíamos el nudo de la certeza de su inminencia, un nudo doble, el que cada uno sentía en su fuero interno y el de ese vínculo invisible que nos unía el uno al otro. Cuando la enfermedad entra en un hogar, no se apodera sólo de un cuerpo, sino que teje entre los corazones una tela oscura que entierra toda esperanza. Como el hilo de una telaraña que se enredara alrededor de nuestros proyectos y de nuestro aliento, la enfermedad, día tras día, devoraba nuestra vida. Cuando volvía a entrar a casa desde el exterior, tenía la impresión de penetrar en una tumba y sentía frío todo el rato, un frío que nada aliviaba hasta el punto de que, los últimos tiempos, cuando dormía junto a Lucien me parecía que su cuerpo aspiraba todo el calor que el mío hubiera podido robar en otro sitio.

La enfermedad, diagnosticada en la primavera de 1988, lo carcomió durante diecisiete meses y se lo llevó en la Nochebuena de 1989. La señora de Meurisse, la madre, organizó una colecta entre los residentes del palacete, y dejaron ante mi puerta una bonita corona de flores, ceñida por una cinta que no llevaba ninguna mención. Ella fue la única que asistió al funeral. Era una mujer piadosa, fría y rígida, pero había cierta sinceridad en sus modales austeros y un poco bruscos, y cuando murió, un año después de Lucien, me hice la reflexión de que era una mujer de bien y que la echaría de menos, aunque durante quince años apenas hubiéramos intercambiado alguna que otra palabra.

—Le amargó la vida a su nuera hasta el final. Descanse en paz, era una santa mujer —había añadido Manuela (que profesaba por la señora de Meurisse, la nuera, un odio raciniano) a guisa de oración fúnebre.

Exceptuando a Cornélia Meurisse, sus velos y sus rosarios, la enfermedad de Lucien no le pareció a nadie algo digno de interés. Los ricos piensan que la gente modesta, quizá porque su vida está enrarecida, privada del oxígeno del dinero y el don de gentes, siente las emociones humanas con una intensidad menor y una mayor indiferencia. Dado que éramos porteros, parecía darse por hecho que la muerte era para nosotros una evidencia en el curso de las cosas, mientras que, para aquellos a los que la fortuna había sonreído, habría revestido el hábito de la injusticia y el drama. Un portero que se extingue es un ligero hueco en el transcurso de la vida cotidiana, una certeza biológica que no lleva asociada ninguna tragedia y, para los propietarios que se cruzaban con él todos los días en la escalera o ante la portería, Lucien era una no existencia que volvía a una nada que nunca había abandonado, un animal que, porque vivía una semivida, sin fasto ni artificios, en el momento de la muerte sin duda debía experimentar sólo una semirrebelión. El hecho de que, como todo el mundo, pudiéramos vivir un infierno y que, con el corazón encogido de rabia a medida que el sufrimiento arrasaba nuestra existencia, acabáramos de descomponernos, en el tumulto del temor y del horror que la muerte a todos inspira, no se le pasaba siquiera por la mente a nadie en aquel lugar.

Una mañana, tres semanas antes de Navidad, cuando volvía de la compra con una bolsa llena de nabos y algo de casquería para el gato, me encontré a Lucien vestido, dispuesto a salir a la calle. Se había puesto incluso la bufanda y, de pie, me estaba esperando. Después del caminar extenuado de un marido a quien el trayecto del dormitorio a la cocina agotaba toda fuerza y sumía en una espantosa lividez, después de semanas enteras sin verlo desprenderse de un pijama que se me antojaba el hábito mismo del tránsito, descubrirlo con mirada chispeante y expresión traviesa, con el cuello de su abrigo de invierno bien subido hasta unas mejillas que animaba un extraño arrebol, a punto estuvo de hacerme desfallecer.

—¡Lucien! —exclamé, e iba a esbozar el ademán de ir hacia él para sostenerlo, sentarlo, desvestirlo, qué sé yo, todos los gestos desconocidos que me había enseñado la enfermedad y que, esos últimos tiempos, habían pasado a ser los únicos que sabía hacer, iba a dejar en el suelo mi bolsa de la compra, a abrazarlo, estrecharlo entre mis brazos, llevarlo en volandas y todas esas cosas, cuando, con la respiración entrecortada, sintiendo en el corazón una extraña dilatación, me detuve.

—Tenemos el tiempo justo —me dijo Lucien—, la sesión es a la una.

En el calor de la sala, al borde del llanto, feliz como nunca me había sentido, sostuve su mano tibia por primera vez desde hacía meses. Sabía que una oleada inesperada de energía lo había hecho levantarse de la cama, le había dado la fuerza de vestirse, la sed de salir, el deseo de que una vez más compartiéramos ese placer conyugal, y sabía también que era la señal de que quedaba poco tiempo, era el estado de gracia que precede al final, pero no me importaba y sólo quería disfrutar de aquello, de esos instantes que le robábamos al yugo de la enfermedad, de su mano tibia en la mía y de las vibraciones de placer que nos recorrían a ambos porque, a Dios gracias, era una película cuyo sabor podíamos compartir.

Pienso que murió inmediatamente después. Su cuerpo resistió tres semanas más todavía, pero su espíritu se extinguió al final del pase, porque sabía que era mejor así, porque me había dicho adiós en la sala oscura, sin anhelos desgarradores en exceso, porque había hallado la paz así, seguro de lo que nos habíamos dicho sin necesidad de palabras, mientras mirábamos juntos la pantalla iluminada en la que se narraba una historia.

Yo lo acepté.

La caza del octubre rojo era la película de nuestro último abrazo. Quien quiera comprender el arte del relato no tiene más que verla; cabe preguntarse por qué la Universidad se empeña en enseñar los principios narrativos a golpe de Propp, Greimas u otros castigos en lugar de invertir en una sala de proyección. Primicias, intriga, actantes, peripecias, búsqueda, protagonistas y otros coadyuvantes: basta un Sean Connery en uniforme de oficial de submarino ruso y varios portaaviones bien situados.

Pero, como iba diciendo, esta mañana me he enterado al escuchar la emisora France Inter de que esta contaminación de mis aspiraciones a la cultura legítima por otras inclinaciones a la cultura ilegítima no constituye un estigma de mi baja extracción social ni de mi acceso solitario a las luces del espíritu, sino una característica contemporánea de las clases intelectuales dominantes. ¿Cómo me he enterado? Por boca de un sociólogo, del que me habría encantado saber si a él mismo le habría encantado saber que una portera con zuecos ortopédicos del doctor Scholl acababa de erigirlo en icono sagrado. En su estudio de la evolución de las prácticas culturales de intelectuales antaño inmersos en una educación de alto nivel desde el alba hasta el crepúsculo y que ya se han convertido en polos de sincretismo en los que la frontera entre la verdadera y la falsa cultura se ha vuelto ya irremediablemente borrosa, describía a un catedrático universitario de letras clásicas que antaño habría escuchado a Bach, leído a Mauriac y consumido películas de arte y ensayo, y que, hoy, escucha a Haendel y al rapero MC Solaar, lee a Flaubert y a John Le Carré, va al cine a ver una de Visconti y la última entrega de *Jungla de cristal*, almuerza hamburguesas y cena sushi.

Resulta siempre muy perturbador descubrir un hábito social dominante allí donde uno creía ver la marca de su propia singularidad. Perturbador e incluso decepcionante. Que yo, Renée, de cincuenta y cuatro años, portera y autodidacta, sea, pese a mi enclaustramiento en la típica portería, pese a un aislamiento que debería haberme protegido de las taras de la masa, pese a esta avergonzada cuarentena ignorante de las evoluciones del vasto mundo en la que me he confinado, que yo, Renée, sea testigo de la misma transformación que agita a las elites actuales —compuestas por vástagos Pallières que leen a Marx y van con la pandilla a ver *Terminator*, o de retoños Badoise que estudian derecho en Assas y lloriquean ante películas como *Notting Hill*— supone un mazazo del que me cuesta recuperarme. Pues resulta muy obvio, para quien preste atención a la cronología, que no imito a esos pipiolos sino que, en mis prácticas eclécticas, me he adelantado a ellos.

Renée, profeta de las elites contemporáneas.

—Bueno, bueno, ¿y por qué no? —me digo, extrayendo de mi bolsa de la compra el filete de hígado de ternera del gato y exhumando, de debajo, dos filetitos de salmonete que pienso marinar para después cocinar en zumo de limón saturado de cilantro.

Y en ese preciso momento ocurre el hecho.

Idea profunda n.º 4

Cuida de
las plantas
los niños

A mi casa viene una asistenta tres horas todos los días, pero de las plantas se ocupa mamá. Y no veáis el circo que monta. Tiene dos regaderas, una para el agua con abono y otra para el agua sin cal, y aparte un vaporizador con distintas posiciones para pulverizaciones «a chorro», «en forma de lluvia» o «en bruma ligera». Todas las mañanas pasa revista a las veinte plantas de la casa y administra un tratamiento *ad hoc* a cada una. Y masculla un montón de cosas, del todo indiferente al resto del mundo. Se le puede decir cualquier cosa a mamá mientras se ocupa de sus plantas, porque total no hace ni caso. Por ejemplo: «Hoy tengo pensado drogarme y morir de sobredosis» obtiene como respuesta: «La punta de las hojas de la kentia amarillea, además está encharcada; no pinta nada bien.»

Esto ya nos da el principio del paradigma: si quieres arruinar tu vida a fuerza de no oír nada de lo que te dicen los demás, ocúpate de las plantas. Pero no queda ahí la cosa. Cuando mamá pulveriza agua sobre las hojas de las plantas, me doy perfecta cuenta de la esperanza que la anima. Ella piensa que es como un bálsamo que va a penetrar en la planta aportándole lo necesario para prosperar. Lo mismo se aplica al abono, en forma de bastoncillos, que introduce en la tierra (o mejor dicho, en la mezcla de tierra - mantillo - arena - turba que encarga especialmente para cada planta en la floristería de la Puerta de Auteuil). Así pues, mamá alimenta sus plantas como ha alimentado a sus hijas: agua y abono para la kentia, judías verdes y vitamina C para nosotras. Ésa es la esencia del paradigma: concéntrate en el objeto, apórtale elementos nutritivos que van de fuera hacia dentro y, progresando en el interior, lo hacen crecer y le sientan bien. Un toque de pulverizador sobre las hojas y ya está la planta armada para afrontar la existencia. Se la mira con una mezcla de inquietud y de esperanza, se es consciente de la fragilidad de la vida, se preocupa uno de los accidentes que pueden ocurrir pero, al mismo tiempo, se tiene la satisfacción de haber hecho lo que había que hacer, de haber desempeñado una función alimentaria: uno se siente reconfortado, seguro durante un tiempo. Así es como ve la vida mamá: como una serie de actos que conjuran el peligro, tan ineficaces como un toque de pulverizador, y dan una breve ilusión de seguridad.

Cuánto mejor sería si compartiéramos unos con otros nuestra inseguridad, si todos juntos nos adentráramos en nosotros mismos para decirnos que las judías verdes y la vitamina C, si bien alimentan al animal que somos, no salvan la vida ni sustentan el alma.

10

UN GATO LLAMADO GRÉVISSE

Chabrot llama a mi puerta.

Chabrot es el médico personal de Pierre Arthens. Es un viejo guaperas eternamente bronceado, de estos que se resisten a envejecer y a dejar de seducir. Este espécimen en concreto se retuerce y se estremece ante el Maestro como el gusano que es y, en veinte años, no me ha saludado jamás ni me ha manifestado siquiera que yo fuera perceptible a su conciencia. Una experiencia fenomenológica interesante consistiría en inquirir los fundamentos de la no percepción a la conciencia de algunos de aquello que sí percibe la conciencia de otros. Que mi imagen pueda a la vez imprimirse en el cráneo de *Neptune* y escapársele al de Chabrot es un efecto que me cautiva sobremanera.

Pero, esta mañana, la tez de Chabrot parece haberse desteñido. Muestra unas mejillas fláccidas, le tiemblan las manos y tiene la nariz… mojada. Sí, mojada. A Chabrot, el médico de los poderosos, le moquea la nariz. Por si eso fuera poco, pronuncia mi nombre.

—Señora Michel.

Quizá no se trate de Chabrot sino de una suerte de extraterrestre transformista que dispone de un servicio de información que deja bastante que desear, porque el verdadero Chabrot no digna ocupar su mente con datos que incumben a subalternos por definición anónimos.

—Señora Michel —repite la imitación fallida de Chabrot—, señora Michel.

Está bien, de acuerdo, ahora ya lo sabe todo el mundo: soy la señora Michel.

—Ha ocurrido una terrible desgracia —prosigue Nariz Moqueante quien, ¡canastos!, en lugar de sonarse se sorbe los mocos.

Ahí es nada. Se sorbe ruidosamente, devolviendo el hilillo de mocos al lugar de donde partió, y la rapidez de la acción me obliga a asistir a las contracciones febriles de su nuez con vistas a facilitar el paso del hilillo antes mencionado. Es repulsivo pero sobre todo desconcertante.

Miro a derecha e izquierda. El vestíbulo está desierto. Si mi E.T. tiene intenciones hostiles, estoy perdida.

Éste se recompone y repite.

—Una terrible desgracia, sí, una terrible desgracia. El señor Arthens está agonizante.

—¿Agonizante? —pregunto—. ¿Agonizante de verdad?

—Agonizante de verdad, señora Michel, agonizante de verdad. Le quedan cuarenta y ocho horas.

—¡Pero si lo vi ayer por la mañana y estaba como una rosa! —digo, anonadada.

—Por desgracia, señora, cuando el corazón falla, no hay nada que hacer. Por la mañana uno da brincos como un cabritillo, y por la noche tiene un pie en la tumba.

—¿Se va a morir en su casa, no va a ir al hospital?

—Oooooooh, señora Michel —me dice Chabrot, mirándome con la misma expresión que *Neptune* cuando lleva la correa al cuello—, ¿y quién querría morir en un hospital?

Por primera vez en veinte años, experimento un vago sentimiento de simpatía por Chabrot. Después de todo, me digo, él también es un hombre y, a fin de cuentas, ¿no nos parecemos todos?

—Señora Michel —prosigue Chabrot, y me aturulla este desenfreno de señora Michel por aquí, señora Michel por allá, después de veinte años sin una sola mención de mi nombre—, sin duda mucha gente querrá ver al Maestro antes de… antes. Pero él no quiere recibir a nadie. Sólo a Paul quiere ver. ¿Puede usted impedir el paso a los importunos?

Me debato entre sentimientos encontrados. Observo, como de costumbre, que la gente no parece notar mi presencia más que para encargarme tareas. Pero, después de todo, me digo, para eso estoy. Observo también que Chabrot se expresa de una manera que me fascina —¿puede usted impedir el paso a los importunos?— y ello me perturba. Me gusta esa corrección anticuada. Soy esclava de la gramática, me digo, debería haber llamado a mi gato Grévisse, como el célebre gramático belga. Este Chabrot me indispone, pero su manera de expresarse me deleita. Por último, ¿quién querría morir en el hospital?, ha preguntado el viejo guaperas. Nadie. Ni Pierre Arthens, ni Chabrot, ni yo, ni Lucien. Mediante esta pregunta anodina, Chabrot nos ha hecho hombres a todos.

—Haré lo que pueda —le digo—. Pero tampoco puedo perseguirlos hasta la escalera.

—No —concede éste—, pero puede usted desalentarlos. Dígales que el Maestro ha cerrado sus puertas.

Y me mira de una manera extraña.

Tengo que andarme con cuidado, tengo que andarme con mucho cuidado. Estos últimos tiempos estoy bajando la guardia. Primero, que si el incidente del vástago de los Pallières, esa manera tan absurda de citar *La ideología alemana* que, de haber sido el muchacho siquiera la mitad de inteligente que una almeja, habría podido sugerirle un montón de cosas de lo más embarazosas. Y hete aquí que ahora, sólo porque un carcamal tostado con rayos UVA me obsequia con expresiones anticuadas, me extasío ante él y olvido todo rigor.

Anego en mis ojos la chispa que en ellos había surgido y adopto la mirada vidriosa de toda portera que se precie y que se dispone a hacer lo que esté en su mano sin por ello llegar a perseguir a la gente hasta la escalera.

La expresión extraña de Chabrot se desvanece.

Para borrar todo rastro de mis fechorías, me permito una pequeña herejía.

—¿Cree usted *de* que es un infarto? —pregunto.

—Sí —contesta Chabrot—, eso es, un infarto.

Silencio.

—Gracias —añade.

—De nada, a mandar —le contesto, y cierro la puerta.

Idea profunda n.º 5

La vida
de todos
ese servicio militar

Me siento muy orgullosa de esta idea profunda. La he tenido gracias a Colombe. Bueno, al menos me habrá sido útil una vez en la vida. No hubiera creído poder decir esto antes de morir.

Desde siempre, Colombe y yo estamos enfrentadas porque, para Colombe, la vida es una batalla permanente en la que hay que vencer aniquilando al otro. No puede sentirse segura si no ha aplastado al adversario y si no ha reducido su territorio al mínimo necesario. Un mundo en el que hay espacio para los demás es un mundo peligroso según sus criterios de guerrera de tres al cuarto. A la vez, sólo necesita a los demás para una pequeña tarea esencial: alguien tiene que reconocer su fuerza. Por lo tanto no sólo se pasa el tiempo tratando de aplastarme por todos los medios posibles, sino que, además, le gustaría que le dijera, hundiéndose su espada en la carne de mi cuello, que es la mejor y que la quiero. Esto se traduce en que me trae por la calle de la amargura día tras día, tanto que me voy a volver loca. Y luego esto ya es la guinda: por una oscura razón, Colombe, que no tiene dos dedos de frente, ha comprendido que lo que más miedo me da en la vida es el ruido. Me parece que esto lo descubrió por casualidad. A ella no se le habría ocurrido espontáneamente que alguien pudiera tener necesidad de silencio. Que el silencio sirva para ir al interior de uno mismo, que sea necesario para aquellos a los que no nos interesa únicamente la vida exterior, no creo que pueda comprenderlo porque su propio interior es tan caótico y ruidoso como una calle llena de coches. Pero, sea como fuere, ha comprendido que yo necesitaba silencio y, por desgracia, mi habitación es contigua a la suya. Entonces, durante todo el día, se dedica a hacer ruido. Chilla al teléfono, pone la música a todo volumen (y eso sí que acaba conmigo), pega portazos, comenta en voz alta todo lo que hace, incluso cosas tan apasionantes como cepillarse el pelo o buscar un lápiz en un cajón. Vamos, que como no puede invadir nada más porque humanamente le soy del todo inaccesible, invade mi espacio sonoro y me amarga la vida todo el día, desde el amanecer hasta el ocaso. Nótese que hace falta tener un concepto muy pobre del territorio para llegar hasta ese extremo; a mí, en cambio, me trae sin cuidado el lugar en el que me encuentre, siempre y cuando tenga la libertad de moverme sin obstáculos dentro de mi cabeza. Pero Colombe, por el contrario, no se contenta con ignorar este hecho; lo transforma en filosofía: «La plasta de mi hermana es una birria de persona intolerante y neurasténica que odia a los demás y que preferiría vivir en un cementerio donde todos estén muertos; mientras que yo soy por naturaleza abierta, alegre y llena de vida.» Si hay algo que odio es que la gente transforme sus incapacidades o sus alienaciones en credo. Así que menuda suerte me ha tocado con Colombe.

Pero, desde hace varios meses, no se contenta con ser la hermana más espantosa del universo. Tiene también el mal gusto de comportarse de manera inquietante. Desde luego es lo que menos necesito: un purgante agresivo por hermana y, encima, asistir al espectáculo de sus pequeñas miserias. Desde hace varios meses, a Colombe la obsesionan dos cosas: el orden y la limpieza. La consecuencia de ello es muy agradable: de zombi he pasado a ser sucia. Se tira todo el santo día echándome la bronca porque he dejado migas en la cocina o porque esta mañana había un pelo en la ducha. No obstante, no la toma sólo conmigo. Acosa a todo el mundo todo el día porque hay migas o desorden. Su habitación, que antes era una leonera que no os cuento, luce ahora una higiene aséptica: todo impecable, ni una mota de polvo, cada cosa en su sitio y un sitio para cada cosa, y ay de la señora Grémond si no lo vuelve a dejar todo exactamente como estaba antes de entrar a limpiar. Parece un hospital. Bueno, si me apuráis podría no importarme que Colombe se haya vuelto tan maniática. Lo que no soporto es que se las siga dando de guay. Hay un problema, pero todo el mundo hace como si no lo viera, y Colombe sigue fingiendo ser la única de las dos que se toma la vida de manera «epicúrea». Pero yo os aseguro que no tiene nada de epicúreo ducharse tres veces al día y ponerse a gritar como una loca porque alguien le ha desplazado tres centímetros su lamparilla de noche.

¿Cuál es el problema de Colombe? Ni idea. Puede ser que, a fuerza de querer aplastar a todo el mundo, se ha transformado en un soldado, en el sentido literal del término. Por eso lo deja todo impecable, limpia y saca brillo, como en el ejército. El soldado tiene la obsesión del orden y la limpieza, eso lo sabe todo el mundo. Es necesario para luchar contra el desorden de la batalla, la suciedad de la guerra y todos esos hombres despedazados que la barbarie deja a su paso. Pero yo me pregunto de hecho si no es Colombe un caso exacerbado que la norma pone de manifiesto. ¿Acaso no abordamos todos la vida como quien realiza el servicio militar? Es decir, haciendo lo que uno buenamente puede a la espera del combate o de que termine el servicio. Algunos dejan la camareta como los chorros del oro, otros hacen el vago, se pasan el tiempo jugando a las cartas, trapichean o intrigan. Los oficiales mandan, los guripas obedecen pero a nadie se le escapa que se trata de una comedia a puerta cerrada: un buen día no habrá más remedio que ir a morir, tanto los oficiales como los soldados, los cretinos como los listillos que trafican con cigarrillos o con papel higiénico.

Ya que estoy, os expongo la hipótesis psicológica más sencilla: Colombe es tan caótica en su interior, tan vacua y tan llena de cosas a la vez, que trata de poner orden dentro de sí misma limpiando y guardando cada cosa en su sitio. Qué gracioso, ¿verdad? Hace tiempo que me he dado cuenta de que los psicólogos son grandes humoristas que se creen que la metáfora es cosa de gente muy sabia. En realidad, está al alcance de cualquier mocoso de 11 años. Tendríais que ver cómo se lo pasan los amigos psicoanalistas de mamá con el más mínimo juego de palabras, y también las tonterías que nos cuenta mamá de ellos, porque le cuenta a todo el mundo sus sesiones con su psicoanalista, como si viniera de Disneylandia: por un lado está la noria «mi vida de familia», por otro la heladería «mi vida con mi madre», la súper montaña rusa «mi vida sin mi madre», el pasaje del terror «mi vida sexual» (bajando la voz para que yo no la oiga) y, por último, el túnel de la muerte «mi vida de mujer premenopáusica».

Pero a mí, lo que me asusta de Colombe es que muchas veces tengo la impresión de que no siente nada. Todos los sentimientos que demuestra son tan falsos, tan artificiales, que me pregunto si de verdad siente algo. Y a veces me da miedo. A lo mejor está loca de atar, quizá trata por todos los medios de sentir algo auténtico, y tal vez esté a punto de llevar a cabo un acto absurdo. Ya me veo venir los titulares de los periódicos: «La Nerón de la calle Grenelle: una joven prende fuego a la casa familiar. Al interrogarla sobre las razones de su acto, contesta: "quería sentir alguna emoción".»

Bueno, vale, estoy exagerando. Y no soy la más indicada para criticar la piromanía. Pero al oírla gritar esta mañana porque había pelos de gato en su abrigo verde, me he dicho: pobrecita mía, la batalla está perdida de antemano. Si lo supieras te sentirías mejor.

11

DESOLACIÓN DE LAS REVUELTAS MONGOLES

Llaman suavemente a mi puerta. Es Manuela. Le acaban de decir que puede irse a casa antes de terminar su jornada.

—El maestro está agonizante —me dice, y no acierto a determinar el grado de ironía que le confiere ella a la repetición del lamento de Chabrot—. No está usted ocupada, ¿tomaríamos el té ahora?

Esa desenvoltura en la concordancia de los tiempos verbales, ese empleo del condicional en forma interrogativa, para implicar una sugerencia, esa libertad con la que Manuela se mueve por la sintaxis porque no es más que una pobre portuguesa sometida a la lengua del exilio, tienen el mismo aroma pasado de moda que las expresiones controladas de Chabrot.

—Me he cruzado con Laura en la escalera —dice, sentándose, con el ceño fruncido—. Se sujetaba a la barandilla como si tuviera ganas de hacer pis. Al verme, se ha ido.

Laura es la segunda hija de los Arthens, una chica

amable que no visita a sus padres a menudo. Clémence, la mayor, es una encarnación dolorosa de la frustración, una meapilas consagrada en cuerpo y alma a dar la tabarra a su marido y a sus hijos hasta el final de sus tristes días salpicados de misas, de reuniones parroquiales y de bordados de punto de cruz. En cuanto a Jean, el benjamín, es un drogadicto que se está convirtiendo en un desecho humano. De pequeño era un niño muy guapo de ojos resplandecientes que siempre iba detrás de su padre como un perrillo, como si su vida dependiera de ello, pero, cuando empezó a drogarse, el cambio fue espectacular: ya no se movía. Tras una infancia malgastada en correr en vano en pos de Dios, sus movimientos se habían vuelto como torpes y ya no se desplazaba más que a sacudidas, realizando en las escaleras, ante el ascensor y en el patio paradas cada vez más prolongadas, hasta llegar incluso a quedarse dormido sobre mi felpudo y delante del cuartito de la basura. Un día que se había detenido con una aplicación anonadante delante del arriate de las rosas de té y de las camelias enanas, le pregunté si necesitaba ayuda, y pensé que cada vez se parecía más a *Neptune*, con ese cabello rizado y desgreñado que le caía en cascada sobre las sienes y esos ojos lacrimosos sobre una nariz húmeda y trémula.

—Eh, eh, no —me contestó entonces, imprimiendo a la frase las mismas pausas que jalonaban sus desplazamientos.

—¿Quiere al menos sentarse un momento? —le sugerí yo.

—¿Sentarse? —repitió, extrañado—. Eh, eh, no, ¿por qué?

—Para descansar un poco —le dije.

—Ah, yaaaaaa —contestó—. Pues, eh, eh, no.

Lo dejé pues en compañía de las camelias, vigilándolo desde mi ventana. Al cabo de un larguísimo momento, se sustrajo a su contemplación floral y se dirigió a velocidad moderada hasta mi puerta. Abrí antes de que llegara a llamar al timbre.

—Voy a moverme un poco —me dijo sin verme, con sus orejas sedosas algo enmarañadas ante los ojos. Luego, a costa de un esfuerzo patente, añadió—: esas flores de ahí… ¿cómo se llaman?

—¿Las camelias? —pregunté yo, sorprendida.

—Camelias… —repitió despacio—, camelias… Bueno, muchas gracias, señora Michel —terminó diciendo con una voz que de repente sonaba extrañamente más firme.

Y dio media vuelta. Pasaron semanas sin que volviera a verlo, hasta esa mañana de noviembre en la que, al pasar ante mi puerta, no lo reconocí de tan bajo como había caído. Sí, la caída… A ella estamos todos abocados. Pero que un hombre joven alcance antes de tiempo el punto desde el que ya no se levantará… La caída es entonces tan visible y tan cruda que le encoge a uno el corazón de pura compasión. Jean Arthens no era ya más que un cuerpo reducido al suplicio que se arrastraba en una vida en la cuerda floja. Me pregunté con espanto cómo se las apañaría para llevar a cabo los gestos tan sencillos que reclama el manejo del ascensor, cuando la repentina aparición de Bernard Grelier, que lo cogió en brazos y lo aupó en volandas como una pluma, me ahorró tener que intervenir. Tuve la breve visión de un hombre maduro e incapaz que llevaba en brazos el cuerpo masacrado de un niño, hasta que desaparecieron en el abismo de la escalera.

—Pero va a venir Clémence —dice Manuela que, es

extraordinario, sigue siempre el hilo de mis pensamientos mudos.

—Chabrot me ha pedido que le ruegue que se marche —digo yo, meditabunda—. No quiere ver más que a Paul.

—De la pena la baronesa se ha sonado la nariz en un trapo —añade Manuela, hablando de Violette Grelier.

No me extraña. En la hora de todos los finales, adviene sin remedio la verdad. Violette Grelier es del trapo como Pierre Arthens es de la seda, y, cada uno, prisionero de su destino, ha de hacerle frente sin escapatoria y ser en el epílogo lo que en el fondo siempre fue, sea cual sea la ilusión con la que haya querido consolarse. Codearse con el paño fino no da ningún derecho, como tampoco tiene derecho a la salud el enfermo.

Sirvo el té y lo degustamos en silencio. Nunca antes lo habíamos tomado juntas por la mañana, y esa brecha en el protocolo de nuestro ritual tiene un extraño sabor.

—Es agradable —murmura Manuela.

Sí, es agradable pues gozamos de una doble ofrenda, la de ver consagrada en esta ruptura en el orden de las cosas la inamovilidad de un ritual al que hemos dado forma juntas para que, tarde tras tarde, se enquistara en la realidad hasta el punto de conferirle sentido y consistencia y que, por el hecho de transgredirse esta mañana, adquiere de pronto toda su fuerza; pero saboreamos también, como lo habríamos hecho de haber sido un néctar preciado, el don portentoso de esa mañana incongruente en la que los gestos mecánicos toman un impulso nuevo, en la que aspirar el aroma, probar, dejar reposar, servir de nuevo, beber a pequeños sorbos viene a ser vivir un nuevo renacer. Esos instantes en que se nos revela la trama de nuestra existencia, mediante la fuerza de un ritual que recuperaremos como era antes con mayor placer aún por haberlo infringido, son paréntesis mágicos que le ponen a uno el corazón al borde del alma, porque, fugitiva pero intensamente, una pizca de eternidad ha venido de pronto a fecundar el tiempo. Afuera, el mundo ruge o se adormece, arden las guerras, los hombres viven y mueren, perecen unas naciones y surgen otras antes de caer a su vez, arrasadas, y, en todo ese ruido y toda esa furia, en esas erupciones y esas resacas, mientras el mundo va, se incendia, se desgarra y renace, se agita la vida humana.

Entonces, tomemos una taza de té.

Como Kakuzo Okakura, el autor de *El libro del té*, que se lamentaba de la revuelta de las tribus mongoles en el siglo XIII no porque hubiera traído consigo muerte y desolación, sino porque había destruido, entre los frutos de la cultura Song, el más preciado de ellos, el arte del té, sé como él que no es un brebaje menor. Cuando deviene ritual, constituye la esencia de la aptitud para ver la grandeza en las cosas pequeñas. ¿Dónde se encuentra la belleza? ¿En las grandes cosas que, como las demás, están condenadas a morir, o bien en las pequeñas que, sin pretensiones, saben engastar en el instante una gema de infinitud?

El ritual del té, esta repetición precisa de los mismos gestos y de la misma degustación, este acceso a sensaciones sencillas, auténticas y refinadas, esta licencia otorgada a cada uno, sin mucho esfuerzo, para convertirse en un aristócrata del gusto, porque el té es la bebida de los ricos como lo es de los pobres, el ritual del té, pues, tiene la extraordinaria virtud de introducir en el absurdo de nuestras vidas una brecha de armonía serena. Sí, el universo conspira a la vacuidad, las almas perdidas lloran la belleza, la insignificancia nos rodea. Entonces, tomemos una taza de té. Se hace el silencio, fuera se oye soplar el viento, crujen las hojas de otoño y levantan el vuelo, el gato duerme, bañado en una cálida luz. Y, en cada sorbo, el tiempo se sublima.

Idea profunda n.º 6

Dime qué ves
qué lees
en el desayuno
y te diré
quién eres

Todas las mañanas, en el desayuno, papá se toma un café y lee el periódico. Varios periódicos, de hecho: *Le Monde, Le Figaro, Libération* y, una vez por semana, *L'Express, Les Échos, Times* y *Courrier international.* Pero salta a la vista que su mayor satisfacción es tomarse su primera taza de café leyendo *Le Monde.* Se enfrasca en la lectura durante al menos media hora. Para poder disfrutar de esa media hora, tiene que levantarse muy, muy temprano porque tiene muchas cosas que hacer todos los días. Pero cada mañana, aunque haya habido una sesión nocturna y sólo haya dormido dos horas, se levanta a las seis y se lee su periódico tomándose un café bien cargado. Así se construye papá cada día. Digo «se construye» porque pienso que, cada vez, es una nueva construcción, como si por la noche todo se hubiera reducido a cenizas y tuviera que volver a empezar desde cero. Así vive su vida un hombre, en nuestro universo: tiene que reconstruir sin cesar su identidad de adulto, ese ensamblaje inestable y efímero, tan frágil, que reviste la desesperanza y, a cada uno ante el espejo, cuenta la mentira que necesitamos creer. Para papá, el periódico y el café son las varitas mágicas que lo transforman en hombre importante. Como la calabaza que se convierte en carroza. Obsérvese que le produce una gran satisfacción: nunca lo veo tan tranquilo y relajado como ante su café de las seis de la mañana. Pero ¡alto es el precio que tiene que pagar! ¡Alto es el precio cuando se lleva una doble vida! Cuando caen las máscaras, porque sobreviene una crisis —y, entre los mortales, siempre hay momentos de crisis—, ¡la verdad es terrible! Mirad por ejemplo a Pierre Arthens, el crítico gastronómico del sexto, que se está muriendo. Hoy a mediodía, mamá ha vuelto de la compra como un ciclón y, nada más entrar en casa, ha lanzado a quien pudiera oírla: «¡Pierre Arthens está agonizante!» Quien podía oírla éramos *Constitución* y yo. Vamos, que sus palabras no han suscitado un gran interés, la verdad sea dicha. Mamá, sorprendida, se ha quedado un pelín decepcionada. Al volver papá, por la noche, lo ha asaltado enseguida para contarle la noticia. Papá parecía sorprendido: «¿El corazón? ¿Así, visto y no visto?», le ha preguntado.

He de decir que el señor Arthens es un malvado de los grandes. Papá en cambio no es más que un chiquillo que juega a dárselas de adulto antipático. Pero el señor Arthens... ése es un malvado de primera categoría. Cuando digo malvado, no me refiero a que sea malo, cruel o déspótico, aunque también un poco. No, cuando digo que es «un malvado de verdad», quiero decir que es un hombre que ha renegado tanto de lo que puede haber de bueno en él que parece un cadáver aunque aún esté vivo. Porque los malvados de verdad odian a todo el mundo, desde luego, pero sobre todo se odian a sí mismos. ¿No os dais cuenta, vosotros, cuando alguien se odia a sí mismo? Ello lleva a estar muerto sin dejar de estar vivo, a anestesiar los malos sentimientos pero también los buenos para no sentir la náusea de ser uno mismo.

Pierre Arthens, está claro, era un malvado de verdad. Dicen que era el gurú de la crítica gastronómica y el adalid de la cocina francesa en el mundo. Y eso, desde luego, no me extraña nada. Si queréis que os diga mi opinión, la cocina francesa da pena. Tanto genio, tantos medios, tantos recursos para un resultado tan pesado... ¡Todas esas salsas, esos rellenos, esos pasteles que te llenan hasta reventar! Es de un mal gusto... Y cuando no es pesada, es cursi a más no poder: te matan de hambre con tres rábanos estilizados y dos vieiras sobre gelatina de algas, servido todo ello en platos en plan zen de pacotilla por camareros con cara de enterradores. El sábado pasado fuimos a un restaurante muy fino de este estilo, el Napoleon's Bar. Era una cena familiar, para celebrar el cumpleaños de Colombe, que eligió los platos con su gracia habitual: un no sé qué de lo más pretencioso con castañas, cordero con hierbas de nombre impronunciable y un sambayón con Grand Marnier (el colmo del horror). El sambayón es el emblema de la cocina francesa: una cosa que se las da de ligera y que ahoga a cualquiera. Yo no me pedí nada de primero (os ahorro los comentarios de Colombe sobre la anorexia de la plasta de su hermana) y luego me tomé, por sesenta y tres euros, unos filetes de salmonete al curry (con dados crujientes de calabacín y zanahoria debajo del pescado) y para terminar, por treinta y cuatro euros, lo que encontré en la carta que me parecía menos malo: un *fondant* de chocolate amargo. Desde luego, por ese precio hubiera preferido un abono de un año en McDonald's. Ellos al menos tienen un mal gusto sin pretensiones. Y os ahorro también todo comentario sobre la decoración de la sala y de la mesa. Cuando los franceses quieren desmarcarse de la tradición «Imperio» con sus tapices burdeos y sus dorados a mansalva, optan por el estilo hospital. Uno se sienta en sillas de Le Corbusier («de Corbu», como dice mamá), come en vajillas blancas de formas geométricas con un aire a burocracia soviética y, en el cuarto de baño, se seca las manos con unas toallas tan finas que no absorben nada.

El esbozo, la sencillez no es eso. «¿Y se puede saber qué querías tú comer?», me preguntó después Colombe con aire exasperado porque no me pude terminar el primer salmonete. No contesté. Porque no lo sé. No soy más que una niña, al fin y al cabo. Pero en los mangas los personajes parecen comer de otra manera. Parece algo sencillo, refinado, comedido, delicioso. Comen como se admira un cuadro hermoso o como se canta en un coro divino. No es ni demasiado ni demasiado poco: comedido, en el buen sentido de la palabra. A lo mejor me equivoco por completo; pero la cocina francesa a mí me parece algo viejo y pretencioso, mientras que la cocina japonesa se me antoja... pues ni joven ni vieja. Eterna y divina.

Bueno, total, que el señor Arthens está agonizante. Me pregunto qué haría él, por las mañanas, para meterse en el papel de malvado de verdad. A lo mejor se tomaba un café muy cargado leyendo a la competencia, o se zampaba un desayuno americano con salchichas y patatas fritas. ¿Qué hacemos por las mañanas? Papá lee el periódico tomándose un café, mamá se toma un café hojeando catálogos, Colombe toma café escuchando France Inter y yo, yo tomo chocolate leyendo mangas. Ahora estoy leyendo mangas de Taniguchi, un genio con el que aprendo un montón de cosas sobre los hombres.

Pero ayer le pregunté a mamá si podía tomar té. Mi abuela desayuna té negro, un té con aroma a bergamota.

Aunque no me parezca riquísimo, al menos tiene una pinta más agradable que el café, que es una bebida de malvados. Pero ayer, en el restaurante, mamá se pidió un té de jazmín y me dio a probar. Lo encontré tan rico, tan «yo misma» que esta mañana he declarado que es lo que quería tomar siempre de desayuno a partir de ahora. Mamá me ha puesto cara rara (su cara de «somnífero mal evacuado») y luego me ha dicho «sí, tesoro, ya tienes edad de tomar té».

Té y manga contra café y periódico: la elegancia y el embrujo contra la triste agresividad de los juegos adultos de poder.

12

COMEDIA FANTASMA

Tras marcharse Manuela, me dedico a todo tipo de cautivadoras ocupaciones: limpio mi casa, friego el suelo del vestíbulo, saco a la calle los cubos de basura, recojo los folletos de publicidad, riego las plantas, le preparo la pitanza al gato (compuesta por una loncha de jamón con una corteza de tocino hipertrofiada), me cocino mi propio almuerzo —pasta china fría con tomate, albahaca y queso parmesano—, leo el periódico, me repliego en mi antro para disfrutar de una bellísima novela danesa, gestiono una crisis en el vestíbulo porque Lotte, la nieta de los Arthens, la mayor de Clémence, llora ante mi puerta porque el abuelito no quiere verla.

Termino todo esto a las nueve de la noche y de pronto me siento vieja y muy deprimida. La muerte no me da miedo, y menos aún la de Pierre Arthens, pero lo que se me hace insoportable es la espera, ese hueco en suspenso del todavía no que nos hace tomar conciencia de la inutilidad de las batallas. Me siento a oscuras en la cocina, en silencio, y experimento el sentimiento amargo del absurdo. Mi mente parte despacio a la deriva. Pierre Arthens… Déspota brutal, sediento de gloria y de honores, que no obstante se esfuerza hasta el final por perseguir con sus palabras una inasible quimera, desgarrado entre la aspiración al Arte y el hambre de poder… ¿Dónde, en el fondo, está la verdad? ¿Y dónde la ilusión? ¿En el poder o en el Arte? ¿No ensalzamos acaso por la fuerza del discurso bien aprendido las creaciones del hombre, mientras que tildamos de crimen de vanidad ilusoria la sed de dominación que a todos nos agita —sí, a todos, incluida una pobre portera en su angosta vivienda, la cual, pese a haber renunciado al poder visible, no deja por ello de perseguir en espíritu sueños de dominación?

¿Cómo transcurre pues la vida? Día tras día, nos esforzamos valerosamente por representar nuestro papel en esta comedia fantasma. Como primates que somos, lo esencial de nuestra actividad consiste en mantener y cuidar nuestro territorio de manera que éste nos proteja y halague, en subir o no bajar en la escala jerárquica de la tribu y en fornicar de cuantas formas podamos —aunque no fuere más que en fantasía— tanto por el placer como por la descendencia prometida. Para ello, empleamos una parte nada desdeñable de nuestra energía en intimidar o seducir, pues ambas estrategias bastan para asegurar la conquista territorial, jerárquica y sexual que anima nuestro conatus. Pero nada de todo ello lo percibe nuestra conciencia. Hablamos de amor, del bien y del mal, de filosofía y de civilización, y nos aferramos a esos iconos respetables como la garrapata a su perrazo caliente.

A veces, sin embargo, la vida se nos antoja una comedia fantasma. Como sacados de un sueño, nos observamos actuar y, helados al constatar el gasto vital de energía que requiere el mantenimiento de nuestros requisitos primitivos, inquirimos estupefactos dónde ha quedado el Arte. Nuestro frenesí de muecas y miradas nos parece de pronto el colmo de la insignificancia, nuestro cálido nidito, fruto del endeudamiento de veinte años, una vana costumbre bárbara, y nuestra posición en la escala social, tan duramente alcanzada y tan eternamente precaria, de una zafia vanidad. En cuanto a nuestra descendencia, la contemplamos con una mirada nueva y horrorizada porque, sin el barniz del altruismo, el acto de reproducirse se nos antoja profundamente fuera de lugar. Sólo quedan los placeres sexuales; pero, arrastrados en la corriente de la miseria primigenia, vacilan ellos también, pues la gimnasia sin el amor no encuentra cabida en el marco de nuestras lecciones bien aprendidas.

La eternidad se nos escapa.

Tales días, en los que naufragan en el altar de nuestra naturaleza profunda todas las creencias románticas, políticas, intelectuales, metafísicas y morales que años de educación y de cultura han tratado de imprimir en nosotros, la sociedad, campo territorial agitado por grandes ondas jerárquicas, se sume en la nada del Sentido. Adiós a los pobres y a los ricos, a los pensadores, a los investigadores, a los dirigentes, a los esclavos, a los buenos y a los malos, a los creativos y a los concienzudos, a los sindicalistas y a los individualistas, a los progresistas y a los conservadores; ya no son sino homínidos primitivos cuyas muecas y sonrisas, gestos y adornos, lenguaje y códigos, inscritos en el mapa genético del primate medio, sólo significan esto: representar su papel o morir.

Esos días uno necesita desesperadamente el Arte. Aspira con ardor a recuperar su ilusión espiritual, desea con pasión que algo lo salve de los destinos biológicos para que no se excluya de este mundo toda poesía y toda grandeza.

Entonces uno toma una taza de té o ve una película de Ozu, para retraerse de las lidias y las batallas que son los usos y costumbres reservados de nuestra especie dominadora, y para imprimir a este patético teatro la marca del Arte y sus más grandes obras.

13

ETERNIDAD

A las nueve de la noche pues, pongo en el vídeo una cinta de Ozu, *Las hermanas Munakata.* Es la décima película de Ozu que veo en un mes. ¿Por qué? Porque Ozu es un genio que me salva de los destinos biológicos.

Todo esto vino porque un día le confié a Angèle, la joven bibliotecaria, que me gustaban mucho las primeras películas de Wim Wenders, y me dijo: «ah, ¿y ha visto *Tokyo-Ga?*» Y cuando se ha visto *Tokyo-Ga,* que es un extraordinario documental sobre Ozu, por supuesto a uno le entran ganas de descubrir al propio Ozu. Descubrí pues a Ozu y, por primera vez en mi vida, el Arte cinematográfico me hizo reír y llorar como un verdadero entretenimiento.

Pongo en marcha la cinta y saboreo a sorbitos un té de jazmín. De vez en cuando rebobino la cinta, gracias a este rosario laico llamado mando a distancia.

Y he aquí una escena extraordinaria.

El padre, interpretado por Chishu Ryu, actor fetiche de Ozu, hilo de Ariadna de su obra, hombre maravilloso que irradia calidez y humildad, el padre, como digo, al que le queda poco de vida, conversa con su hija Setsuko acerca del paseo que acaban de dar por Kyoto. Beben sake.

EL PADRE: ¡Y ese templo del Musgo! La luz realzaba aún más el musgo.
SETSUKO: Y también esa camelia que había encima.
EL PADRE: Ah, ¿te habías fijado? ¡Cuán hermoso era! *(Pausa.)* En el Japón antiguo hay cosas hermosas. *(Pausa.)* Esta manera de decretar que todo eso es malo me parece excesiva.

La película avanza y, al final del todo, está esta última escena, en un parque, cuando Setsuko, la mayor, charla con Mariko, su antojadiza hermana menor.

SETSUKO *(con expresión radiante)*: Dime, Mariko, ¿por qué son violetas los montes de Kyoto?
MARIKO *(traviesa)*: Es verdad. Parecen un flan de *azuki*.
SETSUKO, sonriente: Es un color bien bonito.

La película trata de mal de amores, de matrimonios arreglados, de la familia, de hermandad, de la muerte del padre, del antiguo y el nuevo Japón y también del alcohol y la violencia de los hombres.

Pero sobre todo trata de algo que se nos escapa, a nosotros occidentales, y sobre lo que sólo la cultura japonesa arroja algo de luz. ¿Por qué esas dos escenas breves y sin explicación, que nada en la intriga motiva, suscitan una emoción tan poderosa y sostienen la película entera entre sus inefables paréntesis?

Y he aquí la clave de la película.

SETSUKO: La verdadera novedad es lo que no envejece,
pese al tiempo.

La camelia sobre el musgo del templo, el violeta de
los montes de Kyoto, una taza de porcelana azul, esta
eclosión de la belleza en el corazón mismo de las pasiones efímeras, ¿no es acaso a lo que todos aspiramos? ¿Y
lo que nosotros, civilizaciones occidentales, no sabemos
alcanzar?
La contemplación de la eternidad en el movimiento
mismo de la vida.

¡Pero vamos, alcánzala!

¡Cuando pienso que hay gente que no tiene televisión! Pero ¿cómo es posible, cómo se las apaña? Yo es que podría pasarme horas enteras viendo la tele. Quito el sonido y miro. Es como si viera las cosas con rayos X. Cuando se quita el sonido viene a ser como quitar el papel de embalaje, el bonito papel de seda que envuelve una tontería que te ha costado dos euros. Si veis así los reportajes de los noticiarios, os daréis cuenta de una cosa: las imágenes no tienen nada que ver unas con otras, lo único que las une entre sí es el comentario, que hace que una sucesión cronológica de imágenes parezca una sucesión real de hechos.

Bueno, resumiendo, que me encanta la tele. Y esta tarde he visto un movimiento del mundo interesante: una competición de saltos de trampolín. En realidad, varias competiciones. Era una retrospectiva del campeonato del mundo de la disciplina. Había saltos individuales con figuras impuestas o figuras libres, saltadores hombres o mujeres, pero sobre todo, lo que más me ha interesado eran los saltos dobles. Además de la proeza individual, con un montón de tirabuzones, giros y piruetas, los saltadores tienen que ser sincrónicos. No tienen que ir más o menos a la vez, no: perfectamente a la vez, no puede haber ni una milésima de segundo de diferencia entre ambos.

Lo más gracioso es cuando los saltadores tienen morfologías muy diferentes: uno bajito y retaco al lado de uno alto y esbelto. Al verlos uno piensa: esto no puede funcionar, en términos físicos, no pueden salir y llegar a la vez; pero sí que lo consiguen, aunque no os lo podáis creer. Lección que hay que sacar de esto: en el universo todo es compensación. Cuando se es menos rápido, se tiene más fuerza. Pero lo que me proporcionó alimento para mi *Diario* fue cuando dos jóvenes chinitas se presentaron en lo alto del trampolín. Dos esbeltas diosas con trenzas de un negro brillante y que podrían haber sido gemelas por lo mucho que se parecían, pero el comentarista precisó que ni siquiera eran hermanas. Bueno, total, que llegaron a lo alto del trampolín, y creo que todo el mundo debió de hacer como yo: contener el aliento.

Tras varios impulsos gráciles, saltaron. Las primeras micras de segundo, fue perfecto. Sentí esa perfección en mi propio cuerpo; según parece es una historia de «neuronas espejo»: cuando se mira a alguien hacer una acción, las mismas neuronas que activa esta persona para hacer lo que está haciendo se activan a su vez en nuestra cabeza, sin que nosotros movamos un dedo. Un salto acrobático sin moverse del sofá y comiendo patatas fritas: por eso a la gente le gusta ver deporte por televisión. Bueno, total, que las dos gracias chinas saltan y, al principio del todo, éxtasis total. Y luego, ¡horror! De repente el espectador tiene la impresión de que hay un ligerísimo desfase entre ambas. Uno escudriña la pantalla, con el corazón en un puño: sin lugar a dudas, hay un desfase. Sé que parece absurdo contar esto así cuando en total el salto no debe de durar más de tres segundos, pero justamente porque sólo dura tres segundos, uno mira todas las fases como si duraran un siglo. Y resulta ya evidente, ya no cabe ponerse una venda en los ojos: ¡están desfasadas! ¡Una va a entrar en el agua antes que la otra! ¡Es horrible!

De repente me vi a mí misma gritando ante el televisor: ¡pero alcánzala, vamos, alcánzala! Sentí una rabia increíble contra la que se había rezagado. Me hundí en el sofá, asqueada. Bueno, entonces, ¿qué? ¿Es esto el movimiento del mundo? ¿Un ínfimo desfase que arruina para siempre la posibilidad de la perfección? Me tiré al menos treinta minutos de un humor de perros. Y de pronto me pregunté: pero ¿por qué querría uno a toda costa que la alcanzase? ¿Por qué duele tanto cuando el movimiento no está sincronizado? No es muy difícil adivinarlo: todas estas cosas que pasan, que fallamos por poco y malogramos ya para siempre, eternamente... Todas estas palabras que deberíamos haber dicho, estos gestos que deberíamos haber hecho, estos kairos fulgurantes que surgieron un día, que no supimos aprovechar y que se sumieron para siempre en la nada... El fracaso por un margen tan pequeño... Pero sobre todo se me vino a la mente otra idea, por lo de las «neuronas espejo». Una idea perturbadora, de hecho, y vagamente proustiana (lo cual me pone nerviosa). ¿Y si la literatura no fuera sino una televisión que uno mira para activar sus neuronas espejo y para proporcionarse a bajo coste los escalofríos de la acción? ¿Y si, peor aún, la literatura fuera una televisión que nos muestra todo aquello en lo que fracasamos?

¡Vaya un movimiento del mundo! Podría haber sido la perfección pero es el desastre. Debería vivirse de verdad pero es siempre un disfrute por poderes.

Entonces os pregunto: ¿por qué permanecer en este mundo?

14

ENTONCES, EL JAPÓN ANTIGUO

A la mañana siguiente, Chabrot llama a mi puerta. Parece haberse recuperado, ya no le tiembla la voz y su nariz está seca y con buen color. Pero parece un fantasma.

—Pierre ha muerto —me dice con voz metálica.

—Lo siento mucho —le contesto.

Y de verdad lo siento sinceramente por él, porque si Pierre Arthens ya no sufre, Chabrot tendrá que aprender a vivir estando como muerto.

—Las pompas fúnebres llegarán de un momento a otro —añade Chabrot con su tono espectral—. Le agradecería mucho que hiciera el favor de acompañar a estos señores hasta la casa del señor Arthens.

—Descuide —le digo.

—Volveré dentro de dos horas, para ocuparme de Anna.

Me mira un momento en silencio.

—Gracias —dice (por segunda vez en veinte años).

Estoy tentada de responder conforme a las tradiciones ancestrales de las porteras pero, no sé por qué, las palabras no salen de mi boca. Quizá sea porque Chabrot ya no volverá, porque ante la muerte las fortalezas se hacen añicos, porque me acuerdo de Lucien, porque la decencia, por último, prohíbe una desconfianza que ofendería a los difuntos.

Por ello, no le digo:

—A mandar.

Sino:

—¿Sabe?… todo llega cuando tiene que llegar.

Esto puede sonar a proverbio popular, aunque sean también las palabras que el mariscal Kutuzov, en *Guerra y paz*, dirige al príncipe Andrés. *Me hicieron, por la guerra y por la paz, tantos reproches… Pero todo llegó a su hora… Todo llega cuando tiene que llegar para quien sabe esperar…*

Daría cualquier cosa por leer directamente en ruso. Lo que siempre me ha gustado en este pasaje es el ritmo, el balanceo de la guerra y la paz, ese flujo y reflujo en la evocación, como la marea sobre la arena se trae y se lleva los frutos del mar. ¿Se trata acaso de un capricho del traductor, que adorna un estilo ruso muy comedido —*me hicieron tantos reproches por la guerra y por la paz*— y que remite, en esta fluidez de la frase que ninguna coma viene a romper, mis elucubraciones marítimas al capítulo de las extravagancias sin fundamento; o es la esencia misma de este texto maravilloso que, hoy todavía, me arranca lágrimas de júbilo?

Chabrot asiente suavemente con la cabeza y luego se va.

El resto de la mañana transcurre en una atmósfera de tristeza. No tengo ninguna simpatía póstuma por Arthens pero me arrastro como alma en pena y ni siquiera consigo leer. El paréntesis de felicidad que la camelia sobre el musgo del templo ha abierto en la crudeza del mundo se ha cerrado sin esperanza, y la negrura de todos esos abismos corroe mi amargo corazón.

Entonces, el Japón antiguo viene a inmiscuirse. De uno de los pisos desciende una melodía, clara y alegremente perceptible. Alguien toca al piano una pieza clásica. Ah, dulce hora que de improviso desgarra el velo de la melancolía... En una fracción de eternidad, todo cambia y se transfigura. Un fragmento de música desprendido de una pieza desconocida, un poco de perfección en el flujo de las cosas humanas —inclino despacio la cabeza, pienso en la camelia sobre el musgo del templo, en una taza de té mientras el viento, fuera, acaricia las hojas de los árboles, la vida que se escapa se inmoviliza en una joya sin mañana ni proyectos, el destino de los hombres, salvado del pálido sucederse de los días, se nimba por fin de luz y, más allá del tiempo, exalta mi corazón tranquilo.

15

DEBER DE LOS RICOS

La Civilización es la violencia domeñada, la victoria siempre inconclusa sobre la agresividad del primate. Pues primates fuimos y primates somos, por mucha camelia sobre musgo de la que aprendamos a gozar. He ahí la función de la educación. ¿Qué es educar? Proponer sin tregua camelias sobre musgo como derivativos de la pulsión de la especie, porque ésta no cesa jamás y amenaza sin tregua el frágil equilibrio de la supervivencia.

Yo soy muy camelia sobre musgo. Sólo eso, pensándolo bien, podría explicar mi reclusión en esta lúgubre portería. Convencida desde los albores de mi existencia de la inanidad de ésta, podría haber elegido rebelarme y, poniendo al cielo por testigo de la iniquidad de mi suerte, nutrirme de los recursos de violencia que nuestra condición alberga. Pero la escuela hizo de mí un alma a la que la vacuidad de su destino no condujo más que a la renuncia y al enclaustramiento. La maravilla de mi segundo nacimiento había abonado en mí el terreno del dominio de toda pulsión; puesto que la escuela me había hecho nacer, le debía lealtad y me avine pues a las intenciones de mis educadores convirtiéndome dócilmente en un ser civilizado. De hecho, cuando la victoria sobre la agresividad del primate se apodera de esas armas prodigiosas que son los libros y las palabras, la empresa es sencilla, y así es como me convertí en un alma educada que extraía de los signos escritos la fuerza de resistir a su propia naturaleza.

Por ello me ha sorprendido tanto mi reacción cuando, tras llamar Antoine Pallières tres veces imperiosamente al timbre y, sin mediar saludo, ponerse a contarme con facunda vindicta la desaparición de su patinete cromado, le he cerrado la puerta en las narices y a punto he estado con ese mismo movimiento de amputar de su cola a mi gato, que justo en ese momento se escabullía por el marco.

No tan camelia sobre musgo, después de todo, me he dicho.

Y como tenía que permitir que *León* regresara a sus dominios, he vuelto a abrir la puerta nada más cerrarla.

—Disculpa, es que hay corriente.

Antoine Pallières me ha mirado con la expresión de alguien que se pregunta si de verdad ha visto lo que ha visto. Pero como está entrenado para considerar que sólo ocurre lo que tiene que ocurrir, de la misma manera que los ricos se convencen de que su vida sigue un surco celestial que el poder del dinero cava naturalmente para ellos, ha tomado la decisión de creerme. La facultad que tenemos de manipularnos a nosotros mismos para que no se tambaleen lo más mínimo los cimientos de nuestras creencias es un fenómeno fascinante.

—Sí, bueno, de todas maneras venía sobre todo para darle esto de parte de mi madre.

Y me ha tendido un sobre de color blanco.

—Gracias —le he dicho, dándole una vez más con la puerta en las narices.

Y heme aquí en la cocina, con el sobre en la mano.

—Pero ¿qué me pasa esta mañana? —le pregunto a *León*.

La muerte de Pierre Arthens marchita mis camelias.

Abro el sobre y leo esta notita escrita en el reverso de una tarjeta de visita tan gélida que la tinta, triunfando sobre cualquier pedazo consternado de papel secante, se ha corrido ligeramente debajo de cada letra.

Señora Michel,
¿podría usted, recibir y firmar en mi nombre
la ropa que manden del tinte esta tarde?
Esta noche pasaré por la portería para recogerla.
Gracias de antemano,
Firma garabateada.

No me esperaba tanta hipocresía en el ataque. De estupefacción me dejo caer sobre la silla más próxima. Me pregunto de hecho si no estaré un poco loca. ¿Les produce a ustedes el mismo efecto cuando les ocurre?

Consideren lo siguiente:

El gato duerme.

¿La lectura de esta frasecita anodina no ha despertado en ustedes ningún sentimiento de dolor, ningún arranque de sufrimiento? Es legítimo.

Consideren ahora en cambio:

El gato, duerme.

Repito, para despejar toda sombra de ambigüedad:

El gato coma duerme.

El gato, duerme.

Podría usted, recibir y firmar en mi nombre.

Por un lado tenemos ese prodigioso empleo de la coma que, tomándose libertades con la lengua porque no suele ocurrir que se separe el complemento de objeto directo del verbo que lo rige, magnifica la forma de la oración:

Me hicieron, por la guerra y por la paz, tantos reproches...

Y, por otro, estos borrones sobre papel vitela de Sabine Pallières que clavan en la frase una coma convertida en puñal.

¿Podría usted, recibir y firmar en mi nombre la ropa que manden del tinte esta tarde?

Si hubiese sido Sabine Pallières una honrada portuguesa nacida en Faro bajo una higuera, una portera recién venida de un pueblito de Puteaux o una retrasada mental tolerada por su caritativa familia, habría podido yo perdonar de buena gana esta ligereza culpable. Pero Sabine Pallières es una rica. Sabine Pallières es la esposa de un pez gordo de la industria armamentística; Sabine Pallières es la madre de un cretino con trenca verde pino que, tras sus varias carreras en las mejores universidades del país, probablemente irá a difundir la mediocridad de sus ideas de chicha y nabo en un gabinete ministerial de derechas; y, otrosí, Sabine Pallières es la hija de un pendón con abrigo de visón que forma parte del comité de lectura de una importantísima editorial y que está tan enjaezada de joyas que, a veces, temo que pueda desplomarse por el peso.

Por todos estos motivos, Sabine Pallières es imperdonable. Los favores del destino tienen un precio. Para quien se beneficia de las indulgencias de la vida, la obligación de rigor en la consideración de la belleza no es negociable. La lengua, esta riqueza del hombre, y sus usos, esta elaboración de la comunidad social, son obras sagradas. Que evolucionen con el tiempo, se transformen, se olviden y renazcan mientras, a veces, su trasgresión se convierte en fuente de una mayor fecundidad, no altera en nada el hecho de que, para tomarse con ellas el derecho al juego y al cambio, antes hay que haberles declarado pleno sometimiento. Los elegidos de la sociedad, aquellos a los que el hado exceptúa de esas servidumbres que son el sino del hombre pobre, tienen por ello la doble misión de venerar y respetar el esplendor de la lengua. Por último, que una Sabine Pallières haga mal uso de la puntuación es una blasfemia tanto más grave cuanto que, al mismo tiempo, poetas soberbios nacidos en hediondos carromatos o en chabolas nauseabundas tienen por la Belleza la santa reverencia que le es debida.

A los ricos, el deber de lo Bello. Si no, merecen morir.

Entonces, en este punto preciso de mis reflexiones indignadas, alguien llama a mi puerta.

Idea profunda n.º 7

Construir
vives
mueres
son
consecuencias

Cuanto más pasa el tiempo, más decidida estoy a prenderle fuego a la casa. Por no hablar de suicidarme. Tengo motivos: papá me ha echado la bronca porque le he llevado la contraria a uno de sus invitados que decía una cosa que no era verdad. En realidad, era el padre de Tibère. Tibère es el novio de mi hermana. Estudia en la École Normale Supérieure, como ella, pero en la rama de matemáticas. Cuando pienso que eso se considera la elite... La única diferencia que veo entre Colombe, Tibère, sus amigos y una panda de jóvenes «del pueblo llano» es que mi hermana y sus amigos son más tontos. Beben, fuman, hablan como en los barrios humildes de los suburbios de las grandes ciudades e intercambian frases de este estilo: «Hollande se ha cargado a Fabius con su referéndum, ¿lo habéis visto?, este tío es la leche» (verídico) o bien: «Todos los DI (directores de investigación) que han nombrado en los últimos dos años son fachas de cuidado, la derecha se está atrincherando, no hay que cagarla con el director de tesis» (recientito, de ayer mismo). Un nivel por debajo se oyen cosas como: «Ah, oye, tío, la rubia que le mola a J.-B. es una anglicista, una rubia, vaya» (ídem) y un nivel por encima: «la conferencia de Marian era una chorrada, cuando dijo eso de que la existencia no es el atributo primero de Dios» (ídem, justo después de cerrar el tema de la rubia anglicista). ¿Qué queréis que piense de todo esto? Y aquí está la guinda, palabra por palabra (o casi): «Que uno sea ateo no quiere decir que no pueda ver el poder de la ontología metafísica. Sí, tío, lo que cuenta es el poder conceptual, no la verdad. Y el cura este, Marian, cómo controla, el jodido, ¿eh?, menos mal.»

Las perlas blancas
que en mis mangas cayeron cuando con el corazón
   aún pleno
nos separamos
las llevo conmigo
como recuerdo suyo.

(KOKINSHU)

Me he plantado los tapones para los oídos de goma espuma amarilla de mamá y me he puesto a leer unos *haikús* de la *Antología de poesía japonesa clásica* de papá para no oír su conversación de degenerados. Después, Colombe y Tibère se han quedado solos y se han puesto a hacer ruidos inmundos cuando sabían muy bien que podía oírlos. Para colmo de males, Tibère se ha quedado a cenar porque mamá había invitado a sus padres. El padre de Tibère es productor de cine, y su madre tiene una galería de arte en los muelles del Sena. Colombe está loquita por los padres de Tibère, el fin de semana que viene se va con ellos a Venecia, de buena me he librado, voy a poder estar tranquila tres días.

Bueno, a lo que iba. El padre de Tibère ha dicho durante la cena: «Pero cómo, ¿no conocéis el Go, este fantástico juego japonés? En este momento estoy produciendo una adaptación de la novela de Sa Shan, *La jugadora de Go,* es un juego fa-bu-lo-so, el equivalente japonés del ajedrez. ¡He aquí otro invento más que les debemos a los japoneses, es fa-bu-lo-so, os lo aseguro!» Y se ha puesto a explicar las reglas del juego del Go. No decía más que tonterías. Primero, el Go lo inventaron los chinos. Lo sé porque me he leído el manga de culto sobre el Go. Se llama *Hikaru No Go.* Segundo, no es el equivalente japonés del ajedrez. Quitando el hecho de que es un juego de tablero y que dos adversarios se enfrentan con piezas negras y blancas, no tiene nada que ver con el ajedrez. En el ajedrez, hay que matar para ganar. En el Go, hay que construir para vivir. Y tercero, algunas de las reglas enunciadas por el señor Soy-el-padre-de-un-cretino no eran verdad. El objetivo del juego no es comerse al adversario sino construir un territorio mayor que el suyo. La regla de la posesión de piedras de construcción estipula que uno puede «suicidarse» si es para tomar las piedras del adversario, y no que esté formalmente prohibido ir allí donde uno pierde automáticamente sus piedras. Etc.

Entonces, cuando el señor He-traído-al-mundo-a-una-pústula ha dicho: «El sistema de clasificación de los jugadores empieza en 1 *kyu* y después se sube hasta 30 *kyu,* y de ahí se pasa a los danes: primer dan, segundo dan, etc.», no he podido contenerme y he dicho: «No, es al revés: se empieza en 30 *kyu* y luego se llega hasta 1.»

Pero el señor Discúlpenla-no-sabe-lo-que-dice se ha obcecado con cara de mala leche: «No, mi querida señorita, te aseguro que tengo razón yo.» Yo lo negaba con la cabeza, mientras papá me miraba con el ceño fruncido. Lo peor es que me ha salvado Tibère. «Que sí, papá, que tiene razón ella, el primer *kyu* es lo más alto a lo que se puede llegar.» A Tibère le apasionan las mates y juega al ajedrez y al Go. Odio esa idea. Las cosas hermosas deberían ser de la gente hermosa. Pero bueno, sea como fuere, el padre de Tibère estaba equivocado, pero papá, después de cenar, me ha dicho, furioso: «Si sólo vas a abrir la boca para ridiculizar a nuestros invitados, mejor te abstienes.» ¿Y qué se supone que tendría que haber hecho? ¿Abrir la boca como Colombe para decir: «La programación de Les Amandiers me deja perpleja» cuando la pobre sería del todo incapaz de citar un solo verso de Racine, y menos aún de percibir su belleza? ¿Abrir la boca para decir, como mamá: «Parece que la Bienal del año pasado fue muy decepcionante» cuando daría la vida por sus plantas sin importarle que ardiera la obra entera de Vermeer? ¿Abrir la boca para decir, como papá: «La excepción cultural francesa es una sutil paradoja», que es, casi palabra por palabra, lo que ha dicho en las veinte cenas anteriores? ¿Abrir la boca como la madre de Tibère para decir: «Hoy en día, en París, apenas se encuentran ya buenos queseros», sin contradicción, esta vez, con su naturaleza profunda de comerciante de Auvernia?

Cuando pienso en el Go... Un juego cuyo objetivo es el de construir territorio sólo puede ser bello. Puede haber fases de combate, pero no son sino medios al servicio del fin, a saber: asegurar la supervivencia de los territorios de cada adversario. Uno de los logros más hermosos del juego del Go es que está comprobado que, para ganar, hay que vivir pero también dejar vivir al contrincante. El jugador demasiado ávido pierde la partida: es un juego sutil de equilibrio en el que hay que lograr ventaja sin aplastar al otro. Al final, la vida y la muerte no son sino la consecuencia de una edificación bien o mal construida. Es lo que dice uno de los personajes de Taniguchi: vives, mueres, son consecuencias. Es un proverbio de juego de Go y un proverbio de vida.

Vivir, morir: no son más que consecuencias de lo que se ha construido. Lo importante es construir bien. Por ello, me he impuesto una nueva obligación: voy a dejar de deshacer, de derribar, y me voy a poner a construir. Hasta de Colombe haré algo positivo. Lo que cuenta es lo que uno hace en el momento de morir y, el próximo 16 de junio, quiero morir construyendo.

16

EL SPLEEN DE *CONSTITUCIÓN*

Ese alguien que ha llamado resulta ser la esplendorosa Olimpia Saint-Nice, la hija del diplomático del tercero. Me cae bien Olimpia Saint-Nice. Encuentro que
hace falta un carácter considerable para sobrevivir a un
nombre tan ridículo, sobre todo cuando se sabe que
condena a la infeliz a desternillantes «Eh, Olimpia,
¿puedo subirme a tu monte?» a lo largo de una adoles-
cencia que se antoja interminable. Por añadidura, Olimpia Saint-Nice no parece desear convertirse en aquello
que su cuna le ofrece. No aspira ni al matrimonio desa-
hogado, ni a los pasillos del poder, ni a la diplomacia y
menos aún al divismo. Olimpia Saint-Nice quiere ser
veterinaria.

—En provincias —me confió un día que hablábamos de gatos ante mi puerta—. En París sólo hay animalitos pequeños. Yo también quiero vacas y cerdos.

Olimpia tampoco actúa de cara a la galería, como
ciertos residentes de la finca, no trata conmigo para que
se vea que charla con la portera porque es una «niña

bien educada, de izquierdas y sin prejuicios». Olimpia me habla porque tengo un gato, lo cual nos integra a ambas en la misma comunidad de intereses, y yo aprecio en su justo valor esta capacidad suya de obviar las barreras que la sociedad yergue sin tregua en nuestros ridículos caminos.

—Tengo que contarle lo que le ha pasado a *Constitución* —me dice cuando le abro la puerta.

—Pero pase, pase —le digo—, ¿o es que tiene prisa? Al menos podrá quedarse un momentito…

No sólo puede quedarse un momentito, sino que está tan feliz de encontrar a alguien con quien hablar de gatos y de las pequeñas miserias de los gatos que se queda una hora entera en la que se toma cinco tazas de té seguidas.

Sí, me cae muy bien Olimpia Saint-Nice.

Constitución es una encantadora gatita color caramelo, con el hociquito rosa bombón, bigotes blancos y almohadillas lila, cuyos dueños son los Josse y, como todos los animales de pelo del palacete, se ve sometida a los cuidados de Olimpia al menor achaque. Pues bien, esta cosita inútil pero apasionante, de tres años de edad, no hace mucho se pasó toda la noche maullando, arruinando así el sueño de sus amos.

—¿Y eso por qué? —pregunto en el momento adecuado, porque estamos enfrascadas en la complicidad de un relato en el que cada una quiere interpretar su papel a la perfección.

—¡Por una cistitis! —exclama Olimpia—. ¡Una cistitis!

Olimpia sólo tiene diecinueve años y aguarda loca de impaciencia el momento de ingresar en la Facultad de Veterinaria. Mientras tanto, trabaja como una descosida y se duele a la vez que goza con los males que afligen a la fauna del edificio, la única sobre la que puede dirigir sus experimentos.

Por ello me anuncia el diagnóstico de cistitis de *Constitución* como si hubiera descubierto un filón de diamantes.

—¡Una cistitis! —exclamo a mi vez con entusiasmo.

—Sí, una cistitis —repite ella en voz baja, con los ojos brillantes—. Pobre animalito, se iba haciendo pipí por todos los rincones y... —Olimpia recupera el aliento para soltar lo mejor—:... ¡su orina era levemente hemorrágica!

Dios mío, qué deleite. Si hubiera dicho: tenía sangre en el pis, el asunto se habría despachado visto y no visto. Pero Olimpia, vistiendo con emoción la bata de doctor de los gatos, se ha adornado a la vez de la terminología que les es propia. Siempre me ha causado un gran placer oír hablar así. «Su orina era levemente hemorrágica» es para mí una frase recreativa, eufónica y que evoca un mundo singular que distrae de la literatura. Por esta misma razón me gusta leer los prospectos de las medicinas, por la tregua que nace de esta precisión en el término técnico, que proporciona la ilusión del rigor y el estremecimiento de la sencillez, y convoca una dimensión espacio-temporal de la que están ausentes la tensión en pos de lo bello, el sufrimiento creador y la aspiración sin fin y sin esperanza a horizontes sublimes.

—Hay dos etiologías posibles para la cistitis —prosigue Olimpia—. O bien un germen infeccioso, o bien una disfunción renal. Primero le palpé la vejiga, para comprobar que no estuviera en globo.

—¿En globo? —pregunto, extrañada.

—Cuando hay disfunción renal y el gato no puede

orinar, su vejiga se llena y forma una suerte de «globo vesical» que puede notarse palpando el abdomen —explica Olimpia—. Pero no era el caso. Y no parecía que sintiera dolor cuando la auscultaba. Pero seguía haciéndose pipí por todas partes.

Pienso fugazmente en el salón de Solange Josse transformado en urinario gigante tendencia *ketchup*. Pero para Olimpia sólo son daños colaterales.

—Entonces Solange le ha hecho un análisis de orina.

Pero resulta que *Constitución* no tiene nada. Ni cálculo renal, ni germen insidioso escondido en su vejiguita del tamaño de un guisante, ni agente bacteriológico infiltrado. Sin embargo, pese a los antiinflamatorios, los antiespasmódicos y los antibióticos, *Constitución* se obstina.

—Pero ¿qué es lo que tiene entonces? —pregunto.

—No se lo va a creer —me dice Olimpia—. Tiene una cistitis idiopática intersticial.

—Dios mío, ¿y eso qué es? —pregunto, cayéndoseme la baba de deleite.

—Pues bien, es como decir que *Constitución* es una histérica de tomo y lomo —responde Olimpia, eufórica—. Intersticial significa que concierne a la inflamación de la pared vesical, e idiopática, que no tiene causa médica asignada. Vamos, que cuando se estresa, tiene cistitis inflamatoria. Exactamente como les ocurre a las mujeres.

—Pero ¿por qué se estresa? —me pregunto en voz alta, porque si *Constitución* tiene motivos para estresarse, cuando su vida cotidiana de holgazana decorativa sólo se ve perturbada por benévolos experimentos veterinarios que consisten en palparle la vejiga, el resto del género animal está abocado a sufrir ataques de pánico.

—La veterinaria ha dicho: sólo la gata lo sabe.

Y Olimpia esboza una mueca de contrariedad.

—Hace poco, Paul (Josse) le dijo que estaba gorda. Quizá fuera por eso, no se sabe. Puede ser por cualquier cosa.

—¿Y eso cómo se cura?

—Como con los humanos —se ríe Olimpia—. Se administra Prozac.

—¿En serio? —pregunto.

—En serio —me contesta.

Lo que yo decía. Animales somos, animales seguiremos siendo. Que una gata de ricos sufra los mismos males que afligen a las mujeres civilizadas no debe incitarnos a poner el grito en el cielo por pensar que se esté maltratando a los felinos o que el hombre esté contaminando una inocente raza doméstica; al contrario, no hace sino indicar la profunda solidaridad que teje los destinos animales. De los mismos apetitos vivimos, de los mismos males sufrimos.

—Sea como fuere —me dice Olimpia—, esto me dará que pensar cuando cuide de animales que no conozco.

Se levanta y se despide amablemente.

—Muchas gracias, señora Michel, sólo con usted puedo hablar de estas cosas.

—De nada, Olimpia, ha sido un placer.

Y ya me dispongo a cerrar la puerta cuando añade:

—Ah, ¿y sabe una cosa? Anna Arthens va a vender su piso. Espero que los nuevos propietarios también tengan gatos.

17

CULO DE PERDIZ

¡Anna Arthens vende su casa!

—¡Anna Arthens vende su casa! —le digo a *León*.

—Cáspita —me responde, o por lo menos esa impresión me da a mí.

Hace veintisiete años que vivo aquí y en todo ese tiempo nunca ha cambiado un piso de familia. La anciana señora Meurisse cedió el sitio a la joven señora Meurisse, y lo mismo ocurrió, o casi, con los Badoise, los Josse y los Rosen. Los Arthens llegaron a la vez que nosotros; de alguna manera hemos envejecido juntos. En cuanto a los de Broglie, hace mucho que estaban aquí y aquí siguen. No sé qué edad tendrá el señor Consejero, pero de joven ya parecía viejo, lo que crea la situación de que, aun siendo muy viejo, todavía parece joven.

Anna Arthens es pues la primera, bajo mi mandato de portera, en vender un bien que va a cambiar de manos y de nombre. Curiosamente, esta perspectiva me asusta. ¿Estoy acaso tan acostumbrada a este eterno vuelta a empezar de lo mismo que la perspectiva de un cambio aún hipotético, que me zambulle en el río del tiempo, me recuerda que estoy sujeta a su fluir? Vivimos cada día como si debiera renacer mañana, y el status quo silencioso del 7 de la calle Grenelle, que mañana tras mañana renueva la evidencia de la perennidad, se me antoja de pronto un islote acosado por las tempestades.

Muy perturbada, cojo mi carrito de la compra y, abandonando a *León*, que ronca bajito, me dirijo con paso vacilante hacia el mercado. En la esquina de la calle Grenelle con la calle Del Bac, inquilino imperturbable de sus cartones gastados, Gégène me mira acercarme como la migala a su presa.

—¡Eh, tía Michel, ¿otra vez ha perdido a su gato?! —me grita riendo, como en la letra de la conocida cancioncilla infantil.

He aquí al menos algo que no cambia. Gégène es un *clochard* que, desde hace años, pasa el invierno aquí, sobre sus míseros cartones, vestido con una vieja levita que huele a negociante ruso de finales de siglo y que, como su dueño, ha atravesado los tiempos de manera peculiar.

—Debería irse al albergue —le digo, como de costumbre—, va a hacer frío esta noche.

—Ah, ah —me contesta con voz agria—, ya me gustaría verla a usted en el albergue. Se está mejor aquí.

Sigo mi camino pero, atenazada por un súbito remordimiento, vuelvo sobre mis pasos.

—Quería decirle… El señor Arthens murió anoche.

—¿El crítico? —me pregunta Gégène, con una chispa repentina en la mirada, levantando la cabeza como un perro de caza que hubiera olisqueado el culo de una perdiz.

—Sí, sí, el crítico. El corazón le falló de golpe.

—Ah, vaya, vaya… —repite Gégène, claramente conmovido.

—¿Lo conocía usted? —pregunto, por decir algo.

—Ah, vaya, vaya… —reitera el *clochard*—, ¡siempre se nos van primero los mejores!

—Tuvo una buena vida —me aventuro a decir, sorprendida del cariz que ha tomado la situación.

—Tía Michel, tipos como ése ya no nacen, se rompió el molde. Ah, vaya —repite—, lo voy a echar de menos.

—¿Le daba acaso algo, quizá un aguinaldo por Navidad?

Gégène me mira, se sorbe la nariz y escupe a sus pies.

—Nada, en diez años ni una mísera monedita, ¿qué le parece? Ah, desde luego, las cosas como son, vaya carácter tenía. Se rompió el molde, sí, se rompió el molde.

Este pequeño intercambio me perturba y, mientras recorro los pasillos del mercado, Gégène monopoliza mis pensamientos. Nunca he creído que los pobres tuvieran grandeza de alma por el simple hecho de ser pobres y por las injusticias de la vida. Pero al menos sí los creía unidos en el odio por los grandes propietarios. Gégène me saca de mi error y me enseña lo siguiente: si hay algo que los pobres detestan es a los otros pobres.

En el fondo, tiene su lógica.

Recorro distraídamente los pasillos del mercado, llego al rincón de los quesos y me compro un poco de parmesano al peso y un buen pedazo de Soumaintrain.

18

RIABININ

Cuando estoy angustiada, me recluyo en el refugio. No hace falta viajar; me basta ir a las esferas de mi memoria literaria. Pues ¿qué distracción hay más noble, qué compañía más distraída, qué contemplación más deliciosa que la de la literatura?

Heme pues súbitamente ante un puesto de aceitunas, pensando en Riabinin. ¿Por qué Riabinin? Porque Gégène lleva una levita pasada de moda, con los faldones adornados con botones hasta casi abajo del todo, que me ha recordado a Riabinin. En *Ana Karenina*, Riabinin, comerciante de madera vestido con levita, va a concluir a casa de Levin, el aristócrata rural, una venta con Esteban Oblonsky, el aristócrata moscovita. El comerciante jura y perjura que Oblonsky sale ganando con la transacción, mientras que Levin lo acusa de despojar a su amigo de un bosque que vale tres veces más. A esta escena precede un diálogo en el que Levin pregunta a Oblonsky si ha contado los árboles de su bosque.

«—¡Contar los árboles! —exclama el aristócrata—. ¡Es como contar granos de arena en el fondo del mar!

»—Seguro que Riabinin los ha contado —replica Levin.»

Me gusta particularmente esta escena, primero porque se desarrolla en Pokrovskaya, en el campo ruso. Ah, el campo ruso… Tiene ese encanto tan especial de los parajes salvajes y no obstante ligados al hombre por la solidaridad de esta tierra de la que todos estamos hechos… La escena más hermosa de *Ana Karenina* transcurre en Pokrovskaya. Levin, sombrío y melancólico, trata de olvidar a Kitty. Estamos en primavera, y se va a los campos a segar con sus campesinos. La tarea se le antoja al principio demasiado dura. Cuando está a punto de desfallecer, el viejo campesino que dirige la hilera de segadores ordena descansar. Luego reanudan su tarea. De nuevo, Levin se siente extenuado pero, una vez más, el viejo levanta la guadaña. Descanso. Luego la hilera vuelve a ponerse en marcha, cuarenta hombretones aplanando los manojos de hierba y avanzando hacia el río mientras se levanta el sol. El calor es cada vez más intenso, Levin tiene los brazos y los hombros empapados en sudor pero, a fuerza de descansar y reanudar la tarea, sus gestos antes torpes y dolorosos se vuelven cada vez más fluidos. Siente de pronto un agradable frescor en la espalda. Lluvia de verano. Poco a poco, libera sus movimientos del obstáculo de la voluntad, entra en el leve trance que confiere a los gestos la perfección de los actos mecánicos y conscientes, sin reflexión ni cálculo, y la guadaña parece manejarse sola mientras Levin saborea el abandono en el movimiento que convierte el placer de hacer algo maravillosamente ajeno a los esfuerzos de la voluntad.

Así ocurre con muchos de los momentos felices de nuestra existencia. Liberados de la carga de la decisión y de la intención, avanzando en nuestros mares interiores, asistimos, como a las acciones de otro, a nuestros distintos movimientos admirando sin embargo su involuntaria excelencia. ¿Qué otra razón podría yo tener para escribir esto, este irrisorio diario de una portera que se va haciendo vieja, si la escritura no participara de la misma naturaleza que el arte de la siega? Cuando las líneas se convierten en demiurgo de sí mismas, cuando asisto, como una maravillosa inconsciencia, al nacimiento sobre el papel de frases que escapan a mi voluntad e, inscribiéndose ajenas a ella en el papel, me enseñan lo que no sabía ni creía querer, gozo de este alumbramiento sin dolor, de esta evidencia no concertada, de seguir sin esfuerzo ni certeza, con la felicidad del asombro sincero, una pluma que me guía y me arrastra.

Entonces, accedo, en plena evidencia y textura de mí misma, a un olvido de mi propio ser rayano en el éxtasis, saboreo la feliz quietud de una conciencia espectadora.

Por fin, al subir de nuevo a su carreta, Riabinin se queja abiertamente a su empleado de los modales de los señores.

«—¿Y qué me dice de la compra, Mijail Ignatich? —le pregunta el mozo.

»—¡Ah, ah...! —contesta el comerciante.»

Cuán rápido sacamos conclusiones, por la apariencia y la posición, sobre la inteligencia de los seres... Riabinin, contable de los granos de arena del fondo del mar, hábil actor y manipulador brillante, se mofa de los prejuicios sobre su persona. Nacido inteligente y paria, la gloria no lo atrae; sólo lo impulsan a recorrer los caminos la promesa de la ganancia y la perspectiva de desvalijar cortésmente a los señores de un sistema estúpido que lo desprecia pero no sabe ponerle freno. Así soy yo, pobre portera resignada a la ausencia de todo fasto —pero anomalía de un sistema que se revela grotesco y del que me mofo bajito, cada día, en un fuero interno que nadie penetra.

Idea profunda n.º 8

Si olvidas el futuro
pierdes
el presente

Hoy hemos ido a Chatou a ver a la abuelita Josse, la madre de papá, que lleva dos semanas en una residencia de ancianos. Papá la acompañó cuando se instaló allí, y esta vez hemos ido todos juntos a verla. La abuelita ya no puede vivir sola en su caserón de Chatou: está casi ciega, tiene artrosis, ya casi no puede andar ni sostener nada en las manos y se asusta en cuanto se queda sola. Sus hijos (papá, mi tío François y mi tía Laure) intentaron solucionar el asunto con una enfermera privada, pero no podía quedarse con ella las veinticuatro horas del día; además, las amigas de la abuelita ya estaban ellas también en una residencia de ancianos, así que parecía una buena solución.

La residencia de ancianos de la abuelita no es cualquier cosa. Me pregunto cuánto costará al mes un moridero de lujo como éste. La habitación de la abuelita es grande y luminosa, con muebles bonitos, cortinas muy cucas, un saloncito contiguo y un cuarto de baño con una bañera de mármol. Mamá y Colombe se han extasiado al ver la bañera de mármol, como si para la abuelita tuviera el más mínimo interés que la bañera fuera de mármol cuando ella tiene los dedos de hormigón... Además, el mármol es feo. En cuanto a papá, no ha dicho gran cosa. Sé que se siente culpable de que su madre esté en una residencia de ancianos. «¿No pretenderás que se venga a vivir con nosotros?», dijo mamá cuando ambos creían que yo no los oía (pero yo lo oigo todo, sobre todo lo que se supone que no debo oír). «No, Solange, claro que no...», respondió papá con un tono que quería dar a entender: «Hago como si pensara lo contrario a la vez que digo "no, no" con aire cansado y resignado, en plan marido bueno que acepta lo que dice su mujer, para que quede patente que el bueno de la película soy yo.» Conozco muy bien ese típico tono de papá. Significa: «sé que soy un cobarde, pero que nadie se atreva a echármelo en cara». Por supuesto, ocurrió lo que tenía que ocurrir: «Mira que eres cobarde», dijo mamá, tirando con rabia un trapo en el fregadero. Es curioso, no falla, cuando está enfadada siempre tiene que tirar algo. Una vez tiró incluso a *Constitución*. «Te apetece tan poco como a mí», añadió, cogiendo el trapo y agitándolo ante las narices de papá. «De todas maneras, ya está hecho», concluyó papá, lo cual es una frase de cobarde elevada a la máxima potencia.

Yo sí que me alegro de que la abuelita no venga a vivir con nosotros. Aunque, en cuatrocientos metros cuadrados, no sería verdaderamente un problema. Y bueno, pienso que los viejos tienen derecho a un poco de respeto, al fin y al cabo. Y estar en una residencia de ancianos desde luego no es tenerles respeto. Cuando uno va a una residencia, quiere decir: «Estoy acabado/a, ya no soy nada, todo el mundo, yo incluido/a, no espera más que una cosa: la muerte, este triste final del tedio.» No, la razón por la que no quiero que la abuelita venga a vivir con nosotros es que no me cae bien. Es una vieja asquerosa, después de haber sido una joven malvada. Esto también me parece una profunda injusti-

cia: pensad por ejemplo en un simpático técnico de calde-
ras, que ya se ha hecho muy viejo, pero que en su vida no
ha hecho más que el bien a cuantos lo rodeaban, ha sabido
crear amor, darlo, recibirlo y tejer lazos humanos y sensibles. Su mujer ha muerto, a sus hijos no les sobra el dinero
y tienen a su vez un montón de hijos a los que alimentar y
criar. Además, viven en la otra punta de Francia. Lo mandan
pues a una residencia cerca del pueblucho donde nació,
donde sólo pueden ir a visitarlo dos veces al año —una residencia de ancianos para pobres, donde tiene que compartir habitación, donde la comida es un asco y los empleados
combaten su certeza de compartir algún día su misma suerte maltratando a los ancianos a su cargo. Considerad ahora
a mi abuela, que en su vida sólo se ha dedicado a una larga serie de recepciones mundanas, muecas, intrigas y gas-
tos fútiles e hipócritas, y considerad el hecho de que se puede permitir una coqueta habitacioncita, un salón privado y
vieiras para almorzar. ¿Es éste acaso el precio que hay que
pagar por el amor, un final de vida sin esperanza en una
sórdida promiscuidad? ¿Es ésta acaso la recompensa de la
anorexia afectiva, una bañera de mármol en una bombone-
ra ruinosa?

Así pues, no me cae bien la abuelita y yo tampoco le
caigo muy bien a ella. Por el contrario, adora a Colombe que
la adora a su vez, es decir, lo que hace es esperar la herencia con esa naturalidad tan auténtica de quien no espera
ninguna herencia. Pensaba pues que este día en Chatou iba
a ser un horror a tope y, ¡bingo!, acerté: Colombe y mamá
extasiadas ante la bañera, papá tan rígido como si se hubiera tragado un palo, unos viejos postrados y resecos a los
que se saca a pasear por los pasillos con todos sus goteros
puestos, una loca («Alzheimer», ha dicho Colombe con aire
docto; ¿no me digas, en serio?) que me llama «Clara boni-

ta» y chilla dos segundos después que quiere su perro inmediatamente y por poco me saca un ojo con su sortijón de diamantes, ¡y hasta un intento de fuga! Los residentes que aún pueden valerse por sí solos llevan una pulsera electrónica en la muñeca: cuando tratan de salir del perímetro de la residencia, se oye un pitido en la recepción, y el personal se precipita fuera para perseguir al huido, al que, por supuesto, alcanzan tras un trabajoso sprint de cien metros, y que protesta con vehemencia que no están en un gulag, exige hablar con el director y hace unos extraños aspavientos hasta que lo sientan a la fuerza en una silla de ruedas. El huido, en este caso la señora del sprint trabajoso, se había cambiado después de la comida: se había puesto su atuendo de fuga, un vestido de lunares lleno de volantes, muy práctico para trepar vallas. Resumiendo, que a las dos de la tarde, después de la bañera, las vieiras y la fuga espectacular de Edmond Dantès, tenía el terreno abonado para la desesperación.

Pero de repente he recordado mi decisión de construir en lugar de derruir. He mirado a mi alrededor buscando algo positivo y tratando de no poner los ojos en Colombe. No he encontrado nada. Toda esa gente esperando la muerte sin saber qué hacer hasta que llegue… Y de repente, ¡milagro!, la solución me la ha dado Colombe, sí, Colombe. Al irnos, después de darle un beso a la abuelita y de prometerle que volveríamos pronto, mi hermana ha dicho: «Bueno, la abuelita parece bien instalada. Y lo demás… vamos a darnos prisa en olvidarlo muy deprisa.» No me detendré sobre esto de «darnos prisa en olvidarlo muy deprisa», sería mezquino por mi parte, y me concentraré en la idea: olvidarlo muy deprisa.

Al contrario, sobre todo no hay que olvidarlo. No hay que olvidar a los viejos de cuerpo podrido, los viejos a dos pasos de una muerte en la que los jóvenes no quieren pensar (confían a la residencia de ancianos la tarea de llevar a sus padres a la muerte sin alboroto ni preocupaciones), la inexistente alegría de esas últimas horas que tendrían que disfrutar a fondo pero las pasan en el tedio y la amargura, rumiando los mismos recuerdos una y otra vez. No hay que olvidar que el cuerpo se degrada, que los amigos se mueren, que todos te olvidan, que el final es soledad. No hay que olvidar tampoco que esos viejos fueron jóvenes, que el tiempo de una vida es irrisorio, que un día tienes veinte años, y al siguiente ya son ochenta. Colombe cree que uno «puede darse prisa en olvidar» porque para ella la perspectiva de la vejez está aún tan lejos que es como si nunca fuera a ocurrirle. Yo en cambio hace tiempo que aprendí que la vida se pasa volando, mirando a los adultos a mi alrededor, tan apresurados siempre, tan agobiados porque se les va a cumplir el plazo, tan ávidos del ahora para no pensar en el mañana… Pero si se teme el mañana es porque no se sabe construir el presente, y cuando no se sabe construir el presente, uno se dice a sí mismo que podrá hacerlo mañana y entonces ya está perdido porque el mañana siempre termina por convertirse en hoy, ¿lo entendéis?

De modo que sobre todo no hay que olvidarlo. Hay que vivir con la certeza de que envejeceremos y que no será algo bonito, ni bueno, ni alegre. Y decirse que lo que importa es el ahora: construir, ahora, algo, a toda costa, con todas nuestras fuerzas. Tener siempre en mente la residencia de ancianos para superarse cada día, para hacer que cada día sea imperecedero. Escalar paso a paso cada uno su propio Everest y hacerlo de manera que cada paso sea una pizca de eternidad.

Para eso sirve el futuro: para construir el presente con verdaderos proyectos de seres vivos.

DE LA GRAMÁTICA

1

INFINITESIMAL

Esta mañana, Jacinthe Rosen me ha presentado al nuevo propietario del piso de los Arthens.

Se llama Kakuro No Sé Qué. No me he enterado bien porque la señora Rosen siempre habla como si tuviera una patata en la boca, y porque justo en ese momento se ha abierto la reja del ascensor y ha pasado el señor Pallières, el padre, vestido de morgue de los pies a la cabeza. Nos ha dirigido un breve saludo y se ha alejado con su paso brusco de industrial con prisa.

El nuevo es un señor de unos sesenta años, muy presentable y muy japonés. Es más bien bajito, delgado, con un rostro lleno de arrugas pero de expresión clara. Toda su persona irradia amabilidad, pero yo percibo también decisión, alegría y fuerza de voluntad.

Por ahora aguanta sin pestañear el parloteo pitiático de Jacinthe Rosen, que parece una gallina ante un gran montón de grano.

—Buenos días, señora —han sido sus primeras y únicas palabras, en un francés sin acento.

Yo me he ataviado con mi máscara de portera medio estúpida. Pues se trata de un nuevo residente a quien la fuerza de la costumbre no dicta aún la certeza de mi ineptitud, y con el que debo desarrollar esfuerzos pedagógicos especiales. Me limito pues a unos «sí, sí» asténicos como respuesta a las salvas histéricas de Jacinthe Rosen.

—Ya le enseñará usted al señor No Sé Qué (¿Shu?) las zonas comunes.

—¿Puede explicarle al señor No Sé Qué (¿Pshu?) cómo funciona el reparto del correo?

—El viernes vendrá un equipo de decoradores. ¿Podría estar al tanto para avisar al señor No Sé Qué (¿Opshu?) entre las diez y las diez y media?

Etc.

El señor No Sé Qué no da muestras de impaciencia y aguarda cortésmente, mirándome con una sonrisita amable. Considero que todo está saliendo muy bien. Sólo hay que esperar hasta que la señora Rosen se canse, y entonces podré volver a mi antro.

Hasta que ocurre lo siguiente.

—El felpudo que estaba delante de la puerta de los Arthens no se ha limpiado. ¿Puede paliar *a* ello? —me pregunta la gallina.

¿Por qué siempre ha de convertirse la comedia en tragedia? Desde luego, yo misma recurro a veces al error, pero para emplearlo como arma.

«¿Cree usted *de* que es un infarto?», le había preguntado a Chabrot para distraerlo de mis modales extraños e inesperados.

No soy pues tan sensible como para que una desviación menor del buen uso me haga perder la razón. Hay que conceder a los demás lo que uno se permite a sí mismo; además, Jacinthe Rosen y su patata en la boca nacieron en provincias, en una modesta torre de pisos con escaleras no muy limpias, por lo que tengo con ella una indulgencia que no merece en cambio la señora «podría usted coma recibir y firmar en mi nombre».

Y sin embargo, he aquí la tragedia: he dado un respingo al oír lo de «paliar *a* ello» en el preciso momento en el que el señor No Sé Qué daba también un respingo, y nuestras miradas se han cruzado. Desde esa infinitesimal porción de tiempo en que, estoy segura, hemos sido hermanos de lengua en el sufrimiento común que nos atenazaba y, haciendo temblar nuestro cuerpo, manifestaba ante el mundo nuestro desasosiego, el señor No Sé Qué me mira con ojos muy diferentes.

Unos ojos alerta.

Y he aquí que me dirige la palabra.

—¿Conocía usted a los Arthens? Tengo entendido que era una familia muy especial —me dice.

—No —le contesto, precavida—, no los conocía mucho; era una familia como las demás de esta casa.

—Sí, una familia feliz —interviene la señora Rosen, que se impacienta a ojos vistas.

—¿Sabe?, todas las familias felices se parecen —mascullo para ventilar el asunto—, no hay nada que decir de ellas.

—Pero las familias desdichadas lo son cada una a su manera —me contesta, mirándome con una expresión extraña y, de repente, aunque no por primera vez, me estremezco.

Sí, lo juro. Me estremezco, pero como sin darme cuenta. Se me ha escapado, no lo he podido evitar, la situación me ha superado.

Como las desgracias nunca vienen solas, *León* elige

ese momento preciso para escabullirse entre nuestras piernas, rozando de paso las del señor No Sé Qué en una actitud cordial.

—Tengo dos gatos —me dice—. ¿Puedo preguntarle cómo se llama el suyo?

—*León* —responde en mi lugar Jacinthe Rosen que, zanjando así nuestra conversación, toma al señor No Sé Qué del brazo y, dándome las gracias sin mirarme, procede a guiarlo hasta el ascensor. Con una delicadeza infinita, éste apoya la mano sobre su antebrazo y la inmoviliza sin brusquedad.

—Gracias, señora —me dice, antes de dejarse arrastrar por su posesiva gallina.

2

EN UN MOMENTO DE GRACIA

Extraño concepto este de la supuesta ignorancia o inconsciencia de uno al hacer o decir algo. Para los psicoanalistas es el fruto de las maniobras insidiosas de un inconsciente oculto. Qué vana teoría. En realidad es la marca más visible de la fuerza de nuestra voluntad consciente que, cuando nuestra emoción se erige como obstáculo, recurre a cualquier ardid para lograr sus fines.

—Cualquiera diría que quiero que me descubran —le digo a *León*, que acaba de volver a sus aposentos y, podría jurarlo, ha conspirado con el universo para cumplir mis deseos.

Todas las familias felices se parecen; las familias desdichadas lo son cada una a su manera es la primera frase de *Ana Karenina* que, como toda portera que se precie, no puedo haber leído, como tampoco se me permite estremecerme al oír la segunda parte de esta frase, en un momento de gracia, sin saber que era de Tolstoi, pues si bien las personas humildes son sensibles sin conocerla a la gran literatura, no pueden aspirar a la alta consideración en la que la tienen las personas instruidas.

Me paso el día tratando de persuadirme de que me estoy angustiando por nada y de que el señor No Sé Qué, cuya cartera es lo bastante abultada como para comprarse la cuarta planta entera, tiene otros motivos de preocupación que los temblores parkinsonianos de una portera corta de luces.

Después, a eso de las siete, llama a mi puerta un joven.

—Buenas tardes, señora —dice, articulando a la perfección—, mi nombre es Paul N'Guyen, soy el secretario personal del señor Ozu.

Me tiende una tarjeta de visita.

—Éste es el número de mi móvil. Van a venir unos decoradores a casa del señor Ozu, y no querríamos que ello le ocasionase a usted una carga adicional de trabajo. Por eso, al menor problema, llámeme y vendré en cuanto me sea posible.

Habrán notado ustedes, llegados a este punto de la intriga, que el sainete carece de diálogo, el cual suele reconocerse por la sucesión de guiones al inicio de cada turno de palabra.

Debería haber habido algo parecido a esto:

—Encantada de conocerlo.

Y después:

—Muy bien, así lo haré.

Pero es obvio que nada de esto hay.

Y es porque, sin necesidad de obligarme a ello, me he quedado muda. Soy desde luego consciente de tener la boca abierta, pero ningún sonido escapa de ella, y compadezco a este apuesto joven que no tiene más remedio que contemplar a una rana de setenta kilos llamada Renée.

En ese punto del intercambio suele el protagonista preguntar:

—¿Habla usted mi idioma?

Pero Paul N'Guyen me sonríe y espera.

A costa de un esfuerzo hercúleo, acierto a decir algo.

En realidad, al principio no es más que algo así como:

—Grmbll.

Pero él sigue aguardando con la misma abnegación admirable.

—¿El señor Ozu? —termino por decir a duras penas, con una voz a lo Yul Brynner.

—Sí, el señor Ozu —repite—. ¿Ignoraba usted su nombre?

—Sí —digo con esfuerzo—, no lo había entendido bien. ¿Cómo se escribe?

—O, z, u —me dice.

—Ah —contesto—, muy bien. ¿Es japonés?

—Sí, señora, exactamente —me dice—. El señor Ozu es japonés.

Se despide muy cordial, yo mascullo un buenas tardes para el cuello de mi camisa, cierro la puerta y me dejo caer sobre una silla, aplastando a *León*.

El señor Ozu. Me pregunto si no estaré viviendo un sueño demente, con suspense, sucesión maquiavélica de la acción, aluvión de coincidencias y desenlace final en camisón con un gato obeso en los pies y un despertador crepitante sintonizado en France Inter.

Pero todos sabemos, en el fondo, que el sueño y la vigilia no tienen la misma textura y, mediante la auscultación de mis percepciones sensoriales, sé con certeza que estoy despierta.

¡El señor Ozu! ¿El hijo del cineasta? ¿Su sobrino? ¿Un primo lejano?

Cáspita.

Idea profunda n.º 9

Si le sirves a una enemiga
tejas de Ladurée
no creas
que podrás ver
más allá

¡El señor que ha comprado el piso de los Arthens es japonés! ¡Se llama Kakuro Ozu! ¡Vaya suerte tengo, va y me pasa esto justo antes de morirme! Doce años y medio viviendo en la pobreza cultural y ahora que aparece en mi vida un japonés, tengo que levantar el campamento... De verdad es demasiado injusto.

Pero al menos soy sensible al lado positivo: ahora está aquí y, además, ayer tuvimos una conversación muy interesante. Antes de nada tengo que decir que todos los residentes del edificio andan locos con el señor Ozu. Mi madre no habla de otra cosa, mi padre la escucha, por una vez, mientras que normalmente piensa en otra cosa cuando ella se pone en plan blablablá sobre la vida y milagros de nuestros vecinos; Colombe me ha robado mi manual de japonés, y, hecho inédito en los anales del número 7 de la calle Grenelle, la señora de Broglie ha venido a tomar el té a casa. Vivimos en el quinto, justo encima del ex piso de los Arthens, y estos últimos tiempos ha estado en obras, ¡unas obras enormes! Estaba claro que el señor Ozu había decidido cambiarlo de arriba abajo, y todo el mundo se moría por ver esos cambios. En un universo de fósiles, el más mínimo movimiento de una piedrecita en la pendiente de un acantilado puede provocar crisis cardiacas en serie, de modo que, cuando alguien hace explotar la montaña, ¡os podéis imaginar la que se organiza! Bueno, resumiendo, que la señora de Broglie se moría por echar un vistacito al piso del señor Ozu, así que se las apañó para conseguir que mi madre la invitara a casa cuando se cruzó con ella la semana pasada en el portal. ¿Y sabéis cuál fue el pretexto? Es para mondarse de risa. La señora de Broglie es la esposa del señor de Broglie, el consejero de Estado que vive en el primero, que entró en el Consejo de Estado cuando gobernaba Giscard d'Estaing y es tan conservador que no saluda a los divorciados. Colombe lo llama «el viejo facha» porque nunca ha leído nada sobre la derecha francesa, y papá lo considera un ejemplo perfecto de la esclerosis de las ideas políticas. Su mujer es el equivalente a él, pero en femenino: traje sastre impecable, collar de perlas, mueca altanera y una multitud de nietos que se llaman todos Grégoire o Marie. Hasta ahora apenas saludaba a mamá (que es socialista, lleva el pelo teñido y zapatos terminados en punta). Pero la semana pasada se lanzó sobre nosotras como si su vida dependiera de ello. Estábamos en el portal, volvíamos de la compra y mamá estaba de muy buen humor porque había encontrado un mantel de lino color tostado por doscientos cuarenta euros. Entonces me pareció sufrir alucinaciones auditivas. Después de los «buenos días» de rigor, la señora de Broglie le dijo a mi madre: «quisiera pedirle algo», lo que ya debió de hacerle mucha pupa en la boca. «Por supuesto, usted dirá», le contestó mamá, con una sonrisa (que se explica por lo del mantel y los antidepresivos que toma).

«Pues bien, mi nuera, la esposa de Étienne, no se encuentra muy bien y creo que sería aconsejable que siguiera una terapia.» «¿Ah, sí?», le dijo mi madre, sonriendo aún más. «Sí, esto… una terapia de psicoanálisis, si ve usted a lo que me refiero.» La señora de Broglie parecía un caracol en pleno desierto del Sahara, pero a pesar de todo aguantaba mecha como una jabata. «Sí, por supuesto, la entiendo perfectamente», le dijo mamá, «¿y en qué podría serle útil?» «Pues bien, tengo entendido que conoce usted bien este tipo de… o sea… este tipo de acercamiento… entonces me gustaría poder hablar de ello con usted.» Mamá no daba crédito a su buena suerte: un mantel de lino color tostado, la perspectiva de poder soltarle a alguien toda su ciencia del psicoanálisis y, por si eso fuera poco, la señora de Broglie bailándole el agua (¡oh, sí, desde luego, un día redondo!). Con todo no se pudo resistir porque sabía perfectamente adónde quería llegar la otra. Por muy rústica que sea mi madre intelectualmente hablando, no hay quien se la dé con queso, las cosas como son. Sabía muy bien que el día en que a los de Broglie les interese el psicoanálisis, los gaullistas cantarán la *Internacional*, y que su éxito repentino llevaba la etiqueta de «el rellano del quinto se encuentra justo encima del del cuarto». Sin embargo, decidió mostrarse magnánima, para demostrarle a la señora de Broglie cuán buena es y cuán abiertos de espíritu son los socialistas, eso sí, sin renunciar a someterla a una pequeña novatada. «Pues claro que sí, querida, encantada. ¿Quiere que vaya algún día a su casa para charlar de todo ello?», le preguntó. La otra puso una cara como si estuviera estreñida, no había previsto un desenlace así, pero se recuperó enseguida y, como mujer de mundo que es, replicó: «No, por Dios, qué disparate, no la voy a hacer bajar a usted, ya subiré yo a verla un momentito.» Mamá ya había conseguido su pequeña satisfacción y no insistió más. «Pues bien, esta tarde estaré en casa, ¿por qué no viene a tomar el té a eso de las cinco?»

La sesión de té fue perfecta. Mamá había hecho las cosas como es debido: el juego de té que le regaló la abuelita, el que tiene dorados y mariposas verdes y rosas, tejas de la pastelería Ladurée y, eso sí, azúcar moreno (un detalle de izquierdas). La señora de Broglie, que acababa de tirarse sus buenos quince minutos en el rellano de debajo, parecía algo descolocada pero satisfecha al fin y al cabo. Y un poco sorprendida también. Pienso que se imaginaba que nuestra casa sería de otra manera. Mamá le hizo todo el paripé de los modales distinguidos y la conversación mundana, incluyendo un comentario experto sobre las mejores tiendas para comprar café, antes de inclinar la cabeza hacia un lado con expresión compasiva y preguntar: «Entonces, querida, ¿le preocupa a usted su nuera?» «Mmm, ah, sí», contestó la otra, que casi había olvidado ya su pretexto y se estrujaba las meninges para encontrar algo que decir. «Sí, está deprimida», fue lo único que se le ocurrió. Mamá se puso entonces el turbo. Después de tanta muestra de generosidad, había llegado el momento de que la señora de Broglie pagara tributo: tuvo que tragarse una lección magistral sobre freudismo, que incluía algunas anécdotas sabrosas sobre las costumbres sexuales del mesías y de sus apóstoles (con detalles *trash* sobre Melanie Klein), adornada con algunas referencias al Movimiento de Liberación de la Mujer y al carácter laico de la educación en Francia. Un programa completo. La señora de Broglie reaccionó como buena cristiana que es. Soportó la afrenta con encomiable estoicismo, mientras pugnaba por convencerse de que así expiaba su pecado de curiosidad flagelándose lo justo, sin exagerar. Ambas se despidieron satisfechas, aunque por motivos distintos, y luego esa noche, durante la cena, mamá dijo: «la señora de Broglie es una santurrona, desde luego, pero también puede ser encantadora.»

Resumiendo, que el señor Ozu tiene a todo el mundo alterado. Olimpia Saint-Nice le dijo a Colombe (que la odia y la llama la «mosquita muerta de los cerdos») que tiene dos gatos y que se muere de ganas de verlos. Jacinthe Rosen no para de comentar el trasiego de idas y venidas en la cuarta planta, y cada vez que lo hace se pone como en trance. Y a mí me apasiona también, pero por otros motivos. Esto fue lo que ocurrió.

Subí en el ascensor con el señor Ozu y nos quedamos bloqueados entre el segundo y el tercer piso durante diez minutos porque un inútil había cerrado mal la reja antes de renunciar a cogerlo y bajar a pie. En esos casos hay que esperar a que alguien se dé cuenta o, si la cosa dura demasiado, alertar a los vecinos gritando, tratando a la vez de no perder la compostura, lo cual tiene su dificultad. Nosotros no gritamos. Nos dio tiempo pues a presentarnos y a conocernos un poquito. Todas las señoras de la casa hubieran dado cualquier cosa por estar en mi lugar. Yo estaba contenta porque mi gran inclinación por lo japonés no puede por menos de alegrarse de hablar con un japonés de verdad. Pero sobre todo, lo que más me gustó fue el contenido de la conversación. Primero me dijo: «Tu madre me ha dicho que estudias japonés en el colegio. ¿Cuál es tu nivel?» Yo primero me hice mentalmente la observación de que otra vez mamá había estado presumiendo para hacerse la interesante y luego contesté en japonés: «Sí, señor, sé algo de japonés, pero no mucho.» Él me dijo a su vez, también en japonés: «¿Quieres que te corrija el acento?», y lo tradujo enseguida al francés. Eso ya de entrada me gustó. Mucha gente habría dicho: «¡Huy, pero qué bien hablas, bravo, es fantástico!», cuando seguro que pronuncio peor que una vaca bretona. Yo contesté en japonés: «Sí, señor, por favor». Él me corrigió una inflexión y añadió en japonés: «Llámame Kakuro.» Yo contesté, siempre en japonés: «Sí, Kakuro-san» y los dos nos reímos. Después fue cuando la conversación (en francés) se hizo apasionante. Me dijo sin preámbulos: «Me interesa mucho nuestra portera, la señora Michel. Me gustaría saber tu opinión.» Conozco a un montón de gente que habría tratado de tirarme de la lengua, disimulando, como quien no quiere la cosa. Pero él fue franco y directo. «Creo que no es lo que todo el mundo piensa», añadió.

Ya hace tiempo que yo también sospecho lo mismo. A simple vista, es una portera como cualquier otra. Pero si se la observa con más atención… pues bien, entonces… hay algo que no cuadra. Colombe la odia y piensa que es un desecho humano. Para Colombe, de todas maneras, cualquiera que no corresponda a su norma cultural es un desecho humano, y la norma cultural de Colombe es el poder social aderezado con la moda de la marca agnès b. La señora Michel… ¿Cómo diría yo? Irradia inteligencia. Y sin embargo, bien que se esfuerza, ¿eh?, salta a la vista que hace cuanto está en su mano por que la gente piense que es una portera normal y corriente, y por parecer tonta perdida. Pero yo ya la he observado cuando hablaba con Jean Arthens, cuando habla con *Neptune* sin que se entere Diane, cuando mira a las señoras del edificio que pasan delante de ella sin saludarla siquiera. La señora Michel tiene la elegancia del erizo: por fuera está cubierta de púas, una verdadera fortaleza, pero intuyo que, por dentro, tiene el mismo refinamiento sencillo de los erizos, que son animalillos falsamente indolentes, tremendamente solitarios y terriblemente elegantes.

Bueno, dicho esto, reconozco que no soy vidente. De no

ser porque ocurrió algo, yo también habría visto lo mismo que los demás: una portera que está de mal humor la mayor parte del tiempo. Pero ocurrió algo no hace mucho, y tiene gracia que la pregunta del señor Ozu llegue justo ahora. Hace quince días, Antoine Pallières volcó sin querer el carrito de la compra de la señora Michel, que estaba abriendo la puerta de su casa. Antoine Pallières es el hijo del señor Pallières, el industrial del sexto, un tipo que le da lecciones de moral a papá sobre la manera de dirigir el país y que vende armas a traficantes internacionales. El hijo es menos peligroso porque es un cretino redomado, pero nunca se sabe: la nocividad suele ser un capital familiar. Bueno, total, a lo que íbamos, que Antoine Pallières volcó el carrito de la compra de la señora Michel. Se esparcieron por el suelo remolachas, paquetes de pasta, jabón de Marsella y cubitos de caldo concentrado y, asomando por el borde del carrito, que estaba tirado en el suelo, entreví un libro. Digo entreví porque la señora Michel se precipitó a recogerlo todo mirando furiosa a Antoine (que no pensaba mover un dedo para ayudarla, saltaba a la vista) pero también con una sombra de inquietud. Él no se dio cuenta de nada, pero a mí ese segundo me bastó para ver qué libro, o más bien qué tipo de libro había en el carrito de la compra de la señora Michel, porque desde que estudia filosofía, la mesa de Colombe está llena de libros como ése. Era un libro de la editorial Vrin, ésa especializada en filosofía universitaria. ¿Qué hace una portera con un libro de Vrin en su carrito de la compra? Es evidentemente la pregunta que yo me hice, al contrario que Antoine Pallières.

«Yo también lo creo», le dije al señor Ozu y, de vecinos, al instante pasamos a una relación más íntima, la de conspiradores. Intercambiamos impresiones sobre la señora Michel, el señor Ozu me dijo que apostaba a que era una princesa clandestina y erudita, y nos despedimos en eso, prometiéndonos mutuamente que investigaríamos más.

He aquí pues mi idea profunda del día: es la primera vez que conozco a alguien que busca a la gente y ve más allá de las apariencias. Puede parecer trivial, pero yo creo sin embargo que es profundo. Nunca vemos más allá de nuestras certezas y, lo que es más grave todavía, hemos renunciado a conocer a la gente, nos limitamos a conocernos a nosotros mismos sin reconocernos en esos espejos permanentes. Si nos diéramos cuenta, si tomáramos conciencia del hecho de que no hacemos sino mirarnos a nosotros mismos en el otro, que estamos solos en el desierto, enloqueceríamos. Cuando mi madre le ofrece tejas de la pastelería Ladurée a la señora de Broglie, se cuenta a sí misma la historia de su vida y se limita a mordisquear su propio sabor; cuando papá se bebe su café y se lee su periódico, se contempla en un espejo al estilo del método Coué; cuando Colombe habla de las conferencias de Marian, despotrica sobre su propio reflejo; y cuando la gente pasa delante de la portera, no ve más que vacío porque se trata de otra persona, no de ellos mismos.

Yo suplico al destino que me dé la oportunidad de ver más allá de mí misma y de conocer a la gente.

3

BAJO LA CÁSCARA

Pasan varios días.

Como todos los martes, Manuela viene a visitarme a mi casa. Antes de que entre y cierre la puerta me da tiempo a oír a Jacinthe Rosen charlando con la joven señora Meurisse ante un ascensor que no se digna hacer acto de presencia cuando se requiere.

—¡Mi hijo dice que los chinos son intratables!

Debido a la patata, antes mencionada, que tiene en la boca, la señora Rosen no dice los chinos sino los *tsinos*.

Yo siempre he soñado con visitar Tsina. Se me antoja más interesante que ir a China.

—Ha despedido a la baronesa —me anuncia Manuela, que tiene las mejillas sonrosadas y los ojos brillantes—, y a todos los demás con ella.

Adopto un aire inocente a más no poder.

—¿Quién? —inquiero.

—¡Pues el señor Ozu, quién va a ser! —exclama Manuela, mirándome con reprobación.

Hay que decir que, desde hace quince días, en el

edificio no se habla (no se murmura) de otra cosa más que de la instalación del señor Ozu en el piso del difunto Pierre Arthens. En este lugar fosilizado, prisionero de los hielos del poder y la ociosidad, la llegada de un nuevo residente y los actos absurdos que bajo sus órdenes han realizado profesionales tan pasmosamente numerosos, que hasta *Neptune* ha renunciado a olisquearlos a todos, esta llegada, como digo, ha levantado un viento de excitación y de pánico mezclados. Pues la aspiración convenida a la salvaguarda de las tradiciones y la consecuente reprobación por todo lo que, de lejos o de cerca, evoque la nueva riqueza —entre otras cosas, la ostentación en las obras de decoración de interiores, la compra de material de alta fidelidad o el frecuente recurso a los platos preparados de las mejores tiendas de la ciudad— disputaba al señor Ozu a una sed más profunda, anclada en las tripas de todas esas almas cegadas por el tedio: la de la novedad. Por ello, el número 7 de la calle Grenelle vibró durante quince días al ritmo de las idas y venidas de pintores, ebanistas, fontaneros, diseñadores de cocinas, empleados que traían muebles, alfombras y material electrónico, así como de mozos de mudanza, que el señor Ozu había contratado para, a todas luces, transformar de arriba abajo una cuarta planta que todos se morían de ganas de visitar. Los Josse y los Pallières dejaron de coger el ascensor y, descubriéndose un vigor inesperado, deambularon a todas horas por el rellano del cuarto, por el cual, como es obvio, tenían que transitar para salir de su casa y para regresar a ella. Fueron objeto de la envidia generalizada. Bernadette de Broglie intrigó para tomar el té en casa de Solange Josse, pese a que ésta es socialista, mientras que Jacinthe Rosen se ofreció voluntaria para llevarle a Sabine Pallières a su casa un paquete que acababan de dejar en la portería y que, encantada de poder ahorrarme el esfuerzo, le confié con toda profusión de ademanes hipócritas.

Ya que, única entre todos, yo eludía cuidadosamente al señor Ozu. Nos cruzamos dos veces en el vestíbulo pero siempre estaba acompañado y se limitó a saludarme educadamente, a lo que yo respondí de idéntica manera. Nada en él delataba otros sentimientos que no fueran la cortesía y una indiferente benevolencia. Pero de la misma manera que los niños huelen bajo la cáscara de las conveniencias la verdadera textura de la que están hechos los seres, mi radar interno, presa de un pánico repentino, me indicaba que el señor Ozu me consideraba con atención paciente.

Sin embargo, su secretario subvenía a todas las tareas que requerían contacto conmigo. Imagino que Paul N'Guyen contribuía en algo a la fascinación que la llegada del señor Ozu suscitaba en los autóctonos. Era el joven más apuesto que hallarse pueda. De Asia, de donde era originario su padre, había tomado prestadas la distinción y la misteriosa serenidad. A Europa y a su madre (una rusa blanca) debía su gran estatura y sus pómulos eslavos, así como unos ojos claros y muy ligeramente rasgados. En él se aunaban la virilidad y la delicadeza, se realizaba la síntesis de la belleza masculina y la dulzura oriental.

Me había enterado de su ascendencia un día en que, al concluir una tarde de frenético ajetreo en la que lo había visto muy ocupado, al llamar a mi puerta para anunciarme la llegada temprana al día siguiente de una nueva hornada de entregas a domicilio, le propuse una taza de té que aceptó con sencillez. Conversamos con exquisita indolencia. ¿Quién hubiera dicho que un hombre joven, apuesto y competente —pues, cielo santo, eficaz desde luego era, como habíamos podido juzgar al verlo organizar las obras y, sin parecer nunca desbordado o cansado, llevarlas a término con total tranquilidad— sería asimismo del todo carente de esnobismo? Cuando se marchó, dándome las gracias con efusividad, caí en la cuenta de que, con él, había olvidado hasta la idea de disimular mi verdadera naturaleza.

Pero vuelvo a la noticia del día.

—Ha despedido a la baronesa y a todos los demás con ella.

Manuela no esconde su alegría. Anna Arthens, al abandonar París, prometió a Violette Grelier que la recomendaría al nuevo propietario. El señor Ozu, respetuoso de los deseos de la viuda a la que compraba un bien y desgarraba el corazón, había aceptado recibir a su personal de servicio y entrevistarse con éste. Los Grelier, protegidos por Anna Arthens, podrían haber encontrado una colocación escogida en una buena casa, pero Violette acariciaba la loca esperanza de permanecer allí donde, según sus propias palabras, había pasado sus mejores años.

«Marcharme sería como morir», le había confiado a Manuela. «Bueno, no hablo por usted, mujer. A usted no le quedará más remedio que resignarse a ello.»

—Resignarme a ello, tururú que te vi —dice Manuela que, desde que, siguiendo mi consejo, vio *Lo que el viento se llevó*, se cree que es la Escarlata de los suburbios de París—. ¡Ella se va y yo me quedo!

—¿El señor Ozu quiere contratarla? —le pregunto.

—No se lo va a creer —me dice—. ¡Me ha contratado doce horas a la semana con un sueldo de princesa!

—¡Doce horas! —exclamo—. ¿Y cómo se va a apañar usted?

—Voy a dejar tirada a la señora Pallières —responde, al borde del éxtasis—, voy a dejar tirada a la señora Pallières.

Y porque de las cosas de verdad buenas hay que abusar:

—Sí —repite—, voy a dejar tirada a la señora Pallières.

Saboreamos un momento en silencio este aluvión de buenas noticias.

—Voy a hacer un té —digo, interrumpiendo nuestra beatitud—. Un té blanco, para celebrar el acontecimiento.

—Ah, se me olvidaba —dice Manuela—, he traído esto.

Y me enseña una bolsita de papel de seda beis.

Procedo a desatar el lacito de terciopelo azul. En el interior, unos frutos secos cubiertos de chocolate negro resplandecen como diamantes tenebrosos.

—Me paga veintidós euros por hora —dice Manuela, colocando las tazas y volviendo después a sentarse, no sin antes pedirle cortésmente a *León* que se vaya a ver mundo—. ¡Veintidós euros! ¿No le parece increíble? ¡Los demás me pagan ocho, diez, once! La pretenciosa de la señora Pallières me paga ocho euros y deja tiradas las bragas sucias debajo de la cama.

—Quizá él también deje tirados los calzoncillos sucios debajo de la cama —le digo, sonriendo.

—Huy, no le pega nada —me contesta Manuela, de pronto pensativa—. Lo que sí espero es saber hacer mi trabajo. Porque allí arriba hay muchas cosas raras, ¿sabe usted? Hay que regar y vaporizar todos esos bonzos.

Manuela habla de los bonsáis del señor Ozu. Son muy grandes, con formas esbeltas, y no presentan en absoluto ese aspecto torturado que suele causar tan mala impresión. Se me antojó, mientras los transportaban por el vestíbulo, que provenían de otro siglo y en sus hojas, que un murmullo parecía atravesar, exhalaban la visión fugitiva de un bosque lejano.

—¡Nunca hubiera imaginado que los decoradores hicieran eso! —prosigue Manuela—. ¡Destruirlo todo para luego volver a construirlo!

Para Manuela, un decorador es un ser etéreo que dispone cojines sobre divanes dispendiosos y retrocede luego dos pasos para admirar el efecto creado.

—Echan abajo las paredes a mazazos —me había anunciado Manuela una semana antes, casi sin aliento, mientras subía de dos en dos los escalones armada con una escoba desmesurada.

—¿Sabe?... Ahora han dejado la casa preciosa. Me encantaría que la visitara.

—¿Cómo se llaman sus gatos? —pregunto entonces para cambiar de tema y quitarle a Manuela de la cabeza tan peligroso capricho.

—¡Oh, son preciosos! —contesta, considerando a *León* con expresión consternada—. Son muy delgados y avanzan sin ruido, haciendo así.

Describe con la mano unas extrañas ondulaciones.

—¿Y sabe usted cómo se llaman? —sigo preguntando.

—La gata se llama *Kitty*, pero el gato ya no me acuerdo —me dice.

Una gota de sudor frío bate todas las marcas de velocidad bajando por mi columna vertebral.

—¿*Levin*? —sugiero.

—Sí —me dice—, eso es, *Levin*. ¿Cómo lo sabe?

Frunce el ceño.

—¿No se tratará de ese revolucionario, espero?

—No —le digo—, el revolucionario es Lenin. Levin es el protagonista de una gran novela rusa. Kitty es la mujer de la que está enamorado.

—Ha mandado cambiar todas las puertas —prosigue Manuela, que siente un interés moderado por las grandes novelas rusas—. Ahora son correderas. Pues bien, tiene que creerme, es mucho más práctico. Me pregunto por qué no hacemos igual los demás. Se gana mucho espacio y hacen menos ruido.

Cuán cierto es. Una vez más, Manuela hace gala de ese brío en su capacidad de síntesis que tanto le admiro. Pero este comentario anodino provoca también en mí una sensación deliciosa que responde a otros motivos.

4

RUPTURA Y CONTINUIDAD

Dos motivos, ligados también a las películas de Ozu. El primero reside en las puertas correderas en sí. Ya desde la primera película, *El sabor del arroz con té verde,* me fascinó el espacio de vida japonés y esas puertas correderas que, deslizándose suavemente sobre sus invisibles raíles, rehúsan hender el espacio. Pues, cuando abrimos una puerta, transformamos los lugares de manera bien mezquina. Coartamos su plena extensión e introducimos en ellos una brecha imprudente a fuerza de malas proporciones. Pensándolo bien, no hay nada más feo que una puerta abierta. En la habitación en la que está, introduce una suerte de rotura, como un parásito marginal que rompe la unidad del espacio. En la habitación contigua, engendra una depresión, una grieta abierta y estúpida, perdida en un trozo de pared que hubiese preferido permanecer entero. En ambos casos, perturba el espacio sin más contrapartida que la licencia de circular, la cual puede sin embargo garantizarse mediante otros procedimientos. La puerta corredera, por el contrario, evita los escollos y magnifica el espacio. Sin modificar su equilibrio, permite su metamorfosis. Cuando se abre, dos lugares se comunican entre sí sin ofenderse mutuamente. Cuando se cierra, devuelve a cada uno su integridad. La puesta en común y la reunión se realizan sin intrusión. La vida es en los espacios japoneses un tranquilo paseo, mientras que en los nuestros se asemeja a una larga serie de fracturas.

—Es verdad —le digo a Manuela—, es más práctico y menos brutal.

El segundo motivo viene de una asociación de ideas que, de las puertas correderas, me ha llevado a los pies de las mujeres. En las películas de Ozu son innumerables los planos en los que el actor abre la puerta, entra en el hogar y se descalza. Las mujeres sobre todo muestran en el encadenamiento de estas acciones un talento singular. Entran, deslizan la puerta a lo largo de la pared, efectúan dos rápidos pasitos que las llevan al pie del espacio sobreelevado en que consisten las habitaciones, se quitan sin inclinarse unos zapatos sin cordones y, en un movimiento de piernas fluido y grácil, giran sobre sí mismas una vez escalada la plataforma que abordan de espaldas. Las faldas se ahuecan ligeramente, la flexión de rodillas, requerida para la ascensión, es enérgica y precisa, el cuerpo acompaña sin esfuerzo este semicírculo de los pies, que prosigue con un paso curiosamente quebrado, como si los tobillos estuvieran trabados por ligaduras. Pero, mientras que por lo general los gestos trabados evocan una suerte de coacción, esos pasitos animados de una incomprensible sacudida confieren a los pies de las mujeres su categoría de obra de arte.

Cuando caminamos, nosotros occidentales, porque nuestra cultura así lo quiere, tratamos de restituir, en la continuidad de un movimiento que concebimos sin sacudidas, lo que creemos ser la esencia misma de la vida: la eficacia sin obstáculo, la acción fluida que, en la ausencia de ruptura, figura el impulso vital mediante el cual todo se realiza. Aquí, nuestra norma es el guepardo en acción; todos sus gestos se funden armoniosamente, no se puede distinguir uno del que lo sigue, y la carrera del gran felino se nos antoja un único y largo movimiento que simboliza la perfección profunda de la vida. Pero cuando las mujeres japonesas quiebran con sus pasos entrecortados el poderoso despliegue del movimiento natural, aun cuando tendríamos que experimentar el tormento que se apodera del alma al asistir al espectáculo de la naturaleza ultrajada, se produce al contrario en nosotros un extraño gozo, como si la ruptura produjera el éxtasis, y el grano de arena, la belleza. En esta ofensa perpetrada contra el ritmo sagrado de la vida, en este andar contrariado, en la excelencia nacida de la traba, tenemos un paradigma del Arte.

Entonces, propulsado fuera de la naturaleza que lo querría continuo, haciéndose por su discontinuidad misma a la vez renegado y notable, el movimiento alcanza la categoría de creación estética.

Pues el Arte es la vida, pero con otro ritmo.

Idea profunda n.º 10

La gramática
estrato de conciencia
que lleva a la belleza

Por lo general, por las mañanas siempre saco un ratito para escuchar música en mi cuarto. La música desempeña una función muy importante en mi vida. Es lo que me permite soportar... pues... todo lo que hay que soportar: mi hermana, mi madre, el colegio, Achille Grand-Fernet, etc. La música no es sólo un placer para el oído como la gastronomía lo es para el paladar, o la pintura, para los ojos. Si pongo música por la mañana tampoco es que la razón sea muy original: lo hago porque determina el tono del día. Es muy sencillo y, a la vez, muy complicado de explicar: creo que podemos elegir nuestros estados de ánimo porque poseemos una consciencia con varios estratos y tenemos la manera de acceder a ellos. Por ejemplo, para escribir una idea profunda, tengo que ponerme a mí misma en un estrato muy especial, si no, no me vienen las ideas y las palabras a la cabeza. Tengo que olvidarme de mí misma y a la vez estar súper concentrada. Pero no es una cuestión de «voluntad», es un mecanismo que se puede accionar o no, como rascarse la nariz o hacer una voltereta para atrás. Y para accionar el mecanismo, no hay nada mejor que un poquito de música. Por ejemplo, para relajarme, pongo algo que me haga alcanzar como un estado de ánimo distanciado en el que las cosas no me llegan de verdad, las miro como quien ve una película: un estrato de consciencia «desapegado». En general, para ese estrato escucho jazz o, más eficaz a largo plazo aunque tarden más en notarse los efectos, Dire Straits (viva el mp3).

Esta mañana pues he escuchado a Glenn Miller antes de salir para el colegio. Se diría que no lo he escuchado durante el tiempo suficiente. Cuando se ha producido el incidente, he perdido todo mi desapego. Ha sido en clase de lengua, con la señora Magra (que es un antónimo con patas de tantos michelines como tiene). Además, se viste de rosa. Me encanta el rosa, pienso que es un color injustamente tratado, se suele atribuir a los bebés o a las mujeres que se maquillan como puertas, cuando el rosa es un color muy sutil y delicado, que tiene mucha presencia en la poesía japonesa. Pero el rosa y la señora Magra es un poco como el tocino y la velocidad. Bueno, total, que esta mañana tenía clase de lengua con ella. Ya de por sí es un rollazo. La lengua con la señora Magra se resume a una larga serie de ejercicios técnicos, poco importa si hacemos gramática o comentario de texto. Con ella, parece que un texto se ha escrito para que se puedan identificar los personajes, el narrador, los lugares, las peripecias, los tiempos de la narración, etc. Creo que no se le ha pasado jamás por la cabeza que, ante todo, un texto se escribe para ser leído y para provocar emociones en el lector. Para que os hagáis una idea, nunca nos ha preguntado: «¿Os ha gustado este texto/este libro?» Sin embargo es ésta la única pregunta que podría dar sentido al estudio de los puntos de vista narrativos o de la construcción de la trama... Por no hablar del hecho de que, en mi opinión, los alumnos de nuestra edad tenemos un espíritu más abierto a la literatura que los de bachillerato o los estudiantes universitarios. Me explico: a nuestra edad, por poco que se nos hable de algo con pasión y tocando las cuerdas adecuadas (las del amor, la rebelión, la sed de novedades, etc.), es muy fácil captar nuestro interés. Nuestro profesor de historia, el señor Lermit, supo apasionarnos en sólo dos clases enseñándonos fotos de gente a la que se había cortado una mano o los labios, en aplicación de la ley coránica, porque habían robado o fumado. Sin embargo, no lo hizo en plan peli *gore.* Era sobrecogedor, y todos escuchamos con atención la clase siguiente, que ponía en guardia contra la locura de los hombres, y no específicamente contra el islam. Entonces, si la señora Magra se hubiera tomado la molestia de leernos con la entonación adecuada algunos versos de Racine («Y que el día amanezca y que el día agonice/sin que ya nunca pueda ver Tito a Berenice»), habría visto que el adolescente típico está maduro para abordar la tragedia amorosa. Una vez en el instituto, las cosas se ponen más difíciles: la edad adulta asoma ya la cabeza, empiezan a intuirse las costumbres de los mayores, uno se pregunta qué papel y qué lugar heredará en la obra y, además, se ha estropeado ya algo, la pecera está a la vuelta de la esquina.

Entonces, cuando esta mañana, añadiéndose al rollazo habitual de una clase de literatura sin literatura y de una clase de lengua sin inteligencia de la lengua, he experimentado un sentimiento extraño, inclasificable, no he podido contenerme. La profesora estaba tratando el epíteto, con el pretexto de que en nuestras redacciones brillaba por su ausencia «cuando deberíais ser capaces de emplearlo desde tercero de primaria». «Alumnos tan incompetentes en gramática como vosotros, desde luego, es como *pa'* pegarse un tiro», ha añadido luego, mirando especialmente a Achille

Grand-Fernet. No me cae bien Achille pero tengo que decir que estaba de acuerdo con la pregunta que le ha hecho a la profesora. Creo que se imponía algo así. Además, que una profesora de letras diga *pa'* en lugar de «para», a mí me choca, qué queréis que os diga. Es como si un barrendero se dejara sin recoger del suelo las bolas de pelusa de polen. «Pero la gramática, ¿para qué sirve?», le ha preguntado Achille. «Deberías saberlo», le ha contestado doña Me-pagan-para-que-os-lo-enseñe. «Pues no», ha replicado Achille con sinceridad, por una vez, «nadie se ha tomado nunca la molestia de explicárnoslo». La profesora ha dejado escapar un largo suspiro, en plan «encima tengo que tragarme estas preguntas estúpidas», y ha respondido: «Sirve para hablar bien y escribir bien.»

Entonces he creído que me iba a dar un infarto. Nunca había oído tamaña ineptitud. Y con esto no quiero decir que no sea verdad, digo que es una ineptitud como una casa. Decir a unos adolescentes que ya saben leer y escribir que la gramática sirve para eso, es como decirle a alguien que se tiene que leer una historia de los cuartos de baño a través de los siglos para saber hacer bien pis y caca. ¡No tiene sentido! Si todavía nos hubiera demostrado, con ejemplos, que hay que saber ciertas cosas sobre la lengua para utilizarla bien, entonces bueno, por qué no, puede ser una base para empezar. Por ejemplo, que saber conjugar un verbo en todos los tiempos te evita cometer errores gordos que te avergüenzan delante de todo el mundo en una cena mundana («Hubiera *veído* esa película que comentáis, si no me *habrían* aconsejado antes que no lo *haciese.»)* O que, para escribir como es debido una invitación para unirse a una pequeña orgía en el castillo de Versalles, conocer las reglas de concordancia entre sujeto y verbo puede resultar muy útil. De esta manera uno se ahorra torpezas como ésta: «Querido amigo, si esa gente que usted y yo conocemos quisieran venir a Versalles esta noche, me complacería mucho recibirlas. La Marquesa de Grand-Fernet.» Pero si la señora Magra se cree que la gramática sólo sirve para eso… De niños hemos sabido conjugar un verbo antes de saber siquiera que se trataba de un verbo. Y, si bien el saber puede ayudar, no creo sin embargo que sea algo decisivo.

Yo en cambio creo que la gramática es una vía de acceso a la belleza. Cuando hablas, lees o escribes, sabes muy bien si has hecho una frase bonita, o si estás leyendo una. Eres capaz de reconocer una expresión elegante o un buen estilo. Pero cuando se estudia gramática, se accede a otra dimensión de la belleza de la lengua. Hacer gramática es observar las entrañas de la lengua, ver cómo está hecha por dentro, verla desnuda, por así decirlo. Y eso es lo maravilloso, porque te dices: «Pero ¡qué bonita es por dentro, qué bien formada!», «¡Qué sólida, qué ingeniosa, qué rica, qué sutil!». Para mí, sólo saber que hay varias naturalezas de palabras y que hay que conocerlas para poder utilizarlas y para estar al tanto de sus posibles compatibilidades, hace que me sienta como en éxtasis. Me parece, por ejemplo, que no hay nada más bello que la idea básica de la lengua, a saber: que hay nombres y verbos. Sabiendo esto, es como si ya te hubieran enunciado la esencia de todo. Es maravilloso, ¿no? Hay nombres, verbos…

Para acceder a toda esta belleza de la lengua que la gramática desvela, ¿quizá también haya que ponerse en un estado de consciencia especial? A mí me da la sensación de que puedo hacerlo sin esfuerzo. Creo que fue cuando tenía dos años, al oír hablar a los adultos, cuando comprendí, esa vez y ya para siempre, cómo está hecha la lengua. Las lecciones de gramática para mí siempre han sido meras síntesis a posteriori o, como mucho, precisiones terminológicas. ¿Se puede enseñar a los niños a hablar bien y a escribir bien estudiando gramática si no han tenido esta iluminación que tuve yo? Misterio. Mientras tanto, todas las señoras Magra de la Tierra harían mejor en preguntarse qué música tienen que poner a los alumnos para que puedan entrar en trance gramatical.

Así que le he dicho a la profesora: «Pero ¡qué va, eso es totalmente reductor!» Se ha hecho un gran silencio en la clase porque normalmente yo no suelo abrir la boca y porque le había llevado la contraria a la profesora. Me ha mirado sorprendida y luego ha puesto mala cara, como todos los profes cuando notan que las cosas se complican y que su clasecita facilita sobre el epíteto bien podría convertirse en tribunal de sus métodos pedagógicos. «¿Y qué sabrás tú de esto, señorita Josse?», me ha preguntado con tono acerbo. Todo el mundo contenía la respiración. Cuando la primera de la clase no está contenta, es malo para el cuerpo docente, sobre todo cuando se trata de un cuerpo tan gordo, así que esta mañana teníamos película de suspense y número de circo, programa doble por el mismo precio: todo el mundo aguardaba para ver el resultado del combate, con la esperanza de que sería sangriento.

«Pues bien, habiendo leído a Jakobson, se antoja evidente que la gramática es un fin y no sólo un objetivo: es un acceso a la estructura y a la belleza de la lengua, y no sólo un chisme que sirve para manejarse en sociedad.» «¡Un chisme! ¡Un chisme!», ha repetido la profesora con los ojos exorbitados. «¡Para la señorita Josse, la gramática es un chisme!»

Si hubiera escuchado bien mi frase, habría comprendido que, justamente, para mí la gramática no es un chisme. Pero creo que la referencia a Jakobson le ha hecho perder los papeles por completo, sin contar que todo el mundo se reía, incluso Cannelle Martin, sin comprender nada de lo que yo había dicho pero sintiendo que una nubecita negra planeaba sobre la foca de la profesora de lengua. Por supuesto, como os podréis imaginar, nunca he leído nada de Jakobson. Por muy superdotada que sea, prefiero los cómics o la literatura. Pero una amiga de mamá (que es profesora de universidad) hablaba ayer de Jakobson (mientras charlaban, a las cinco de la tarde, ventilándose una botella de vino tinto y un buen pedazo de queso camembert). Y de repente esta mañana se me ha venido a la cabeza.

En ese momento, al ver que la jauría de perros enseñaba ya los colmillos, he sentido compasión. Compasión por la señora Magra. Además no me gustan los linchamientos. Nunca honran a nadie. Por no hablar ya del hecho de que no me apetece en absoluto que alguien venga a hurgar en mi conocimiento de Jakobson y empiece a sospechar sobre la realidad de mi cociente intelectual.

Por eso he dado marcha atrás y me he callado. Me he tenido que quedar dos horas más en el colegio castigada, y la señora Magra ha salvado su pellejo de profesora. Pero al marcharme de clase, he sentido que sus ojillos inquietos me seguían hasta la puerta.

Y, camino de mi casa, me he dicho: desdichados los pobres de espíritu que no conocen ni el trance ni la belleza de la lengua.

5

UNA IMPRESIÓN AGRADABLE

Pero Manuela, insensible a los andares de las mujeres japonesas, discurre ya por otros parajes.

—La Rosen pone el grito en el cielo porque no hay dos lámparas iguales —me dice.

—¿De verdad no las hay? —le pregunto, desconcertada.

—Sí, de verdad —me contesta Manuela—. ¿Y qué más da? En casa de los Rosen lo tienen todo doble, porque les da miedo que falte. ¿Sabe usted la historia preferida de la señora?

—No —respondo, encantada de la amplitud de alcance de nuestra conversación.

—Durante la guerra, su abuelo, que almacenaba un montón de cosas en el sótano, salvó a su familia ayudando a un alemán que buscaba una bobina de hilo para coserse un botón del uniforme. Si no hubiera tenido bobina, estaría muerto, y toda su familia con él. Pues bien, me crea usted o no, en los armarios y en el sótano la señora Rosen lo tiene todo doble. ¿Y acaso es más feliz por ello? ¿Acaso se ve mejor en una habitación porque haya dos lámparas iguales?

—Nunca lo había pensado —digo—. Es verdad que decoramos nuestros interiores con redundancias.

—¿Con qué ha dicho? —inquiere Manuela.

—Con repeticiones, como en casa de los Arthens. Las mismas lámparas y los mismos jarrones sobre la chimenea, las mismas butacas idénticas a cada lado del sofá, dos mesillas de noche a juego, series iguales de tarros de cristal en la cocina…

—Ahora que lo dice, no se trata sólo de las lámparas —prosigue Manuela—. El caso es que no hay dos cosas iguales en casa del señor Ozu. Y déjeme que le diga que eso crea una impresión agradable.

—Agradable, ¿en qué sentido? —quiero saber.

Manuela reflexiona un momento, y se le forman arruguitas en la frente.

—Agradable como después de una fiesta, cuando se ha comido demasiado. Pienso en esos momentos, cuando todo el mundo se ha marchado ya… Mi marido y yo vamos a la cocina y yo preparo un caldito de verduras frescas; corto champiñones crudos en rodajas muy finitas, y nos tomamos el caldo con los champiñones dentro. Tenemos la impresión de salir de una tormenta y que poco a poco vuelve la calma.

—Uno ya no tiene miedo de que le falte nada. Se es feliz con el instante presente.

—Uno siente que es algo natural, que comer es eso.

—Se puede disfrutar de lo que se tiene, nada estorba. Una sensación tras otra.

—Sí, se tiene menos pero se disfruta más.

—¿Quién puede comer varias cosas a la vez?

—Ni siquiera el pobre señor Arthens.

—Tengo dos lámparas a juego sobre dos mesillas de noche idénticas —digo, al caer de pronto en la cuenta del hecho.

—Y yo también —dice Manuela.

Asiente con la cabeza.

—Quizá estemos enfermos, a fuerza de tener demasiado.

Se levanta, me da un beso y vuelve a casa de los Pallières, a su dura tarea de esclava moderna. Cuando se marcha, permanezco sentada delante de mi taza de té vacía. Queda un fruto seco con chocolate, que mordisqueo por gula con los incisivos, como un ratoncito. Cambiar el modo de comer algo es como degustar un nuevo manjar.

Y medito, saboreando el carácter intempestivo de esta conversación. ¿Alguna vez se ha visto que asistentas y porteras, conversando durante la hora de la pausa, elaboren el sentido cultural de la decoración de interiores? Les sorprendería saber de lo que habla la gente humilde. Prefiere las historias a las teorías, las anécdotas a los conceptos, las imágenes a las ideas. Lo cual no es óbice para filosofar. Así, ¿somos acaso civilizaciones tan carcomidas por el vacío que sólo vivimos en la angustia de la carencia? ¿Sólo disfrutamos de nuestros bienes o de nuestros sentidos cuando estamos seguros de que disfrutaremos más aún? Quizá los japoneses sepan que sólo se saborea un placer porque se sabe que es efímero y único y, más allá de ese saber, son capaces de construir con ello sus vidas.

Ay de mí. Monótona y eterna repetición que una vez más me saca bruscamente de mi ensimismamiento —el tedio nació un día de la uniformidad—, llaman a mi puerta.

6

WABI

Es un mensajero mascando un chicle para elefantes, a juzgar por el vigor y la amplitud maxilar que esta masticación requiere.

—¿La señora Michel? —pregunta.

Me planta un paquete en las manos.

—¿No tengo que firmar nada? —inquiero.

Pero ya ha desaparecido.

Es un paquete rectangular envuelto en papel de estraza y sujeto con un cordel, como los que se utilizan para cerrar los sacos de patatas o para pasear por la habitación un tapón de corcho para divertir al gato y obligarlo a hacer el único ejercicio al que se presta. De hecho, este paquete con cordel me recuerda a los envoltorios de seda de Manuela pues aunque, en su género, el papel sea por naturaleza más rústico que refinado, hay en el esmero puesto en la autenticidad del empaquetado algo similar y profundamente adecuado. Se observará que la elaboración de los conceptos más nobles parte de lo trivial más tosco. *Lo bello es la adecuación* es una idea sublime surgida de las manos de un mensajero rumiante.

La estética, a nada que uno reflexione sobre ello con una pizca de seriedad, no es sino la iniciación a la Vía de la Adecuación, una suerte de Vía del Samurai aplicada a la intuición de las formas auténticas. Tenemos todos anclado en nosotros el conocimiento de lo adecuado. Este conocimiento es lo que, en cada instante de nuestra existencia, nos permite aprehender la esencia de la cualidad de lo adecuado y, en esas raras ocasiones en que todo es armonía, disfrutar de ello con la intensidad requerida. Y no hablo de esa suerte de belleza que es dominio exclusivo del Arte. Quienes, como yo, se sienten inspirados por la grandeza de las cosas pequeñas, la buscan hasta en el corazón de lo no esencial, allí donde, ataviada con indumentaria cotidiana, surge de cierto ordenamiento de las cosas corrientes y de la certeza de que *es como tiene que ser,* de la convicción de que *está bien así.*

Desato el cordel y rompo el papel. Es un libro, una hermosa edición encuadernada en cuero azul marino, de grano grueso, muy *wabi.* En japonés, el término *wabi* significa «una forma desdibujada de lo bello, una clase de refinamiento disfrazado de rusticidad». No sé muy bien qué querrá decir eso, pero esta encuadernación es indiscutiblemente *wabi.*

Me calzo las gafas y descifro el título.

Idea profunda n.º 11

Abedules
enseñadme que no soy nada
y que soy digna de vivir

Mamá anunció ayer durante la cena, como si fuera motivo suficiente para que corriera el champán a chorros, que hacía diez años justos que había empezado su «psicoanálisis» (pronuncia la palabra como si llevara acento en todas las sílabas). ¡Todo el mundo estará de acuerdo en que es ma-ra-vi-llo-so! Sólo se me ocurre el psicoanálisis para rivalizar con el cristianismo en la predilección por los sufrimientos largos. Lo que mi madre no dice es que también hace diez años que toma antidepresivos. Pero salta a la vista que no se le ocurre que una cosa pueda tener que ver con la otra. A mí me parece que si toma antidepresivos no es para aliviar sus angustias, sino para soportar el psicoanálisis. Cuando te cuenta sus sesiones te dan ganas de darte de cabezazos contra la pared. El tipo dice «mmm» a intervalos regulares repitiendo el final de las frases de mamá («Y he ido donde Lenôtre con mi madre»: «Mmm, ¿con su madre?»; «Me gusta mucho el chocolate»: «Mmm, ¿el chocolate?»). Si es así, mañana mismo me hago yo psicoanalista. Otras veces le endilga conferencias sobre la «Causa freudiana» que, al contrario de lo que la gente piensa, no son jeroglíficos incomprensibles, qué va, tienen sentido, sí, sí. La fascinación por la inteligencia es algo fascinante. Para mí no es un valor en sí. Gente inteligente la hay a patadas. Hay muchos cretinos, pero también hay muchos cerebros muy capaces. Voy a decir una banalidad, pero la inteligencia, en sí, no tiene ningún valor ni ningún interés. Personas inteligentísimas consagraron su vida a la cuestión del sexo de los ángeles, por ejemplo. Pero muchos hombres inteligentes tienen una especie de virus: consideran la inteligencia como un fin. Sólo tienen una idea en la cabeza: ser inteligentes, lo cual es muy estúpido. Y cuando la inteligencia se toma por un objetivo, funciona de manera extraña: la prueba de que existe no reside en el ingenio y la sencillez de sus frutos, sino en la oscuridad de su expresión. Si vierais la literatura que se trae mamá de sus sesiones… Simboliza, aniquila los pensamientos excluidos del inconsciente y subsume lo real a base de matemas y de sintaxis dudosa. ¡Un galimatías sin sentido! Hasta los textos que lee Colombe (está estudiando a Guillermo de Ockham, un franciscano del siglo XIV) son menos grotescos. De lo que se deduce: más vale ser un monje pensante que un pensador posmoderno.

Y, ahí no terminó la cosa, resulta que además era un día freudiano. Por la tarde estaba comiendo chocolate. Me gusta mucho el chocolate, sin duda es lo único que tengo en común con mamá y con mi hermana. Al morder una barrita de chocolate con avellanas, noté que se me partía un diente. Fui a mirarme en el espejo y constaté que, efectivamente, se me había caído otro trocito más de incisivo. El verano pasado, en el mercado de Quimper, me caí al tropezar con una cuerda y se me rompió un poco este diente, y desde entonces, se descascarilla de vez en cuando. Bueno, total, que se me cayó este trocito de diente, y me hizo gracia porque me acordé de una cosa que cuenta mamá sobre un sueño que suele tener: se le caen los dientes, se le ponen negros y se le van cayendo uno tras otro. Y esto es lo que le dijo su psicoanalista acerca de este sueño: «Mi querida señora, un freudiano le diría que es un sueño sobre la muerte.» Tiene gracia, ¿no? Ya no es siquiera la ingenuidad de la interpretación (dientes que se caen = muerte; paraguas = pene, etc.), como si la cultura no fuera un gran poder de sugestión que nada tiene que ver con la realidad del asunto. Es el procedimiento que se supone que asienta la superioridad intelectual («un freudiano le diría») en la erudición distanciada, mientras que en realidad la impresión que da es que es un loro el que habla.

Afortunadamente, para recuperarme de todo eso, hoy he ido a casa de Kakuro a tomar té con unos pastelitos de coco muy ricos y muy finos. Ha venido a casa para invitarme y le ha dicho a mamá: «Nos hemos conocido en el ascensor y hemos dejado a medias una conversación muy interesante.» «¿En serio?», ha dicho mamá, sorprendida. «Pues qué suerte tiene usted, mi hija apenas habla con nosotros.» «¿Quieres venir a tomar una taza de té y a que te presente a mis gatos?», ha preguntado Kakuro, y mamá, por supuesto, atraída por la cola que podrá traer esta historia, se ha apresurado a aceptar la invitación. Ya se estaba montando la película en su cabeza, se veía en plan *geisha* moderna invitada en casa del rico japonés. Hay que decir que uno de los motivos de la fascinación colectiva por el señor Ozu se debe al hecho de que es de verdad muy rico (según parece). Total, que he ido a su casa a tomar el té y a conocer a sus gatos. Bueno, en lo que a ellos respecta, tampoco me convencen mucho más que los míos, pero al menos los de Kakuro son decorativos. Le he expuesto mi punto de vista, y me ha contestado que creía en la sensibilidad y la capacidad que tiene un roble de irradiar buenas vibraciones, y por lo tanto, con más razón, creía también en las de un gato. De ahí hemos pasado a la definición de la inteligencia, y me ha preguntado si podía anotar mi fórmula en su libreta: «No es un don sagrado, es la única arma que tienen los primates.»

Y luego hemos vuelto a la señora Michel. Él cree que su gato se llama *León* por León Tolstoi, y los dos estamos de acuerdo en que una portera que lee a Tolstoi, así como libros de la editorial Vrin, quizá se sale un poco de lo corriente. Él tiene incluso elementos muy pertinentes para pensar que le gusta mucho *Ana Karenina* y está decidido a enviarle un ejemplar. «Así veremos su reacción», me ha dicho.

Pero no es ésta mi idea profunda del día. Viene de una frase que ha dicho Kakuro. Hablábamos de la literatura rusa, que yo no conozco en absoluto. Kakuro me explicaba que lo que le gusta de las novelas de Tolstoi es que son «novelas universo» y, además, que la acción transcurre en Rusia, ese país en el que hay abedules por todas partes y en el que, cuando las campañas napoleónicas, la aristocracia tuvo que volver a aprender el ruso pues ya sólo hablaba francés. Bueno, ésta es una típica conversación de adultos, pero lo bueno con Kakuro es que todo lo hace con educación. Es muy agradable oírlo hablar, aunque te traiga sin cuidado lo que cuenta, porque te habla de verdad, se dirige a ti. Es la primera vez que conozco a alguien que se interesa por mí cuando me habla: no espera aprobación ni desacuerdo, me mira con una expresión como si estuviera diciendo: «¿Quién eres? ¿Quieres hablar conmigo? ¡Cuánto me gusta estar contigo!» A eso me refería cuando hablaba de educación, esta actitud de alguien que le da al otro la impresión de estar ahí. Bueno, así en general, la Rusia de los grandes rusos a mí me importa bastante poco. ¿Que hablaban francés? ¡Pues qué bien, enhorabuena! Yo también y no exploto a los *mujiks*. Pero, en cambio, y aunque al principio no he entendido muy bien por qué, he sido sensible a los abedules. Kakuro hablaba del campo ruso con todos esos abedules flexibles, cuyas hojas sonaban como un murmullo, y me he sentido ligera, ligera…

Después, reflexionando un poco sobre ello, he comprendido en parte mi repentina alegría al hablar Kakuro de los abedules rusos. Me ocurre lo mismo cuando se habla de árboles, del árbol que sea: el tilo en el patio de la casa de labor, el roble detrás de la vieja granja, los grandes olmos que hoy ya no existen, los pinos doblados por el viento en las costas ventosas, etc. Hay tanta humanidad en esta capacidad de amar los árboles, tanta nostalgia de nuestros embelesos primeros, tanta fuerza en este sentirse tan insignificante en el seno de la naturaleza… Sí, eso es: la evocación de los árboles, de su majestuosidad indiferente y del amor que por ellos sentimos nos enseña cuán irrisorios somos, viles parásitos que pululamos en la superficie de la tierra, y al mismo tiempo nos hace dignos de vivir, pues somos capaces de reconocer una belleza que no nos debe nada.

Kakuro hablaba de los abedules y, olvidando a los psicoanalistas y a toda esa gente inteligente que no sabe qué hacer con su inteligencia, de pronto me sentía más adulta por ser capaz de comprender la grandísima belleza de estos árboles.

LLUVIA DE VERANO

1

CLANDESTINA

Me calzo pues las gafas y descifro el título.
León Tolstoi, *Ana Karenina*.
También hay una tarjeta:

> *Querida señora Michel:*
> *En homenaje a su gato.*
> *Cordialmente,*
> *Kakuro Ozu*

Siempre es reconfortante que lo aseguren a uno que
no se ha vuelto paranoico.
Tenía yo razón. Me han desenmascarado.
Caigo presa del pánico.
Me levanto mecánicamente y me vuelvo a sentar.
Releo la tarjeta.
Algo se muda dentro de mí, sí, no sé expresarlo de
otra manera, tengo la absurda sensación de que un mó-
dulo interno se traslada para ocupar el lugar de otro.
¿No les ocurre nunca? Uno siente como unas remodela-

ciones internas cuya naturaleza no acierta a describir, pero es algo a la vez mental y espacial, como una mudanza.

En obsequio a su gato.

Con una incredulidad que nada tiene de fingida, oigo una risita, una suerte de gritito ahogado, que proviene de mi propia garganta.

Es angustioso pero divertido.

Movida por un peligroso impulso —todos los impulsos son peligrosos para quien vive una existencia clandestina— voy a buscar una hoja de papel, un sobre y un Bic (naranja), y escribo:

Gracias, no tenía que haberse molestado
La portera

Salgo al vestíbulo con precauciones de indio apache —no veo a nadie— y deslizo la misiva dentro del buzón del señor Ozu.

Vuelvo a la portería con paso furtivo —ya que no hay un alma— y, extenuada, me derrumbo sobre el sofá, con el sentimiento del deber cumplido.

Una poderosa sensación de «Dios mío, qué he hecho» me embarga.

Dios mío, qué he hecho.

Este estúpido impulso, lejos de poner fin al hostigamiento, lo alienta mil veces más. Es un error estratégico de bulto. Esta dichosa inconsciencia empieza a atacarme los nervios.

Un simple: *No comprendo*, firmado *la portera* habría sido sin embargo lo más lógico.

O también: *Se ha confundido, le devuelvo su paquete.*

Sin tonterías, corto y preciso: *Destinatario erróneo.*

Astuto y definitivo: *No sé leer.*

Más tortuoso: *Mi gato no sabe leer.*

Sutil: *Gracias, pero el aguinaldo es en enero.*

O también, administrativo: *Se ruega acuse de recibo de la devolución.*

En lugar de eso, hago melindres como si estuviéramos en un salón literario.

Gracias, no tenía que haberse molestado.

Me propulso del sofá y me precipito hacia la puerta.

Rayos, rayos, rayos.

Por el cristal veo a Paul N'Guyen, el cual, con el correo en la mano, se dirige hacia el ascensor.

Estoy perdida.

Ya sólo me queda una opción: hacerme la muerta.

Pase lo que pase, no estoy, no sé nada, no respondo, no escribo, no tomo ninguna iniciativa.

Pasan tres días, en la cuerda floja. Me convenzo a mí misma de que aquello en lo que decido no pensar no existe, pero no dejo de pensar en ello, tanto que una vez olvido dar de comer a *León*, que desde entonces es el reproche mudo felinificado.

Después, hacia las diez, llaman a mi puerta.

2

LA GRAN OBRA DEL SENTIDO

Abro.

En el umbral encuentro al señor Ozu.

—Querida señora Michel —me dice—, me alegro de que mi envío no la haya importunado.

Del pasmo, no acierto a entender nada.

—Sí, sí —respondo, sintiendo que sudo como un cerdo—. Digo, no, no —me corrijo con una lentitud patética—. Pues muchas gracias.

Me sonríe amablemente.

—Señora Michel, no he venido para que me dé las gracias.

—¿No? —digo, renovando con brío la ejecución del «dejar morir en los labios» cuyo arte comparto con Fedra, Berenice y la desdichada Dido.

—He venido a pedirle que venga a cenar conmigo mañana —dice—. Así tendremos ocasión de charlar sobre nuestros gustos comunes.

—Eeeh… —contesto, lo cual es relativamente corto.

—Una cena entre vecinos, algo sencillo —añade.

—¿Entre vecinos? Pero si soy la portera —arguyo, aunque muy confundida.

—Es posible poseer dos cualidades a un tiempo —me contesta.

Virgen santa, ¿qué hago?

Siempre está la vía de la facilidad, aunque me repugne seguirla. No tengo hijos, no veo la televisión y no creo en Dios, todas estas sendas que recorren los hombres para que la vida les sea más fácil. Los hijos ayudan a diferir la dolorosa tarea de hacerse frente a uno mismo, y los nietos toman después el relevo. La televisión distrae de la extenuante necesidad de construir proyectos a partir de la nada de nuestras existencias frívolas; al embaucar a los ojos, libera al espíritu de la gran obra del sentido. Dios, por último, aplaca nuestros temores de mamíferos y la perspectiva intolerable de que nuestros placeres un buen día se terminan. Por ello, sin porvenir ni descendencia, sin píxeles para embrutecer la cósmica conciencia del absurdo, en la certeza del final y la anticipación del vacío, creo poder decir que no he elegido la vía de la facilidad.

Sin embargo, cuán tentada me siento ahora de hacerlo.

—No, gracias, pero mañana estoy ocupada —sería el procedimiento más indicado.

De éste existen varias variaciones corteses.

—Es muy amable por su parte, pero tengo la agenda de un ministro (poco creíble).

—Qué lástima, pero mañana precisamente me marcho a Megève (fantasioso).

—Lo siento, pero mañana viene mi familia a cenar (requetefalso).

—Mi gato está enfermo, no puedo dejarlo solo (sentimental).

—*Estoy enferma, prefiero guardar cama* (desvergonzado).

In fine me dispongo a decir: gracias, pero esta semana tengo gente en casa cuando, bruscamente, la serena amabilidad que muestra el señor Ozu, de pie ante mí, abre en el tiempo una brecha fulgurante.

3

FUERA DEL TIEMPO

Bajo el globo caen los copos.

Ante los ojos de mi memoria, sobre la mesa de la señorita, mi maestra hasta la clase de los mayores del señor Servant, se materializa la pequeña bola de cristal. Cuando nos habíamos portado bien, se nos permitía darle la vuelta y sostenerla en la palma de la mano hasta que cayera el último copo al pie de la torre Eiffel cromada. Aún no había cumplido siete años y ya sabía que la lenta melopea de las pequeñas partículas algodonosas prefigura lo que siente el corazón durante una gran alegría. La duración se ralentiza y se dilata, el ballet se eterniza en la ausencia de obstáculos, y cuando se posa el último copo, sabemos que hemos vivido ese instante fuera del tiempo que es la marca de las grandes iluminaciones. A menudo, de niña, me preguntaba si estaría a mi alcance vivir instantes semejantes y hallarme en el corazón del lento y majestuoso ballet de copos, liberada por fin del tedioso frenesí del tiempo.

¿Es eso acaso, sentirse desnuda? Libre el cuerpo de

todo vestido, el espíritu no se libera sin embargo de sus aderezos. Pero la invitación del señor Ozu había provocado en mí el sentimiento de esa desnudez total que es la del alma sola y que, nimbada de copos, provocaba ahora en mi corazón una suerte de deliciosa quemazón.

Lo miro.

Y me zambullo en el agua negra, profunda, helada y exquisita del instante fuera del tiempo.

4

SUSTANCIAS ARÁCNIDAS

—¿Por qué, pero por qué, por amor de Dios? —le pregunto esa misma tarde a Manuela.

—¡Vamos, vamos! —me dice, colocando el servicio para el té—. Pero ¡si está muy bien!

—No lo dirá usted en serio —gimo.

—Ahora toca ser prácticos —dice—. No puede ir así. Es el peinado lo que no está bien —prosigue, observándome con mirada experta.

¿Tienen idea de las concepciones de Manuela en materia de peinado? Esta aristócrata del corazón es una proletaria del cabello. Encrespado, retorcido, cardado y después vaporizado con sustancias arácnidas, el cabello según Manuela ha de ser arquitectural o no ser.

—Voy a ir a la peluquería —digo, probando la estrategia de la no precipitación.

Manuela me mira con recelo.

—¿Qué se va a poner? —me pregunta.

Aparte de mis vestidos de todos los días, verdaderos vestidos de portera, no tengo más que una suerte de merengue nupcial blanco sepultado en naftalina y una casulla negra y lúgubre que me pongo en los escasos entierros a los que se me invita.

—Me voy a poner mi vestido negro —contesto.

—¿El de los entierros? —pregunta Manuela, aterrada.

—Pero si es que no tengo otra cosa.

—Entonces tiene que comprarse algo.

—Pero si no es más que una cena.

—Pues claro, qué se ha creído, sólo faltaría —responde la carabina agazapada en Manuela—. Pero ¿es que usted no se viste cuando la invitan a cenar?

5

ENCAJES Y PERIFOLLOS

La dificultad empieza aquí: ¿dónde comprar un vestido? Normalmente, acostumbro a comprarme la ropa por catálogo, incluidos los calcetines, las bragas y las camisetas. La idea de probarme bajo la mirada de una jovencita anoréxica prendas que, sobre mí, parecerán un saco, siempre me ha alejado de las tiendas. Quiere la desgracia que sea demasiado tarde para esperar una entrega a tiempo por correo.

Tengan una sola amiga pero elíjanla bien.

A la mañana siguiente, Manuela irrumpe en la portería.

Lleva una funda para ropa que me tiende con una sonrisa triunfal.

Manuela me saca quince centímetros como mínimo y pesa diez kilos menos. De su familia sólo veo una mujer cuya anchura de hombros pueda compararse con la mía: su suegra, la temible Amalia, a la que extrañamente vuelven loca los encajes y los perifollos pese a no ser alma proclive a la fantasía. Pero la pasamanería a la portuguesa evoca el estilo rococó: nada de imaginación ni de ligereza, sólo el delirio de la acumulación, que hace que los vestidos parezcan blusas de encaje de guipur, y la camisa más sencilla, un concurso de festones.

Se imaginarán pues mi inquietud. Esta cena, que se anuncia un calvario, también podría convertirse en una farsa.

—Va a parecer usted una estrella de cine —me dice precisamente Manuela. Luego, compasiva, añade—: Es una broma —y extrae de la funda un vestido beis carente a simple vista de toda floritura.

—¿De dónde lo ha sacado? —pregunto, examinándolo.

Así a ojo, la talla parece la adecuada. A ojo también, es un vestido caro, de tela de gabardina y de corte muy sencillo, con cuello camisero y botones delante. Muy sobrio, muy chic. El tipo de vestido que lleva la señora de Broglie.

—Anoche fui donde María —me dice Manuela, encantada.

María es una costurera portuguesa que vive justo al lado de mi salvadora. Pero es mucho más que una simple compatriota. María y Manuela crecieron juntas en Faro, se casaron con dos de los siete hermanos Lopes y se pusieron de acuerdo para seguirlos hasta Francia, donde llevaron a cabo la proeza de parir a los hijos prácticamente a la vez, con pocas semanas de diferencia. Tienen incluso un gato en común y un gusto similar por la repostería fina.

—¿Quiere decir que el vestido es de otra persona? —pregunto.

—Mmm… sí —contesta Manuela esbozando una mueca—. Pero nadie lo reclamará, ¿sabe? La señora se murió la semana pasada. Y de aquí a que se den cuenta de que le dejó un vestido a la modista para que se lo arreglara… le da a usted tiempo de cenar diez veces con el señor Ozu.

—¿Es el vestido de una muerta? —repito, horrorizada—. Pero yo no puedo hacer esto.

—¿Y por qué no? —me pregunta Manuela, frunciendo el ceño—. Es mejor que si estuviera viva. Imagínese si se lo mancha. En ese caso habría que ir corriendo al tinte, encontrar una excusa, qué trajín.

El pragmatismo de Manuela tiene algo de galáctico. Quizá debería extraer de él inspiración para considerar que la muerte no es nada.

—Moralmente no puedo hacer esto —protesto.

—¿Moralmente? —repite Manuela, pronunciando la palabra como si le pareciera repulsiva—. ¿Qué tendrá que ver? ¿Acaso está usted robando? ¿Acaso hace daño a alguien?

—Pero se trata de un bien de otra persona —digo—, no puedo apropiármelo.

—¡Pero si está muerta! —exclama—. Y no lo roba, sólo lo toma prestado esta noche.

Cuando Manuela se pone a hacer encaje de bolillos con las diferencias semánticas, no hay escapatoria.

—María me ha dicho que era una señora muy amable. Le dio varios vestidos y un precioso abrigo de *palpaca*. Ya no se los podía poner porque había engordado, entonces le dijo a María: «¿Le vendrían bien a usted?» ¿Lo ve?, era una señora muy amable.

La *palpaca* es una especie de llama de pelaje de lana muy apreciado y cabeza adornada con una papaya.

—No sé… —digo, con menos vehemencia ya—. Tengo la impresión de estar robando a una muerta.

Manuela me mira con aire exasperado.

—Está tomando prestado, no robando. ¿Y qué quiere que haga ya con este vestido, la pobre difunta?

Esta pregunta no admite réplica.

—Es la hora de la señora Pallières —dice Manuela, feliz, cambiando de conversación.

—Voy a saborear este momento con usted —le digo.

—Allá voy —anuncia, dirigiéndose hacia la puerta—. Mientras tanto, pruébeselo, vaya a la peluquería y luego volveré para verla.

Considero el vestido un momento, dubitativa. Además de mi reticencia a llevar el traje de una difunta, temo que sobre mí cause un efecto incongruente. Violette Grelier es del trapo como Pierre Arthens es de la seda y yo del vestido-delantal informe con estampado malva o azul marino.

Pospongo el trance hasta mi regreso.

Caigo entonces en la cuenta de que ni siquiera le he dado las gracias a Manuela.

Diario del movimiento del mundo n.º 4

Qué maravilloso es un coro

Ayer por la tarde tuvimos el recital del coro del colegio. En mi colegio de los barrios elegantes hay coro; nadie lo encuentra hortera, hay tortas para formar parte de él, pero es súper selecto: el señor Trianon, el profe de música, elige a los integrantes con sumo cuidado. La razón del éxito del coro es el propio señor Trianon. Es joven, guapo y manda cantar tanto viejas joyas del *jazz,* como los últimos *hits* de moda, orquestados, eso sí, con mucha clase. Todo el mundo se pone de punta en blanco, y el coro canta ante los alumnos del colegio. Sólo se invita a los padres de los cantantes, porque si no habría demasiada gente. Sólo con eso ya se llena el gimnasio hasta arriba y hay un ambientazo que te mueres.

De modo que ayer, todos camino del gimnasio a trote cochinero, bajo la dirección de la señora Magra, pues, normalmente, los martes a primera hora de la tarde tenemos lengua. Bajo la dirección de la señora Magra es mucho decir: hizo lo que pudo para seguir el ritmo, jadeando como un viejo cachalote. Bueno, por fin llegamos al gimnasio, todo el mundo se acomodó como pudo, tuve que aguantar delante, detrás, al lado y por encima (en las gradas) conversaciones estúpidas en estéreo (sobre móviles, moda, móviles, quién está con quién, móviles, la birria de profes que tenemos, móviles, la fiesta de Cannelle) y luego hicieron su aparición los integrantes del coro bajo las aclamaciones de los asistentes, de blanco y rojo con corbatas de pajarita los chicos, y vestidos largos de tirantes las chicas. El señor Trianon se instaló en un taburete, de espaldas al público, alzó una especie de varita con una lucecita roja intermitente en un extremo, se hizo el silencio y empezó el recital.

Cada vez que ocurre, es como un milagro. Toda la gente, todas las preocupaciones, todos los odios y todos los deseos, todas las angustias, todo el año de colegio con sus vulgaridades, sus acontecimientos menores y mayores, sus profes, sus alumnos abigarrados, toda esa vida en la que nos arrastramos, hecha de gritos y de lágrimas, de risas, de luchas, de rupturas, de esperanzas frustradas y de suertes inesperadas: todo desaparece de pronto cuando el coro empieza a cantar. El curso de la vida se ahoga en el canto, de golpe hay una impresión de fraternidad, de solidaridad profunda, de amor incluso, que diluye la fealdad cotidiana en una comunión perfecta. Hasta los rostros de los cantantes se transfiguran: ya no veo a Achille Grand-Fernet (que tiene una bellísima voz de tenor), ni a Déborah Lemeur, ni a Ségolène Rachet, ni a Charles Saint-Sauveur. Veo seres humanos que se entregan en el canto.

Cada vez ocurre lo mismo, siento ganas de llorar, tengo un nudo en la garganta y hago todo lo posible por dominarme pero, a veces, me resulta muy difícil: apenas puedo reprimir los sollozos. Entonces, cuando cantan en canon, miro al suelo porque es demasiada emoción a la vez: es demasiado hermoso, demasiado solidario, demasiado maravillosamente en comunión. Dejo de ser yo misma, paso a ser parte de un todo sublime al cual pertenecen también los demás, y en esos momentos me pregunto siempre por qué no es la norma de la vida cotidiana en lugar de ser un momento excepcional.

Cuando la música enmudece, todo el mundo aclama, con el rostro iluminado, a los integrantes del coro, radiantes. Es tan hermoso.

A fin de cuentas me pregunto si el verdadero movimiento del mundo no es el canto.

6

SANEARLO UN POCO

Lo crean o no, nunca he ido a la peluquería. Al dejar el campo para marcharme a la ciudad, descubrí que había dos oficios que se me antojaban igual de aberrantes en la medida en que llevaban a cabo una tarea que cada cual debía poder realizar por su cuenta. Aún hoy me resulta difícil no ver a los floristas y a los peluqueros como parásitos, unos porque viven de la explotación de una naturaleza que es de todos, y otros porque realizan con todo un despliegue de aspavientos y productos aromáticos una tarea que efectúo yo sola en mi cuarto de baño con unas tijeras bien afiladas.

—¿Quién le ha cortado así el pelo? —pregunta indignada la peluquera a la cual, a costa de un esfuerzo dantesco, he ido a confiar la tarea de hacer de mi cabellera una obra domesticada.

Estira y agita a cada lado de mis orejas dos mechones de inconmensurable tamaño.

—Bueno, ni se lo pregunto —prosigue con expresión asqueada, ahorrándome así la vergüenza de tener que denunciarme a mí misma—. La gente ya no respeta nada, lo veo todos los días.

—Vengo sólo a saneármelo un poco —le digo.

No sé muy bien lo que significa, pero es una réplica clásica de las series que ponen en televisión a primera hora de la tarde y que están pobladas de chicas muy maquilladas que se encuentran siempre en la peluquería o en el gimnasio.

—¿A saneárselo? ¡Aquí no hay nada que sanear, señora! —exclama—. ¡Hay que rehacer el corte de arriba abajo!

Me mira el cráneo con aire crítico y emite un pequeño silbido.

—Tiene usted un cabello bonito, algo es algo. Tendríamos que poder sacar algo bueno de aquí.

Al final mi peluquera resulta ser buena chica. Pasada la irritación, cuya legitimidad consiste sobre todo en asentar la suya propia —y porque es tan agradable seguir al pie de la letra el guión social al cual debemos lealtad—, se ocupa de mí con amabilidad y alegría.

¿Qué se puede hacer con una masa abundante de cabello si no es cortarla a diestro y siniestro cuando coge volumen? En eso constituía mi credo en materia de peluquería. Esculpir el aglomerado para que tome forma es a partir de ahora mi concepción capilar más puntera.

—Tiene de verdad un cabello precioso —dice por fin, observando su obra, visiblemente satisfecha—, abundante y sedoso. No debería dejarlo en manos de cualquiera.

¿Puede un peinado transformarnos tanto? Yo misma no doy crédito a mi propio reflejo en el espejo. El casco negro que aprisionaba una cara que ya he descrito como ingrata se ha convertido en una onda ligera que juguetea alrededor de un rostro que ya no parece tan poco agraciado. Me confiere un aspecto... respetable. Me encuentro incluso un falso aire de matrona romana.

—Es... fantástico —digo, preguntándome a la vez cómo sustraer tan imprudente locura a las miradas de los residentes.

Es inconcebible que tantos años persiguiendo la invisibilidad queden varados en el banco de arena de un corte a lo matrona.

Vuelvo a casa procurando pasar inadvertida. Tengo la inmensa suerte de no cruzarme con nadie. Pero me da la impresión de que *León* me mira de una manera extraña. Me acerco a él, y echa las orejas hacia atrás, señal de enfado o de perplejidad.

—Vamos, ¿qué pasa? —le pregunto—. ¿No te gusta? —antes de darme cuenta de que olisquea frenéticamente a su alrededor.

El champú. Apesto a aguacate y almendras.

Me planto un pañuelo en la cabeza y me dedico a un montón de apasionantes ocupaciones, cuyo apogeo consiste en una limpieza concienzuda de los botones de latón de la cabina del ascensor.

Y entonces dan las dos menos diez.

Dentro de diez minutos, Manuela surgirá del abismo de la escalera para inspeccionar la obra terminada.

No tengo tiempo de meditar. Me quito el pañuelo, me desnudo con rapidez, me pongo el vestido de gabardina beis que pertenece a una muerta, y llaman a la puerta.

7

HECHA UN PIMPOLLO

—Guau, caray... —dice Manuela.

Una onomatopeya y una expresión tan coloquial en boca de Manuela, a la que nunca he oído pronunciar una palabra trivial, viene a ser como si el Papa, olvidando quién es, espetara a los cardenales: *Pero ¿dónde estará esta cochina mitra?*

—No se burle —le digo.

—¿Burlarme? —contesta—. Pero ¡Renée, si está usted fantástica!

Y, de la emoción, tiene que sentarse.

—Una verdadera señora —añade.

Eso es exactamente lo que me preocupa.

—Voy a parecer ridícula si me presento a cenar así, hecha un pimpollo —digo, mientras preparo el té.

—En absoluto —replica Manuela—, es lo más natural, cuando uno va a cenar fuera se pone elegante. A todo el mundo le parece normal.

—Sí, pero esto —digo, llevándome la mano a la cabeza y experimentando la misma sorpresa al palpar algo tan vaporoso.

—Después se ha puesto algo en la cabeza, lo tiene todo aplastado por detrás —dice Manuela, frunciendo el ceño a la vez que extrae de su cesta un hatillo de papel de seda rojo.

—Pedos de monja —anuncia.

Sí, pasemos a otra cosa.

—¿Qué ha ocurrido? —le pregunto.

—¡Ah, tendría que haberlo visto! —suspira—. He pensado que le iba a dar un ataque al corazón. Le he dicho: «Señora Pallières, lo siento pero ya no voy a poder venir más.» Me ha mirado sin comprender. ¡He tenido que repetírselo dos veces! Entonces se ha sentado y me ha dicho: «Pero ¿qué voy a hacer yo?»

Manuela calla un momento, contrariada.

—Si todavía hubiera dicho: «Pero ¿qué voy a hacer yo sin usted?» Suerte tiene que quiera dejar colocada a Rosie. Si no, le habría dicho: «Señora Pallières, puede hacer lo que quiera, a mí me importa una m…»

Tiene guasa, oye, la mitra de los cojones, dice el Papa.

Rosie es una de las muchas sobrinas de Manuela. Sé lo que quiere decir. Manuela ya está pensando en volver a su pueblo, pero un filón tan jugoso como el número 7 de la calle Grenelle tiene que quedar en familia, por ello introduce a Rosie en su lugar en previsión del gran día.

Dios mío, pero ¿qué voy a hacer yo sin Manuela?

—¿Qué voy a hacer yo sin usted? —le digo, sonriendo.

De pronto a las dos se nos saltan las lágrimas.

—¿Sabe lo que creo? —pregunta Manuela, secándose los ojos con un enorme pañuelo rojo que parece un capote de torero—. He dejado a la señora Pallières, es una señal. Se van a producir cambios buenos.

—¿Le ha preguntado la señora el motivo?

—Eso es lo mejor —dice Manuela—. No se ha atrevido. La buena educación a veces puede ser un problema.

—Pero se va a enterar enseguida —le digo.

—Sí —dice Manuela jubilosa, con un hilillo de voz—. Pero ¿sabe una cosa? —añade—. Dentro de un mes me dirá: «Su Rosie es una perla, Manuela. Ha hecho usted bien en pasarle el testigo.» Ah, estos ricos… ¡qué puñeteros son!

Fucking mitre, exclama nervioso el Papa.

—Pase lo que pase —le digo—, somos amigas.

Nos miramos sonriendo.

—Sí —dice Manuela—. Pase lo que pase.

Idea profunda n.º 12

Esta vez una pregunta
sobre el destino
y sus escrituras precoces
para algunos
pero no para otros

Tengo un problema bien gordo: si le prendo fuego a mi casa, corro el riesgo de estropear la de Kakuro. Complicar la existencia del único adulto que, hasta ahora, me parece digno de estima no es muy pertinente que digamos. Pero prenderle fuego a la casa es sin embargo un proyecto importante para mí. Hoy he conocido a alguien y ha sido apasionante. He ido a casa de Kakuro a tomar el té. Estaba Paul, su secretario. Kakuro nos ha invitado, a Marguerite y a mí, al cruzarse con nosotras y con mamá en el portal. Marguerite es mi mejor amiga. Hace dos años que estamos en la misma clase y, desde el principio, lo nuestro fue un flechazo. No sé si tenéis una mínima idea de lo que es un colegio hoy en día en París, en los barrios elegantes, pero, francamente, no tiene nada que envidiarle a los barrios bajos de Marsella. Quizá sea incluso peor, porque allí donde hay dinero, hay droga, y mucha y de mil tipos. Qué gracia me hacen los amigos de mi madre, tan nostálgicos de su Mayo del 68, con sus recuerdos alegres de porros y pipas chechenas. En mi colegio (público, eso sí, al fin y al cabo mi padre ha sido ministro de la República) se puede comprar de todo: ácido, éxtasis, coca, *speed,* etc. Cuando pienso en los tiempos en que los adolescentes esnifaban pegamento en el cuarto de baño… No era nada comparado con lo de ahora. Mis compañeros de clase se colocan con pastillas de éxtasis como si fueran caramelos, y lo peor es que donde hay droga, hay sexo. No os extrañéis tanto: hoy en día los jóvenes tienen relaciones sexuales muy pronto. Hay niños de sexto (bueno, no muchos, pero sí algunos) que ya se han acostado. Es muy desalentador. Primero, porque yo creo que el sexo, como el amor, es algo sagrado. No me apellido de Broglie, pero si yo viviera más allá de la pubertad, sería para mí muy importante hacer del sexo un sacramento maravilloso. Segundo, porque un adolescente que juega a dárselas de adulto no deja de ser un adolescente. Imaginar que colocarse los fines de semana y andar acostándose con unos y con otros va a hacer de ti un adulto es como creer que un disfraz hace de ti un indio. Y tercero, no deja de ser una concepción de la vida un poco extraña querer hacerse adulto imitando los aspectos más catastróficos de la edad adulta… A mí, haber visto a mi madre chutarse antidepresivos y somníferos me ha vacunado de por vida contra ese tipo de sustancias. Al final, los adolescentes creen hacerse adultos imitando como monos a los adultos que no han pasado de ser niños y que huyen ante la vida. Es patético. Aunque bueno, si yo fuera Cannelle Martin, la tía buena de mi clase, me pregunto qué haría todo el día aparte de drogarme. Ya tiene el destino escrito en la frente. Dentro de quince años, después de haberse casado con un tío rico sólo por casarse con un rico, su marido le pondrá los cuernos porque buscará en otras mujeres lo que su perfecta, fría y fútil esposa habrá sido del todo incapaz de darle, digamos algo de calor humano y sexual. Ésta dirigirá pues toda su energía hacia sus casas y sus hijos, de los cuales, por venganza inconsciente, hará clones de sí misma. Maquillará y vestirá a sus hijas como cortesanas de lujo, las echará en brazos del primer financiero que pase y encargará a sus hijos la misión de conquistar el mundo, como su padre, y de engañar a sus esposas con chicas que no valen nada. ¿Pensáis que estoy divagando? Cuando miro a Cannelle Martin, su largo pelo rubio y vaporoso, sus grandes ojos azules, sus minifaldas escocesas, sus camisetas súper ceñidas y su ombligo perfecto, os aseguro que lo veo tan claro como si ya hubiera ocurrido. Por ahora a todos los chicos de la clase se les cae la baba por ella, y Cannelle tiene la ilusión de que esos homenajes de la pubertad masculina al ideal de consumo femenino que ella representa son un reconocimiento de su encanto personal. ¿Os parece que soy mala? En absoluto, de verdad sufro al ver esto, sufro por ella, sí, por ella. Así que, cuando vi a Marguerite por primera vez... Marguerite es de origen africano y si se llama Marguerite, no es porque viva en la zona más elegante de París, sino porque es un nombre de flor. Su madre es francesa, y su padre, de origen nigeriano. Trabaja en el Quai d'Orsay, pero no se parece en nada al típico diplomático. Es un hombre sencillo. Parece gustarle su trabajo. No es en absoluto cínico. Y tiene una hija guapísima: Marguerite es la belleza en persona; una tez, una sonrisa y un cabello de ensueño. Y sonríe todo el rato. Cuando Achille Grand-Fernet (el gallito de la clase) le cantó el primer día esa canción que habla de una mestiza de Ibiza que siempre va desnuda, ella le contestó al instante, con una sonrisa de oreja a oreja, con otra canción que habla de un niñato que le pregunta a su madre por qué ha nacido tan feo. Eso es algo de Marguerite que yo admiro: no es que sea una lumbrera en el terreno conceptual o lógico, pero tiene una capacidad de réplica increíble. Es un verdadero don, sí. Yo soy intelectualmente superdotada, y Marguerite es un hacha en el campo de soltar buenos cortes. Me encantaría ser como ella; a mí la respuesta se me ocurre siempre cinco minutos tarde y tengo que repetir todo el diálogo en mi cabeza. Cuando, la primera vez que vino a casa, Colombe le dijo: «Marguerite es bonito, pero es un nombre de abuela», ella le respondió al momento: «Al menos no es un nombre de pájaro.» ¡Se quedó con la boca abierta, Colombe, fue grandioso! Se debió de pasar horas rumiando la sutileza de la respuesta de Marguerite, diciéndose que era sin duda pura casualidad, pero ¡vamos, que la afectó! Lo mismo ocurrió cuando Jacinthe Rosen, la gran amiga de mamá, le dijo: «No debe de ser fácil de peinar, un pelo como el tuyo.» (Marguerite tiene una cabellera de león de la sabana). Ella le contestó: «Yo no entender lo que mujer blanca decir.»

El tema de conversación favorito de Marguerite y mío es el amor. ¿Qué es? ¿Cómo amaremos nosotras? ¿A quién? ¿Cuándo? ¿Por qué? Hay divergencia de opiniones. Curiosamente, Marguerite tiene una visión intelectual del amor, mientras que yo soy una romántica empedernida. Ella ve en el amor el fruto de una elección racional (en plan www.nuestrosgustos.com), mientras que para mí nace de una pulsión deliciosa. En cambio estamos de acuerdo en una cosa: amar no debe ser un medio, sino un fin.

Nuestro otro tema de conversación predilecto es la prospectiva en materia de destino. Cannelle Martin: abandonada y engañada por su marido, casa a su hija con un financiero, anima a su hijo a engañar a su mujer y termina su vida en la periferia elegante de París, en una habitación de ocho mil euros al mes. Achille Grand-Fernet: se engancha a la heroína, ingresa en una clínica de desintoxicación a los veinte años, toma los mandos de la empresa de bolsas de plástico de su papá, se casa con una rubia desteñida, engendra un hijo esquizofrénico y una hija anoréxica, cae en el alcoholismo y muere de cáncer de hígado a los cuarenta y cinco años. Etc. Si queréis saber mi opinión, lo peor no es que juguemos a este juego, sino que no sea un juego.

Bueno, el caso es que al cruzarse en el portal con Marguerite, mamá y conmigo, Kakuro ha dicho: «Esta tarde viene a visitarme mi sobrina nieta, ¿queréis venir vosotras también?» Mamá le ha contestado: «Sí, sí, claro», antes siquiera de que nos diera tiempo a respirar, pues sentía que se acercaba la hora de que ella misma pudiera echarle una ojeadita al piso de Kakuro. Así que allá hemos ido. La sobrina nieta de Kakuro se llama Yoko, es la hija de su sobrina Élise, que a su vez es la hija de su hermana Mariko. Tiene cinco años. ¡Es la niña más linda del mundo! Y además es adorable. Gorjea, se ríe, suelta grititos y mira a la gente con el mismo aire bueno y abierto que su tío abuelo. Hemos jugado al escondite, y cuando Marguerite la ha encontrado en un armario de la cocina, a la niña le ha entrado tanta risa que se ha hecho pipí. Después hemos tomado tarta de chocolate charlando con Kakuro, y ella nos escuchaba mirándonos muy calladita con sus ojazos (llena de chocolate hasta las cejas).

Mirándola, me he preguntado: «¿Ella también será luego como todos los demás?» He tratado de imaginármela con diez años más, en plan de vuelta de todo, con botas altas y un cigarro en los labios; y luego otros diez años más tarde, en una casa aséptica, esperando a que volvieran sus hijos del colegio, jugando a ser una buena madre y una buena esposa japonesa. Pero no podía.

Entonces he experimentado un gran sentimiento de felicidad. Es la primera vez en mi vida que conozco a alguien cuyo destino no me resulta previsible, alguien para quien los caminos de la vida siguen abiertos, alguien lleno de frescura y de posibilidades. Me he dicho: «Ah, sí, a Yoko tengo ganas de verla crecer» y sabía que no se trataba sólo de una ilusión ligada a su juventud, porque ninguno de los hijos de los amigos de mis padres me ha hecho sentir así. También me he dicho que Kakuro debía de ser de esta manera cuando era niño y me he preguntado si entonces alguien lo miró como yo miraba ahora a Yoko, con gusto y curiosidad, esperando ver a la mariposa salir de su crisálida, ignorante de cuáles serían los dibujos de sus alas, pero confiando en que serían buenos, fueran cuales fueran.

Entonces me hice una pregunta: ¿Por qué? ¿Por qué éstos y no los otros?

Y otra más: ¿Y yo? ¿Se ve ya mi destino escrito en mi frente? Si quiero morir es porque creo que sí.

Pero si en nuestro universo existe la posibilidad de convertirse en lo que uno no es todavía… ¿sabré aprovecharla y hacer de mi vida un jardín distinto al de mis ancestros?

8

DEMONIOS

A las siete, más muerta que viva, me dirijo hacia la cuarta planta, rezando, hasta reventarme los nudillos, por no cruzarme con nadie.

El portal está desierto.

La escalera está desierta.

El rellano del señor Ozu está desierto.

Este desierto silencioso, que debería haberme colmado, preña mi corazón de un oscuro presentimiento, y un irrefrenable deseo de huir me atenaza. Mi lúgubre portería se me antoja de pronto un refugio cálido y radiante, y siento una bocanada de nostalgia al pensar en *León*, arrellanado ante una televisión que ya no me parece tan inicua. Después de todo, ¿qué tengo que perder? Puedo dar media vuelta, bajar la escalera y regresar a mi morada. Nada más fácil. Nada más lógico, al contrario que esta cena que raya en el absurdo.

Un ruido en la quinta planta, justo encima de mi cabeza, interrumpe el hilo de mis pensamientos. Del susto, al instante me pongo a sudar —despiadado destino— y, sin tan siquiera comprender el gesto, aprieto con frenesí el botón del timbre.

No me da ni tiempo a que me lata el corazón: se abre la puerta.

El señor Ozu me recibe con una gran sonrisa.

—¡Buenas tardes! —exclama con, diríase, una alegría que nada tiene de fingida.

Demonios, el ruido en la planta quinta se precisa: alguien cierra una puerta.

—Sí, sí, buenas tardes —digo, empujando prácticamente a mi anfitrión para entrar.

—¿Me permite su bolso? —dice el señor Ozu, que sigue sonriendo de oreja a oreja.

Le tiendo el bolso, recorriendo con la mirada el inmenso vestíbulo.

Mi mirada se topa con algo.

9

DE ORO MATE

Justo delante de la puerta, atrapado en un rayo de luz, hay un cuadro.

He aquí la situación: yo, Renée, cincuenta y cuatro años y callos en los pies, nacida en el fango y destinada a permanecer en él, al ir a cenar a casa de un rico japonés del cual soy portera, por el único error de haber dado un respingo ante una cita de *Ana Karenina*, yo, Renée, intimidada y asustada hasta el tuétano y consciente hasta el desfallecimiento de la inconveniencia y el carácter blasfemo de mi presencia en este lugar que, si bien espacialmente accesible, no por ello representa menos un mundo al que no pertenezco y que desconfía de las porteras, yo, Renée, dirijo como sin querer la mirada justo detrás del señor Ozu sobre ese rayo de luz que ilumina un cuadrito con un marco de madera oscura.

Sólo el esplendor del Arte puede explicar el desvanecimiento repentino de la conciencia de mi indignidad, a la que sustituye un síncope estético. Ya no me conozco a mí misma. Rodeo al señor Ozu, atrapada por la visión.

Es una naturaleza muerta que representa una mesa servida para una colación de ostras y pan. En primer plano, sobre una fuentecita de plata, un limón despojado a medias de su cáscara y un cuchillo de mango cincelado. En el trasfondo, dos ostras cerradas, un fragmento de concha, de nácar visible, y un plato de estaño que sin duda contiene pimienta. Junto a éstos, un vaso dado la vuelta, un panecillo empezado con su miga blanca a la vista y, a la izquierda, un gran vaso abombado como una cúpula invertida, de pie ancho y cilíndrico adornado con esferas de cristal, lleno a medias de un líquido pálido y dorado. La gama cromática va del amarillo al marfil. El fondo es de oro mate, un poco deslucido.

Soy ferviente adoradora de las naturalezas muertas. He tomado prestadas de la biblioteca todas las obras del fondo pictórico, buscando las de este género. He visitado el museo del Louvre, de Orsay y el de Arte Moderno, y he visto —revelación y maravilla— la exposición de Chardin de 1979 en el Petit Palais. Pero ni la obra entera de Chardin vale una sola obra maestra de la pintura holandesa del siglo XVII. Las naturalezas muertas de Pieter Claesz, de Willem Claesz-Heda, de Willem Kalk y de Osias Beert son obras maestras del género, y obras maestras a secas, a cambio de las cuales, sin una sombra de vacilación, daría todo el *Quattrocento* italiano.

Y ésta, sin vacilación tampoco, es indudablemente una obra de Pieter Claesz.

—Es una copia —dice detrás de mí un señor Ozu del que me había olvidado por completo.

Otra vez tiene este hombre que sobresaltarme.

Me sobresalto.

Recuperándome, me dispongo a decir algo del estilo de:

—Es muy bonito —que es al Arte como *paliar a* a la belleza de la lengua.

Me dispongo, en el dominio recobrado de mi serenidad, a retomar mi papel de guardesa obtusa prosiguiendo con un:

—Hay que ver las cosas que hacen hoy en día (en respuesta a: «es una copia»).

Y me dispongo asimismo a propinar el golpe fatal, aquel que dejará fuera de combate los recelos del señor Ozu y que asentará para siempre la evidencia de mi indignidad:

—Mire que son raros esos vasos.

Me doy la vuelta.

Las palabras:

—¿Una copia de qué? —que de pronto decido son los más apropiadas se me traban en la garganta.

En lugar de eso, digo:

—Qué hermoso.

10

¿QUÉ CONGRUENCIA HAY?

¿De dónde viene la fascinación que sentimos ante ciertas obras? La admiración nace ya desde la primera mirada, y si después descubrimos, en la paciente obstinación que empleamos en desvelar las causas, que toda esa belleza es el fruto de un virtuosismo que sólo se revela al escrutar el trabajo de un pincel que ha sabido domeñar la sombra y la luz y restituir, magnificándolas, las formas y las texturas —joya transparente del vaso, grano tumultuoso de las conchas, suavidad aterciopelada y clara del limón— ello no disipa ni desentraña el misterio del deslumbramiento primero.

Es un enigma siempre renovado: las grandes obras son formas visuales que en nosotros alcanzan la certeza de una adecuación intemporal. La evidencia de que ciertas formas, bajo el aspecto particular que les dan sus creadores, atraviesan la historia del Arte y, como expresión implícita del genio individual, constituyen todas ellas facetas del genio universal es profundamente perturbadora. ¿Qué congruencia hay entre una obra de

Claesz, una de Rafael, una de Rubens y una de Hopper? Pese a la diversidad de los temas, los soportes y las técnicas, pese a la insignificancia y lo efímero de existencias abocadas siempre a no ser más que de un tiempo solo y de una cultura sola, pese también a la unicidad de toda mirada, que no ve nunca más que lo que le permite su constitución y sufre por la pobreza de su individualidad, el genio de los grandes pintores ha llegado al corazón del misterio y ha exhumado, bajo apariencias diversas, la misma forma sublime que buscamos en toda producción artística. ¿Qué congruencia hay entre una obra de Claesz, una de Rafael, una de Rubens y una de Hopper? El ojo encuentra en estos maestros, sin tener que buscarla, una forma que desencadena la sensación de la adecuación, porque a todos se nos aparece como la esencia misma de lo Bello, sin variaciones ni reservas, sin contexto ni esfuerzo. Pero, en la naturaleza muerta del limón, irreductible a la maestría de la ejecución, que hacía surgir el sentimiento de la adecuación, el sentimiento de que *así es como debían disponerse los elementos,* que permitía sentir el poder de los objetos y de las interacciones entre éstos, abarcar en la mirada su solidaridad y los campos magnéticos que los atraen o los repelen, el vínculo inefable que los une y engendra una *fuerza,* esa onda secreta e inexplicada que nace de los estados de tensión y de equilibrio de la configuración, que hace surgir el sentimiento de adecuación, la disposición de los objetos y los manjares alcanzaba ese universal en la singularidad: la intemporalidad de la forma adecuada.

11

UNA EXISTENCIA SIN DURACIÓN

¿Para qué sirve el Arte? Para darnos la breve pero fulgurante ilusión de la camelia, abriendo en el tiempo una brecha emocional que parece irreductible a la lógica animal. ¿Cómo surge el Arte? Nace de la capacidad que tiene la mente de esculpir el ámbito sensorial. ¿Qué hace el Arte por nosotros? Da forma y hace visibles nuestras emociones y, al hacerlo, les atribuye este sello de eternidad que llevan todas las obras que, a través de una forma particular, saben encarnar el universo de los afectos humanos.

El sello de la eternidad… ¿Qué vida ausente sugieren a nuestro corazón estos manjares, estas copas, estos tapices y estos vasos? Más allá de los límites del cuadro, sin duda, el tumulto y el tedio de la vida, esa carrera incesante y vana acosada de proyectos; pero en el interior, la plenitud de un momento en suspenso arrancado al tiempo de la codicia humana. ¡La codicia humana! No podemos dejar de desear, y ello nos magnifica y nos mata. ¡El deseo! Nos empuja y nos crucifica, llevándonos cada día al campo de batalla donde, la víspera, fuimos derrotados, pero que, al alba, de nuevo se nos antoja terreno de conquistas; nos hace construir, aunque hayamos de morir mañana, imperios abocados a convertirse en polvo, como si el conocimiento que de su caída próxima tenemos no alterara en nada la sed de edificarlos ahora; nos insufla el recurso de seguir queriendo lo que no podemos poseer y, al llegar la aurora, nos arroja sobre la hierba cubierta de cadáveres, proporcionándonos hasta la hora de nuestra muerte proyectos al instante cumplidos y que al instante se renuevan. Pero es tan extenuante desear sin tregua... Pronto aspiramos a un placer sin búsqueda, soñamos con un estado feliz que no tendría comienzo ni final y en el que la belleza ya no sería fin ni proyecto, sino que devendría la evidencia misma de nuestra naturaleza. Pues bien, ese estado es el Arte. Pues esta mesa, ¿he tenido yo que servirla? Estos manjares, ¿debo acaso codiciarlos para verlos? En algún lugar, *en otro lugar,* alguien quiso este almuerzo, alguien aspiró a esta transparencia mineral y persiguió el goce de acariciar con la lengua el sabor salado y suave de una ostra con limón. Fue necesario este proyecto, enmarcado en cientos más, que daba pie a mil otros, esta intención de preparar y de saborear un ágape de marisco, este proyecto de lo otro, en verdad, para que el cuadro tomara forma.

Pero cuando miramos una naturaleza muerta, cuando, sin haberla perseguido, nos deleitamos con esta belleza que lleva consigo la figuración magnificada e inmóvil de las cosas, gozamos de lo que no hemos tenido que codiciar, contemplamos lo que no hemos tenido que querer, nos complacemos en lo que no nos ha sido necesario desear. Entonces la naturaleza muerta, porque conviene a nuestro placer sin entrar en ninguno de nuestros planes, porque se nos da sin el esfuerzo de que la deseemos, encarna la quintaesencia del Arte, esta certeza de lo intemporal. En la escena muda, sin vida ni movimiento, se encarna un tiempo carente de proyectos, una perfección arrancada a la duración y a su cansina avidez —un placer sin deseo, una existencia sin duración, una belleza sin voluntad.

Pues el Arte es la emoción sin el deseo.

Diario del movimiento del mundo n.º 5

Se moverá, no se moverá

Hoy mamá me ha llevado a su psicoanalista. Motivo: me escondo. Esto es lo que me ha dicho mamá: «Mi vida, sabes muy bien que a todos nos tiene locos que te escondas así. Pienso que sería buena idea que vinieras conmigo a hablar de ello con el doctor Theid, sobre todo después de lo que nos dijiste el otro día.» Primero, el doctor Theid sólo es doctor en el cerebrito perturbado de mi madre. No es más médico o titular de una tesis de doctorado que yo, pero es obvio que a mamá le produce una enorme satisfacción decir «doctor», por aquello de la ambición que al parecer tiene de curarla, pero tomándose su tiempo (diez años). No es más que un antiguo izquierdista reconvertido al psicoanálisis después de unos añitos de estudio bien tranquilitos en la Universidad de Nanterre y un encuentro providencial con un pez gordo de la Causa freudiana. Y segundo, no veo dónde está el problema. Lo de que «me escondo» de hecho ni siquiera es verdad: me aíslo allí donde no puedan encontrarme. Lo único que quiero es poder escribir mis *Ideas profundas* y mi *Diario del movimiento del mundo* en paz y, antes, sólo quería poder pensar tranquilamente yo sola sin que me perturbaran las idioteces que mi hermana dice o escucha en la radio o en su aparato de música, o sin que me moleste

mamá que viene a susurrarme: «Está aquí la abuelita, tesoro, ven a darle un beso», que es una frase de las menos
apasionantes que conozco.

Cuando papá, que pone su cara de enfadado, me pregunta: «Pero bueno, ¿por qué te escondes?», por lo general
no respondo. ¿Qué se supone que tengo que decir? ¿«Porque me ponéis de los nervios y tengo una obra de enverga-
dura que escribir antes de morir»? No puedo, por razones
obvias. Entonces, la última vez probé con el humor, por
aquello de desdramatizar. Adopté un aire como ausente y
dije, mirando a papá y poniendo voz de moribunda: «Por todas esas voces que oigo en mi cabeza.» Atiza: ¡fue un za-
farrancho de combate! A papá parecía que se le fueran
a salir los ojos de las órbitas, mamá y Colombe llegaron a
todo correr cuando fue a buscarlas y todo el mundo me hablaba al mismo tiempo: «Cariño, no es grave, te vamos a sacar de ésta» (papá), «Ahora mismo llamo al doctor Theid»
(mamá), «¿Cuántas voces oyes?» (Colombe), etc. Mi madre
tenía su expresión de los días importantes, dividida entre la
inquietud y la excitación: ¿y si mi hija fuera un caso para
la Ciencia? ¡Qué horror, pero qué gloria! Bueno, al verlos
asustarse así, les dije: «¡Que no, hombre, que era una broma!», pero tuve que repetirlo varias veces para que por fin
me oyeran, y más veces todavía hasta que por fin me cre-
yeran. Y con todo, no estoy segura de haberlos convencido.
Total, que mamá me pidió cita con Doc T. y hemos ido esta
mañana.

Primero hemos esperado en una salita muy elegante
con revistas de distintas épocas: algunos ejemplares de
Géo de hace diez años y el último *Elle* bien a la vista encima del todo. Y luego ha llegado Doc T. Era del todo conforme a su foto (que salía en una revista que mamá le enseñó
a todo el mundo) pero al natural, es decir en color y en olor:

castaño y pipa. Un cincuentón de buen ver, de aspecto cuidado; el cabello, la barba muy cortita, la tez (opción bronceado Seychelles), el jersey, el pantalón, los zapatos y la correa de reloj eran castaños todos ellos, y todo del mismo tono, es decir como una castaña de verdad. O como las hojas de otoño. Y, además, con un olor a pipa de primera categoría (tabaco rubio: miel y frutos secos). Bueno, me he dicho, nos embarcamos rumbo a una sesioncita en plan conversación otoñal junto a la chimenea entre gente educada, una charla refinada, constructiva y quizá incluso sedosa (me encanta este adjetivo).

Mamá ha entrado conmigo, nos hemos sentado en unas sillas delante de su escritorio, y él se ha sentado detrás, en un gran sillón giratorio con unas orejas raras, un poco en plan *Star Trek*. Ha cruzado las manos sobre su regazo, nos ha mirado y ha dicho: «Me alegro de veros a las dos.»

Pues sí que empezamos bien. Me ha puesto de mal café. Una frase de comercial de supermercado para vender cepillos de dientes de doble cara a la señora y la hija plantadas detrás de su carrito, no es precisamente lo que cabe esperar de un psicoanalista, vamos, digo yo. Pero el cabreo se me ha pasado de golpe cuando he caído en la cuenta de un hecho apasionante para mi *Diario del movimiento del mundo*. He mirado bien, concentrándome con todas mis fuerzas y diciéndome, no, no es posible. ¡Pero sí, sí! ¡Era posible! ¡Increíble! Estaba fascinada, tanto que apenas he escuchado a mamá contar todas sus pequeñas miserias (mi hija se esconde, mi hija nos asusta contándonos que oye voces, mi hija no nos habla, mi hija nos tiene preocupados) diciendo «mi hija» doscientas veces cuando yo estaba sentada a quince centímetros y, cuando él me ha hablado, casi me he sobresaltado.

Tengo que explicároslo. Sabía que Doc T. estaba vivo

porque había caminado delante de mí, se había sentado y había hablado. Pero a partir de ese momento, podía haber estado muerto perfectamente, porque no se movía. Una vez instalado en su sillón galáctico, ni un solo movimiento más: sólo le temblaban un poco los labios, pero apenas. Y el resto estaba inmóvil. Normalmente, cuando hablas, no mueves sólo los labios, a la fuerza eso desencadena otros movimientos: músculos de la cara, gestos muy ligeros con la manos, el cuello, los hombros; y cuando no hablas, con todo es muy difícil permanecer inmóvil del todo; siempre tiembla algo, siempre se parpadea, se mueve imperceptiblemente un pie, etc.

Pero él: ¡nada! *Rien! Wallou! Nothing!* ¡Una estatua viva! ¡Flipante! «Y bien, jovencita», me ha dicho, y me he sobresaltado, «¿qué dices tú de todo esto?» Me ha costado reunir mis pensamientos porque estaba del todo fascinada por su inmovilidad, por eso he tardado un poco en responder. Mamá se retorcía sobre su silla como si tuviera hemorroides, pero el Doc me miraba sin pestañear. Me he dicho: tengo que conseguir que se mueva, tengo que conseguir que se mueva, a la fuerza tiene que haber algo que lo haga moverse. Entonces he dicho: «Sólo hablaré en presencia de mi abogado», con la esperanza de que eso funcionara. Chasco total: ni un solo movimiento. Mamá ha suspirado como una virgen en pleno suplicio, pero él se ha quedado totalmente inmóvil. «Tu abogado… Mmm…», ha dicho sin moverse. El desafío se estaba volviendo apasionante. ¿Se moverá o no se moverá? He decidido poner toda la carne en el asador para ganar la batalla. «Esto no es un tribunal», ha añadido él, «lo sabes muy bien, mmm.» Yo me decía: si consigo hacer que se mueva, valdrá la pena, ¡no habré perdido el día! «Bien», ha dicho la estatua, «mi querida Solange, voy a tener una conversación a solas con esta jovencita». Mi querida Solange se ha levantado dirigiéndole una mirada de cocker lacrimoso y se ha marchado de la habitación haciendo un montón de movimientos inútiles (sin duda para compensar).

«Tienes a tu madre muy preocupada», ha atacado el doctor, logrando la proeza de no mover ni el labio inferior siquiera. He reflexionado un momento y he decidido que la técnica de la provocación no tenía muchas probabilidades de llegar a buen puerto. ¿Queréis asegurarle a vuestro psicoanalista la certeza de su dominio? Provocadlo como provoca un adolescente a sus padres. He decidido pues decirle muy seria: «¿Cree que tiene que ver con la exclusión del Nombre del Padre?» ¿Diríais que le ha hecho moverse un pelo? En absoluto. Se ha quedado inmóvil e impávido. Pero me ha parecido ver algo en sus ojos, como una vacilación. He decidido explotar el filón.

«¿Mmm?», ha preguntado. «No creo que entiendas lo que dices».

«Oh, sí, sí», le he contestado, «pero hay algo en las teorías de Lacan que no entiendo, y es la naturaleza exacta de su relación con el estructuralismo». Él ha entreabierto la boca para decir algo pero yo he sido más rápida. «Ah, y tampoco entiendo los matemas. Todos esos nudos, resulta un poco confuso. ¿Entiende usted algo de la topología? Hace tiempo que todo el mundo sabe que es una tomadura de pelo, ¿no?»

Ahí ya sí he notado cierto progreso. No le había dado tiempo a cerrar la boca y se le ha quedado abierta. Luego se ha recuperado y sobre su rostro inmóvil ha aparecido una expresión sin movimiento, en plan: «¿Quieres jugar a esto conmigo, bonita?» Pues claro que quiero jugar a esto contigo, mi querido *marron glacé.* Entonces he aguardado. «Eres una jovencita muy inteligente, lo sé», ha dicho (coste de esta información transmitida por Mi querida Solange: 60 euros la media hora). «Pero se puede ser muy inteligente y a la vez muy frágil, ¿sabes?, muy lúcido y muy desgraciado.» No me digas, ¿en serio? ¿Esta frase la has leído en un tebeo?, he estado a puntito de preguntarle. Y, de pronto, he sentido ganas de llevar mi jueguecito un poco más lejos. Al fin y al cabo tenía ante mí al tipo que le cuesta 600 euros al mes a mi familia desde hace diez años, con el resultado que todos conocemos: tres horas al día regando plantas y un consumo impresionante de sustancias de laboratorio. He sentido que me invadía una oleada de rabia. Me he inclinado sobre el escritorio y he dicho en voz muy baja: «Escúchame bien, señor Congelado, tú y yo vamos a hacer un trato. Tú me vas a dejar a mí en paz, y, a cambio, yo no mandaré al garete tu cochino negocio difundiendo malignos rumores sobre ti en las altas esferas de los negocios y la política de esta ciudad. Y créeme, si eres capaz de ver todo lo inteligente que soy, te darás cuenta de que está totalmente a mi alcance hacer algo así.» En mi opinión, no podía funcionar. No me lo creía. Hay que ser de verdad idiota para creerse tantas estupideces. Pero, resulta increíble, la victoria ha sido mía: una sombra de inquietud ha pasado por el rostro del doctor Theid. Pienso que me ha creído. Es fabuloso: desde luego si hay algo que yo no haría jamás es difundir rumores falsos para perjudicar a alguien. Mi padre, tan republicano él, me ha inoculado el virus de la deontología, y por mucho que me parezca algo tan absurdo como todo lo demás, me atengo a él al pie de la letra. Pero el bueno del doctor, que, para juzgar a la familia, sólo disponía de la madre, ha estimado al parecer que la amenaza era real. Y ahí, milagro: ¡un movimiento! Ha chasqueado la lengua, ha descruzado los brazos, ha extendido una mano hacia el escritorio y ha golpeado con la palma su carpeta de piel de

cabra. Un gesto de exasperación pero también de intimida-
ción. Entonces se ha levantado, sin una sombra ya de dulzura ni de amabilidad, se ha dirigido hacia la puerta, ha llamado a mamá, le ha soltado una milonga sobre mi buena
salud mental, le ha asegurado que todo se iba a arreglar y
nos ha echado al instante de su rinconcito otoñal junto a la
chimenea.

Al principio me sentía bastante orgullosa de mí misma.
Había conseguido que se moviera. Pero conforme iba avanzando el día, me he ido sintiendo cada vez más deprimida.
Porque lo que ha ocurrido cuando se ha movido ha sido algo
no muy bonito que digamos, no muy limpio. Por mucho que
yo sepa que hay adultos que llevan máscaras en plan todo
dulzura, todo sabiduría, pero debajo son muy feos y muy duros; por mucho que sepa que basta con descubrirles el juego para que caigan las máscaras, cuando ocurre con toda
esa violencia, me hace daño. Cuando ha golpeado la mesa
con la mano, quería decir: «Muy bien, me ves tal cual soy, es
inútil seguir fingiendo, acepto tu pacto miserable; y ahora ya
te estás largando.» Pues sí, me ha dolido. Por mucho que
sepa que el mundo es feo, no tengo ganas de verlo.

Sí, abandonemos este mundo donde lo que se mueve
desvela la fealdad oculta.

12

UNA OLEADA DE ESPERANZA

Qué cómodo es reprocharles a los fenomenólogos su autismo sin gato; yo he dedicado mi vida a la búsqueda de lo intemporal.

Pero quien persigue eternidad recoge soledad.

—Sí —dice, cogiendo mi bolso—, estoy de acuerdo con usted. Es una de las más sobrias y sin embargo es de una gran armonía.

La casa del señor Ozu es muy grande y muy bonita. Los relatos de Manuela me habían preparado para un interior japonés pero, aunque hay puertas correderas, bonsáis, una gruesa alfombra negra orlada de gris y objetos de procedencia asiática —una mesa baja de madera lacada y oscura o, a lo largo de una impresionante sucesión de ventanas, estores de bambú que, bajados a alturas diversas, le dan a la habitación una atmósfera de país del sol naciente—, también hay un sofá y varios sillones, consolas, lámparas y bibliotecas de factura europea. Es muy... elegante. Y como bien habían observado Manuela y Jacinthe Rosen, no hay nada redundante.

Tampoco es un interior despojado y vacío, como me lo había imaginado yo transponiendo los de las películas de Ozu en un nivel más lujoso pero sensiblemente idéntico en la sobriedad característica de esta extraña civilización.

—Venga conmigo —me dice el señor Ozu—, no nos vamos a quedar aquí, es demasiado ceremonioso. Vamos a cenar en la cocina. De hecho, cocino yo.

Caigo entonces en la cuenta de que lleva un delantal verde manzana sobre un jersey de cuello redondo color castaño y un pantalón de lona beis. Calza unas chinelas de cuero negro.

Lo sigo trotando hasta la cocina. Cielos. En un marco como ése no me importaría a mí cocinar todos los días, incluso para *León*. Ahí nada puede ser corriente, y hasta abrir una caja de Miauuu debe de antojarse delicioso.

—Estoy muy orgulloso de mi cocina —dice el señor Ozu con sencillez.

—Ya puede estarlo —le contesto, sin sombra de sarcasmo.

Todo es en blanco y madera clara, con largas encimeras y grandes aparadores llenos de fuentes y cuencos de porcelana azul, negra y blanca. En el centro, el horno, las placas de cocina, un fregadero con tres pilas y un espacio con barra de bar, a uno de cuyos acogedores taburetes me encaramo, frente al señor Ozu, que se atarea en los fogones. Ha colocado delante de mí una botellita de sake caliente y dos preciosos vasitos de porcelana azul agrietada.

—No sé si conoce la cocina japonesa —me dice.

—No muy bien —le contesto.

Me invade entonces una oleada de esperanza. En

efecto, habrán observado que, hasta el momento, no hemos intercambiando más de veinte palabras pero me hallo ante un señor Ozu que cocina ataviado con un delantal verde manzana, como si lo conociera de toda la vida, después de un episodio holandés e hipnótico sobre el que nadie ha glosado y que ya ha pasado al capítulo de las cosas olvidadas.

Perfectamente la velada podría no ser más que una iniciación a la cocina asiática. A paseo Tolstoi y todos los recelos: el señor Ozu, nuevo residente poco al corriente de las jerarquías, invita a su portera a una cena exótica. Conversan sobre *sashimi* y tallarines con salsa de soja.

¿Puede haber circunstancia más anodina?

Y entonces se produce la catástrofe.

13

VEJIGA PEQUEÑA

Debo confesar de antemano que tengo la vejiga pequeña. ¿Cómo explicar si no que la más mínima taza de té me mande sin demora al excusado, y que una tetera me haga reiterar el desplazamiento proporcionalmente a su capacidad? Manuela es un verdadero camello: retiene lo que bebe durante horas y se toma despacito sus frutos secos con chocolate sin moverse de la silla, mientras que yo efectúo numerosas y patéticas idas y venidas al retrete. Pero en tales ocasiones estoy en mi casa y, en mis sesenta metros cuadrados, el cuarto de baño, que nunca queda muy lejos, ocupa un lugar que conozco hace mucho tiempo.

Sin embargo, resulta que en este momento acaba de manifestárseme mi vejiga pequeña y, plenamente consciente de los litros de té consumidos por la tarde, he de escuchar su mensaje: autonomía reducida.

¿Cómo se pregunta esto en las altas esferas?

—*¿Dónde está el tigre?* —no me parece curiosamente la manera más idónea.

Al contrario:

—*¿Querría indicarme dónde está el lugar?* —aunque delicada en el esfuerzo de no nombrar la cosa, se expone a la incomprensión y, por ello, a una vergüenza duplicada.

—*Tengo ganas de hacer pis* —sobrio e informativo, no se dice en la mesa ni a un desconocido.

—*¿Dónde está el aseo?* —no me termina de convencer. Es una pregunta fría, con un tufillo a restaurante de provincias.

Ésta me gusta bastante:

—*¿Dónde están los servicios?* —porque hay en esta denominación, los servicios, un plural que exhala infancia y cabaña en el fondo del jardín. Pero entraña también una connotación inefable de mal olor.

Entonces atraviesa mi mente una idea genial.

—Los *lamens* son una preparación a base de tallarines y de caldo de origen chino, que los japoneses suelen tomar para almorzar —está diciendo el señor Ozu, levantando en el aire una cantidad impresionante de fideos que acaba de mojar en agua fría.

—Disculpe, ¿me dice dónde está el tocador, si es tan amable? —es la única respuesta que se me ocurre darle.

Es, reconozco, ligeramente abrupta.

—Oh, lo siento mucho, no se lo he indicado —dice el señor Ozu, con total naturalidad—. La puerta que está a su espalda y, después, en el pasillo, la segunda puerta a la derecha.

¿Podría ser todo así de sencillo siempre?

Se ve que no.

¿Braga o Van Gogh?

Hoy he ido con mamá a las rebajas de la calle Saint-Honoré. Un infierno. Había cola delante de algunas tiendas. Y supongo que os imagináis qué tipo de tiendas hay en la calle Saint-Honoré: mostrarse tan tenaz para comprar rebajados pañuelos o guantes que, aun así, siguen valiendo lo que un Van Gogh deja flipado a cualquiera. Pero las señoras se emplean en la tarea con una pasión furiosa. E incluso con cierta falta de elegancia.

Pero tampoco puedo quejarme del todo del día porque he podido observar un movimiento muy interesante aunque, por desgracia, muy poco estético. A cambio de eso, ha sido muy intenso, ¡eso desde luego! Y también divertido. O trágico, no sabría deciros. De hecho, desde que empecé este diario, he tenido que abandonar bastantes ilusiones. Partí con la idea de descubrir la armonía del movimiento del mundo, para terminar desembocando en unas señoras que se pelean por una braga de encaje. Pero bueno… Creo que, de todas maneras, no creía mucho en todo esto, de modo que, ya puestos, tampoco pasa nada por que me divierta un poco…

Esto es lo que ha ocurrido: he entrado con mamá en una tienda de lencería fina. Lo de lencería fina ya es un nombre de por sí interesante. Porque si no, ¿qué sería?

¿Lencería gruesa? Bueno, en realidad quiere decir lencería sexy; vamos, que no encontraréis en esta tienda las bragas caladas de algodón de toda la vida que llevaban nuestras abuelas. Pero por supuesto, como es en la calle Saint-Honoré, es sexy pero sexy chic, con picardías de encaje hecho a mano, tangas de seda y saltos de cama de casimir peinado. No hemos tenido que hacer cola para entrar, pero para el caso es lo mismo, porque dentro había más gente que en la guerra. Me he sentido como si me estuviera metiendo a presión en una máquina secadora. Y la guinda ya ha sido que a mamá enseguida se le ha caído la baba cuando se ha puesto a hurgar en un montón de *tops* de colores extraños (negros y rojos o azul petróleo). Me he preguntado dónde podía esconderme para guarecerme hasta que encontrara (era mi pequeña esperanza) un pijama de felpa, y me he escabullido detrás de los probadores. No estaba sola: allí ya había un hombre, el único hombre de toda la tienda, con un aire tan triste como el de *Neptune* cuando le arrebatan el trasero de *Athéna*. Ésa es la parte mala del «te quiero, cariño». El desgraciado se deja embarcar en una sesión de pruebas de *tops* lenceros y va a parar a territorio enemigo, con treinta hembras en trance que lo pisan y lo fusilan con la mirada sea cual sea el lugar donde intente aparcar su engorrosa carcasa de hombre. En cuanto a su dulce amiga, hela aquí metamorfoseada en furia vengadora dispuesta a matar por un tanga rosa fucsia.

Le he lanzado una mirada de simpatía, a la que ha contestado con una de animal acorralado. Desde donde me encontraba, tenía un panorama inmejorable sobre la tienda entera y sobre mamá, que se estaba volviendo loca por una especie de sujetador muy, muy, muy pequeño con encaje blanco (algo es algo) pero también unos enormes floripondios malvas. Mi madre tiene cuarenta y cinco años y le sobran unos kilitos, pero el floripondio malva no la asusta; en cambio, la sobriedad y la elegancia del beis liso la paralizan de terror. Bueno, total, que aquí está mamá extirpando a duras penas de un expositor un mini sujetador floral que estima de su talla y una braga a juego, tres estantes más abajo. Tira de ella con convicción pero, de pronto, frunce el ceño: y es que en el otro extremo de la braga hay otra señora, que también tira de ella y frunce asimismo el ceño. Se miran las dos, miran el expositor, constatan que la braga de marras es la última superviviente de una larga mañana de rebajas y se preparan para la batalla a la vez que se dedican la una a la otra una sonrisa de oreja a oreja.

Y éstas son las primicias del movimiento interesante: una braga de ciento treinta euros no mide al fin y al cabo más que unos centímetros de encaje ultrafino. Hay pues que sonreír al adversario, agarrar bien la braga y tirar de ella hacia sí poniendo cuidado de no romperla. Os lo digo tal cual lo pienso: si, en nuestro universo, las leyes de la física son constantes, entonces esto no es posible. Después de varios segundos de intentos infructuosos, nuestras señoras dicen amén a Newton pero no renuncian. Hay pues que proseguir la guerra de otra manera, es decir la diplomacia (una de las citas preferidas de papá). Ello provoca el siguiente movimiento interesante: hay que hacer como que se ignora que se está tirando firmemente de la braga y fingir que uno la pide cortésmente con palabras. He aquí pues a mamá y a la señora que, de golpe, ya no tienen mano derecha, la que sostiene la braga. Es como si no existiera, como si la señora y mamá hablaran tranquilamente de una braga que sigue en el expositor, una braga de la que nadie trata de apoderarse por la fuerza. ¿Dónde está la mano derecha? ¡Ffffiu! ¡Desaparecida! ¡Volatilizada! ¡Le ha cedido el paso a la diplomacia!

Como todo el mundo sabe, la diplomacia fracasa siempre cuando las fuerzas que se enfrentan están equilibradas. Nunca se ha visto a uno más fuerte aceptar las propuestas diplomáticas del más débil. Así, los portavoces que han empezado al unísono con un: «Disculpe, señora, pero me parece que he sido más rápida que usted» no consiguen gran cosa. Cuando me acerco a mamá, ya estamos en: «No pienso soltarla» y es fácil dar crédito a ambas beligerantes.

Por supuesto, mamá ha terminado perdiendo: al acercarme para ponerme a su lado, ha recordado que es una madre de familia respetable y que no le era posible, sin menoscabo de su dignidad, lanzar despedida la mano izquierda contra la cara de la otra señora. Ha recuperado pues el uso de la mano derecha y ha soltado la braga. Resultado de la mañana de compras: una se ha marchado con la braga, la otra, con el sujetador. Mamá estaba de un humor de perros durante la cena. Cuando papá le ha preguntado qué le pasaba, ha contestado: «Tú que eres diputado, deberías estar más atento al declive de las mentalidades y de la buena educación.»

Pero volvamos al movimiento interesante: dos señoras en perfecta salud mental que de repente ya no conocen una parte de su cuerpo. Ello da como resultado algo muy extraño de ver: como si hubiera una fractura en la realidad, un agujero negro que se abre en el espacio y en el tiempo, como en una novela de ciencia-ficción. Un movimiento negativo, vaya, una especie de gesto hueco.

Y me he dicho: si uno puede fingir que ignora que tiene una mano derecha, ¿qué otra cosa puede fingir que ignora tener? ¿Se puede tener un corazón negativo, un alma hueca?

14

UN SOLO ROLLO DE ÉSTOS

La primera fase de la operación transcurre sin incidentes.

Tan pequeña es mi vejiga que encuentro la segunda puerta del pasillo a la derecha sin que me asalte la tentación de abrir las otras siete, y procedo a realizar la función en sí con un alivio que la vergüenza pasada no alcanza a empañar. Habría sido desconsiderado preguntar al señor Ozu dónde estaban los servicios. Unos «servicios» no podrían ser de una blancura nívea, desde las paredes hasta la taza del inodoro sobre la que uno apenas se atreve a apoyarse, por temor a ensuciarla. Toda esta blancura está sin embargo atemperada —de manera que el acto que en ella se realiza no sea clínico en exceso— con una gruesa, mullida, sedosa, satinada y suave moqueta amarilla, del color de un sol radiante, que salva al lugar de la atmósfera propia de un hospital. Todas estas observaciones desencadenan en mí una gran estima por el señor Ozu. La sencillez sobria del blanco, sin mármoles ni florituras —debilidades estas en que a menudo incurren aquellos a los que la fortuna ha sonreído, pues se afanan por hacer suntuoso todo lo trivial— y la tierna dulzura de una moqueta solar son, en materia de cuartos de baño, las condiciones mismas de la adecuación. ¿Qué buscamos cuando vamos a este lugar? Claridad para no pensar en todas esas profundidades oscuras que hacen coalición y algo que cubra el suelo para cumplir con nuestro deber sin hacer penitencia congelándonos los pies, sobre todo cuando la visita es nocturna.

El papel higiénico, asimismo, aspira a la canonización. Encuentro mucho más concluyente esta marca de riqueza que la posesión, por ejemplo, de un Maserati o de un Jaguar cupé. Lo que representa el papel higiénico para el trasero de las personas ahonda mucho más el abismo entre las clases que otros muchos signos externos. El papel que hay en casa del señor Ozu —grueso, blando, suave y deliciosamente perfumado— está destinado a colmar de atenciones esta parte de nuestro cuerpo que, más que ninguna otra, tan sensible es a estas atenciones. ¿Cuánto costará un solo rollo de éstos?, me pregunto pulsando el botón intermedio de la cisterna, señalado con dos flores de loto, pues mi pequeña vejiga, pese a su reducida autonomía, tiene una capacidad nada desdeñable. Una flor me parece que se queda justita; tres sería vanidoso por mi parte.

Entonces ocurre el hecho.

Un estruendo monstruoso, que asalta mis oídos, a punto está de fulminarme ahí mismo. Lo aterrador es que no acierto a identificar su origen. No es la cadena del inodoro, que apenas oigo; viene de algún lugar por encima de mi cabeza y se abate sobre mí. Se me va a salir el corazón del pecho. Ya conocen la triple alternativa: frente al peligro, *fight*, *flee* o *freeze* (o lo que es lo mismo: plantar cara, poner pies en polvorosa o pasmarse del susto). Con gusto habría optado por la segunda, pero de pronto ya no sé abrir el pestillo de una puerta. ¿Se forma alguna hipótesis en mi mente? Quizá, pero sin gran limpidez. ¿He pulsado acaso el botón equivocado, estimando mal la cantidad producida —qué presunción, qué *orgullo*, Renée, dos flores de loto para tan irrisoria contribución— y por ello recibo el castigo de una justicia divina cuya estruendosa ira se abate sobre mis oídos? ¿Será que he paladeado —*lujuria*— en exceso la voluptuosidad del acto en este lugar (que invita a ello) cuando debería considerarse impuro? ¿Me habré abandonado a la *envidia,* codiciando este papel higiénico digno de príncipes, y se me notifica tal vez sin ambigüedades el pecado mortal? ¿Han maltratado mis dedos torpes de trabajadora manual, bajo el efecto de una *ira* inconsciente, la mecánica sutil del botón de flores de loto, y desencadenado un cataclismo en las cañerías que pone la cuarta planta en peligro de derrumbe?

Sigo tratando con todas mis fuerzas de huir, pero mis manos son incapaces de obedecer mis órdenes. Trituro el pomo de cobre que, correctamente manipulado, debería liberarme, pero no se produce el desenlace esperado.

En ese momento me convenzo ya del todo de haberme vuelto loca o de haber llegado al cielo, porque el sonido hasta entonces indistinguible se precisa e, impensable pero cierto, se asemeja a una pieza de Mozart.

Para quien quiera detalles, al *Confutatis* del *Requiem* de Mozart.

Confutatis maledictis, Flammis acribus addictis!, modulan unas bellísimas voces líricas.

Me he vuelto loca.

—Señora Michel, ¿va todo bien? —pregunta una voz al otro lado de la puerta, la del señor Ozu o, más probablemente, la de san Pedro en las puertas del purgatorio.

—Pues… ¡no consigo abrir la puerta! —digo.

Buscaba convencer por todos los medios al señor Ozu de mi deficiente inteligencia.

Pues ¡ea!, lo he conseguido.

—Quizá esté usted girando el pomo en el sentido equivocado —sugiere respetuosamente la voz de san Pedro.

Considero un instante la información, que se abre camino con esfuerzo hasta los circuitos encargados de gestionarla.

Giro el pomo en el otro sentido.

La puerta se abre.

El *Confutatis* se detiene al instante. Una deliciosa ducha de silencio inunda mi cuerpo agradecido.

—Yo… —le digo al señor Ozu (pues es él y no san Pedro)—… yo… bueno… eh… ¿sabe… el *Requiem*?

Debería haber llamado a mi gato *Sinsintaxis*.

—¡Oh, apuesto a que se ha asustado! —exclama el señor Ozu—. Debería haberla avisado. Es una costumbre japonesa que mi hija ha querido importar aquí. Cuando se tira de la cadena, suena la música; es más… bonito, ¿entiende?

Entiendo sobre todo que estamos en el pasillo, delante del cuarto de baño, en una situación que pulveriza todos los cánones del ridículo.

—Ah… —contesto—, pues… me ha sorprendido, sí. —Y me abstengo de todo comentario sobre la serie de pecados que este episodio acaba de sacar a la luz.

—No es usted la primera —dice el señor Ozu, amable y, se diría, un poco divertido, a juzgar por la sombra que se le dibuja en el labio superior.

—El *Requiem*... en el cuarto de baño... es una elección... sorprendente —respondo para recuperar algo de aplomo, no sin espantarme al instante del giro que le estoy dando a la conversación cuando ni siquiera hemos abandonado el pasillo y seguimos el uno frente al otro, con los brazos colgando a ambos lados del cuerpo, inseguros con respecto al desenlace de este diálogo.

El señor Ozu me mira.

Yo lo miro a él.

Algo se quiebra en mi pecho, con un suave *clac* insólito, como una válvula que se abriera y se cerrara brevemente. Luego asisto, impotente, al temblor ligero que sacude mi torso y, como una extraña coincidencia, me parece que el mismo principio de vibración agita los hombros de mi anfitrión.

Nos miramos, vacilantes.

Luego una especie de ji ji ji muy suave y muy tenue escapa de la boca del señor Ozu.

Caigo en la cuenta de que el mismo ji ji ji ahogado pero irreprimible sube también de mi propia garganta.

Hacemos ji ji ji los dos, bajito, mirándonos con incredulidad.

Entonces el ji ji ji del señor Ozu se intensifica.

El mío adquiere también una fuerza considerable.

Seguimos mirándonos, expulsando de nuestros pulmones unos ji ji ji más desenfrenados por momentos. Cada vez que se aplacan, nos miramos y volvemos a soltar otra tanda. Siento espasmos en el estómago. El señor Ozu llora de risa.

¿Cuánto tiempo permanecemos ahí, riendo convulsivamente, ante la puerta del cuarto de baño? No lo sé.

Pero un lapso lo bastante largo como para aniquilar todas nuestras fuerzas. Emitimos todavía algunos ji ji ji extenuados y luego, más por cansancio que por saciedad, recuperamos la seriedad.

—Volvamos al salón —dice el señor Ozu, ganador absoluto en la carrera de recuperar el aliento.

15

UNA SALVAJE MUY CIVILIZADA

—Desde luego, con usted es imposible aburrirse —es lo primero que me dice el señor Ozu una vez de vuelta en la cocina cuando, cómodamente encaramada a mi taburete, me bebo a sorbitos el sake tibio, que encuentro bastante mediocre—. Es usted una persona poco corriente —añade, deslizando hacia mí sobre la mesa un cuenco blanco lleno de pequeños raviolis que no parecen ni fritos ni cocidos sino un poquito de las dos cosas. Al lado deja otro cuenco con salsa de soja.

—Son *gyozas* —precisa.

—Al contrario, creo que soy una persona de lo más corriente. Soy portera. Mi vida es de una banalidad ejemplar.

—Una portera que lee a Tolstoi y escucha a Mozart —dice—. Ignoraba que ello formara parte de las prácticas de su corporación.

Y me guiña el ojo. Se ha sentado sin más ceremonias a mi derecha y ha atacado con sus palillos su ración de *gyozas*.

Nunca en mi vida me había sentido tan bien.

¿Cómo les diría yo? Por primera vez, me siento en un ambiente de confianza total, aunque no esté sola. Incluso con Manuela, a la que sin embargo confiaría mi vida, no tengo esta sensación de seguridad absoluta que nace de la certeza de que nos comprendemos. Confiar la vida no es entregar el alma, y si bien quiero a Manuela como a una hermana, no puedo compartir con ella lo que hila ese poquito de sentido y de emoción que mi existencia incongruente hurta al universo.

Degusto con palillos unos *gyozas* rellenos de cilantro y carne especiada y, experimentando un desconcertante sentimiento de relajación, charlo con el señor Ozu como si nos conociéramos de toda la vida.

—Una también tiene que distraerse —digo—, voy a la biblioteca municipal y saco prestado todo lo que puedo.

—¿Le gusta la pintura holandesa? —me pregunta y, sin esperar respuesta, añade—: Si le dieran a elegir entre la pintura flamenca y la pintura italiana, ¿cuál salvaría usted?

Argumentamos lo que dura un falso paso de armas en el que me complazco en exaltarme por el pincel de Vermeer —pero muy pronto descubrimos que, de todas maneras, estamos ambos de acuerdo.

—¿Piensa usted que es un sacrilegio? —pregunto.

—En absoluto, mi querida señora —me contesta, baqueteando sin ninguna consideración un ravioli de izquierda a derecha en el borde de su cuenco—, en absoluto, ¿acaso cree que he encargado la copia de un Miguel Ángel para exponerla en mi vestíbulo?

»Hay que mojar la pasta en esta salsa —añade, poniendo delante de mí un cestito de mimbre lleno de fideos y un suntuoso cuenco azul verdoso del que se eleva un aroma a… cacahuete—. Es un «*zalu ramen*», un plato de fideos fríos con una salsa ligeramente dulce. Ya me dirá qué le parece.

Y me tiende una gran servilleta de lino color sepia.

—Provoca daños colaterales, tenga cuidado con su vestido.

—Gracias —le digo.

Y, vaya usted a saber por qué, añado:

—No es mío.

Respiro bien hondo y digo:

—¿Sabe?, vivo sola desde hace tiempo y no salgo nunca. Me temo que soy un poco… salvaje.

—Una salvaje muy civilizada entonces —me dice sonriendo.

El sabor de los fideos bañados en la salsa de cacahuete es divino. No podría en cambio decir lo mismo del estado del vestido de María. No es fácil bañar fideos de un metro de largo en una salsa semilíquida y luego tragárselos sin causar daños. Pero como el señor Ozu se come los suyos con destreza no exenta de un ruido considerable, me siento liberada de todo complejo y aspiro con brío mis interminables fideos.

—Ahora en serio —me dice el señor Ozu—, ¿no le parece fantástico? Su gato se llama *León*, los míos, *Kitty* y *Levin*; nos gusta a los dos Tolstoi y la pintura holandesa, y vivimos en el mismo lugar. ¿Cuál es la probabilidad de que ocurra algo así?

—No debería haberme regalado esa magnífica edición —le digo—, no era necesario.

—Mi querida señora —responde el señor Ozu—, ¿le ha gustado?

—Pues sí —le digo—, me ha gustado mucho, pero también me ha dado un poco de miedo. Es que, ¿sabe?, me esfuerzo por ser discreta, no querría que la gente de la casa se imaginara…

—… ¿quién es usted? —completa—. ¿Por qué?

—No quiero llamar la atención. Nadie quiere una portera con pretensiones.

—¿Pretensiones? Pero ¡usted no tiene pretensiones, sino gustos, luces, cualidades!

—¡Pero soy la portera! —protesto—. Y además, no tengo una educación, soy de otro mundo que no es el de ustedes.

—¡Pues vaya una cosa! —dice el señor Ozu, de la misma manera, lo crean o no, que Manuela, lo cual me hace gracia.

Levanta una ceja en señal de interrogación.

—Es la expresión preferida de una amiga mía —digo, a guisa de explicación

—¿Y qué le parece a su mejor amiga esta… discreción suya?

Huy, pues la verdad es que no tengo ni idea.

—Usted la conoce —le digo—, es Manuela.

—Ah, ¿la señora Lopes? ¿Es amiga suya?

—Es mi única amiga.

—Es una gran señora —dice el señor Ozu—, una aristócrata. Como ve, no es usted la única en desmentir las leyes sociales. ¿Qué hay de malo en ello? ¡Estamos en el siglo XXI, demonios!

—¿A qué se dedicaban sus padres? —le pregunto, un poco nerviosa por tan poco discernimiento.

El señor Ozu se imagina sin duda que los privilegios desaparecieron con Zola.

—Mi padre era diplomático. No conocí a mi madre, murió poco después de nacer yo.

—Cuánto lo siento —le digo.

Hace un gesto con la mano, como para decir: de eso hace mucho tiempo.

Prosigo con mi idea.

—Es usted hijo de diplomático, yo soy hija de campesinos pobres. Es incluso inconcebible que cene en su casa esta noche.

—Y sin embargo —dice—, cena usted aquí esta noche.

Y añade, con una sonrisa muy cordial:

—Y me siento muy honrado por ello.

Y la conversación prosigue así, con sencillez y naturalidad. Evocamos por este orden: a Yasujiro Ozu (un pariente lejano), a Tolstoi y a Levin segando en el prado con sus campesinos, el exilio y la irreductibilidad de las culturas, así como muchos otros temas que enlazamos unos con otros con el entusiasmo del gallo y el asno, saboreando nuestros últimos arpendes de fideos y, sobre todo, la desconcertante similitud del curso de nuestros pensamientos.

Llega un momento en que el señor Ozu me dice:

—Me gustaría que me llamara Kakuro, es menos envarado. ¿Le molesta que la llame Renée?

—En absoluto —le contesto, y lo pienso de verdad.

¿De dónde me viene esta súbita soltura en la complicidad?

El sake, que me reblandece deliciosamente el bulbo raquídeo, hace que la pregunta sea terriblemente poco apremiante.

—¿Sabe usted lo que es el *azuki*? —pregunta Kakuro.

—Los montes de Kyoto... —digo, sonriendo ante ese recuerdo de infinitud.

—¿Cómo? —pregunta él.

—Los montes de Kyoto tienen el color del flan de

azuki —digo, esforzándome de todos modos por hablar de manera inteligible.

—Eso sale en una película, ¿verdad? —quiere saber Kakuro.

—Sí, en *Las hermanas Munakata,* al final del todo.

—Oh, vi esa película hace mucho tiempo, pero no la recuerdo muy bien.

—¿No recuerda la camelia sobre el musgo del templo? —le digo.

—No, en absoluto —me contesta—. Pero hace usted que sienta ganas de volver a verla. ¿Le apetecería que la viéramos juntos, un día de éstos?

—Tengo la cinta —le digo—. Todavía no la he devuelto a la biblioteca.

—¿Este fin de semana, tal vez? —sugiere Kakuro.

—¿Tiene usted vídeo?

—Sí —me dice, sonriendo.

—Entonces, de acuerdo —respondo—. Pero le propongo lo siguiente: el domingo que viene vemos la película a la hora del té y yo traigo los dulces.

—Trato hecho —dice Kakuro.

Y la velada prosigue, mientras continuamos hablando sin afán de coherencia ni preocupación de horario, bebiendo a sorbitos una infusión de curioso sabor a algas. Como era de esperar, debo repetir mis visitas a la taza nívea y la moqueta solar. Opto por el botón de una flor de loto nada más —mensaje recibido— y soporto el asalto del *Confutatis* con la serenidad de los grandes iniciados. Lo que es a la vez desconcertante y maravilloso de Kakuro Ozu es que aúna un entusiasmo y un candor juveniles a una atención y una benevolencia de gran sabio. No estoy acostumbrada a una relación así con el mundo; se diría que lo considera con indulgencia y curiosidad, mientras que los demás seres humanos que yo conozco lo abordan con desconfianza y amabilidad (Manuela), ingenuidad y amabilidad (Olimpia) o arrogancia y crueldad (el resto del universo). Este pacto entre apetito, lucidez y magnanimidad representa un inédito y sabroso cóctel.

Y entonces mi mirada se posa sobre mi reloj.

Son las tres de la mañana.

Me pongo en pie de un salto.

—Dios mío —exclamo—, ¿ha visto la hora que es?

Consulta él mismo su reloj y luego alza los ojos hacia mí, con expresión inquieta.

—He olvidado que mañana tiene usted que madrugar. Yo soy jubilado, por lo que eso ya no me preocupa. ¿Le va a suponer un problema?

—No, claro que no —le digo—, pero sí que tendría que dormir algo, aunque sea poco.

Callo el hecho de que, pese a mi avanzada edad y, cuando de todos es sabido que los viejos duermen poco, tengo que dormir como un tronco durante al menos ocho horas para poder aprehender el mundo con discernimiento.

—Hasta el domingo —se despide Kakuro, en la puerta de su casa.

—Muchas gracias —le digo—, he pasado una velada muy agradable, se lo agradezco mucho.

—El agradecido soy yo —me contesta—, hacía mucho tiempo que no me reía tanto y mucho tiempo también que no mantenía una conversación tan agradable. ¿Quiere que la acompañe hasta su casa?

—No, gracias, no es necesario.

Siempre hay un Pallières potencial rondando por la escalera.

—Bueno, lo dicho, hasta el domingo —añado—, o quizá nos crucemos antes.

—Gracias, Renée —vuelve a decir, con una gran sonrisa juvenil.

Al cerrar la puerta de mi casa y apoyarme en ella, descubro a *León* roncando como un oso pardo en el sillón delante del televisor y constato lo impensable por primera vez en mi vida: he hecho un amigo.

16

ENTONCES

Entonces, lluvia de verano.

17

UN NUEVO CORAZÓN

Recuerdo esa lluvia de verano.

Día tras día, recorremos nuestra vida como quien recorre un pasillo.

Acordarme de la comida para el gato... ha visto mi patinete es la tercera vez que me lo roban... llueve tanto que parece que es de noche... tenemos el tiempo justo la sesión es a la una... quieres quitarte el impermeable... taza de té amargo... silencio de la tarde... quizá estemos enfermos a fuerza de tener demasiado... todos esos bonzos que regar... esas ingenuas que no son más que desvergonzadas... anda está nevando... y esas flores qué son... pobre animalito se iba haciendo pipí por todos los rincones... cielo otoñal qué tristeza... los días acaban tan pronto ya... a qué se debe que el olor de la basura llega hasta el patio... sabe todo llega a su hora... no no los conocía especialmente... era una familia como las demás aquí... parece flan de *azuki*... dice mi hijo que los chinos son intratables... cómo se llaman sus gatos… podría recibir y firmar en mi nombre la ropa del tinte…todas estas navidades estos villancicos estas compras qué cansancio… para comer nueces hace falta mantel… cáspita le moquea la nariz… ya hace calor y ni siquiera son las diez… corto champiñones en rodajas muy finitas y nos tomamos el caldo con los champiñones dentro… deja tiradas las bragas sucias debajo de la cama… habría que volverlos a tapizar…

Y entonces, lluvia de verano…

¿Saben lo que es la lluvia de verano?

Primero la belleza pura horadando el cielo de verano, ese temor respetuoso que se apodera del corazón, sentirse uno tan irrisorio en el centro mismo de lo sublime, tan frágil y tan pleno de la majestuosidad de las cosas, atónito, cautivado, embelesado por la magnificencia del mundo.

Luego, recorrer un pasillo y, de pronto, penetrar en una cámara de luz. Otra dimensión, certezas recién formadas. El cuerpo deja de ser ganga, el espíritu habita las nubes, la fuerza del agua es suya, se anuncian días felices, en un renacer.

Después, como a veces el llanto, cuando es rotundo, fuerte y solidario, deja tras de sí un gran espacio lavado de discordias, la lluvia, en verano, barriendo el polvo inmóvil, crea en las almas de los seres una suerte de hálito sin fin.

Así, ciertas lluvias de verano se anclan en nosotros como un nuevo corazón que late al unísono del otro.

18

DULCE INSOMNIO

Después de dos horas de dulce insomnio, me duermo plácidamente.

Idea profunda n.º 13

¿Quién cree
poder hacer miel
sin compartir el destino de las abejas?

Cada día me digo que mi hermana no puede hundirse más profundamente en el fango de la ignominia y, cada día, me sorprende ver que sí lo hace.

Esta tarde, después del colegio, no había nadie en casa. He cogido un poco de chocolate con avellanas de la cocina y me he ido a comérmelo al salón. Estaba bien cómoda en el sofá y mordía el chocolate reflexionando sobre mi próxima idea profunda. Pensaba que se iba a tratar de una idea profunda sobre el chocolate, o más bien sobre la forma en que uno lo muerde, con una pregunta central: ¿qué es lo bueno del chocolate? ¿La sustancia en sí o la técnica del diente que lo tritura?

Pero por muy interesante que fuera esta idea, no había contado con mi hermana, que ha vuelto a casa antes de lo previsto e inmediatamente se ha puesto a amargarme la vida hablándome de Italia. Desde que ha ido a Venecia con los padres de Tibère (al hotel Danieli, nada menos), Colombe no habla de otra cosa. Para colmo de males, el sábado fueron a cenar a casa de unos amigos de los Grinpard que tienen una gran finca en la Toscana. Sólo con pronunciar la palabra «Toscaaana», arrastrando las sílabas, mi hermana se extasía, y mamá con ella. Dejadme que os diga una cosa, la Toscana no es una tierra milenaria. No existe más que para dar a personas como Colombe, mamá o los Grinpard la emoción de poseer. La «Toscaaana» les pertenece, tanto como la Cultura, el Arte y todo lo que pueda escribirse con mayúsculas.

A propósito de la Toscaaana, pues, ya me he tenido que tragar el latazo sobre los burros, el aceite de oliva, la luz del crepúsculo, la *dolce vita* y demás topicazos. Pero como, cada vez, me he escabullido discretamente, Colombe no ha podido comprobar el efecto que produce en mí su historia preferida. Pero, al descubrirme sentada en el sofá, se ha desquitado y me ha fastidiado la degustación del chocolate y mi futura idea profunda.

En las tierras de los amigos de los padres de Tibère hay colmenas, las suficientes para producir un quintal de miel al año. Los toscanos han contratado a un apicultor, que se encarga de hacer todo el trabajo para que ellos puedan comercializar la miel con el sello «señorío de Flibaggi». Evidentemente, no lo hacen por el dinero. Pero la miel «señorío de Flibaggi» está considerada como una de las mejores del mundo, y ello contribuye al prestigio de los propietarios (que son rentistas) porque la utilizan en grandes restaurantes grandes cocineros que actúan como si fuera algo extraordinario... Colombe, Tibère y los padres de Tibère tuvieron el honor de protagonizar una cata de miel como las que se hacen con los vinos, y ahora ya no hay quien calle a Colombe cuando se pone a hablar sobre la diferencia entre una miel de tomillo y una miel de romero. Pues que le aproveche. Hasta ese punto del relato, la escuchaba sin prestarle mucha atención, pensando en lo de «morder el chocolate» y me decía que si la tabarra se quedaba ahí, podía darme con un canto en los dientes.

Nunca hay que esperar algo así con Colombe. De repente, ha adoptado ese aire suyo tan poco prometedor y se ha puesto a contarme las costumbres de las abejas. Al parecer, les soltaron una clase magistral completa sobre el tema, y al espíritu perturbado de Colombe le llamó particularmente la atención el capítulo dedicado a los ritos nupciales de las reinas y los zánganos. La increíble organización de la colmena, en cambio, no la impresionó demasiado, cuando yo encuentro que es apasionante, sobre todo si se piensa que esos insectos tienen un lenguaje con código que relativiza las definiciones que se pueden dar de la inteligencia verbal como específicamente humana. Pero esto no le interesa en absoluto a Colombe, y eso que no se está sacando un título de formación profesional en fontanería, sino un máster en filosofía. A ella en cambio lo que le vuelve loca de interés es la sexualidad de los bichitos de marras.

Os resumo el asunto: cuando está lista, la abeja reina inicia su vuelo nupcial, perseguida por una nube de zánganos. El primero que la alcanza copula con ella y luego muere porque, después del acto, su órgano genital permanece dentro del cuerpo de la abeja. Le queda pues amputado, y eso lo mata. El segundo zángano en alcanzar a la abeja debe, para copular con ella, retirar con las patas el órgano genital del anterior y, por supuesto, después corre la misma suerte, y así hasta diez o quince zánganos, que llenan la bolsa espermática de la reina, lo que le permitirá producir, durante cuatro o cinco años, doscientos mil huevos al año.

Esto es lo que me cuenta Colombe mirándome con su aire venenoso y aderezando su relato con comentarios subidos de tono de esta índole: «Sólo puede hacerlo una vez, ¿eh?, entonces, claro, con uno solo no le vale, ¡quiere quince!» Si yo fuera Tibère, no me gustaría demasiado que mi novia fuera contándole esta historia a todo el mundo. Porque, a ver, uno no puede evitar hacer un poco de psicología barata: cuando una chica excitada cuenta que una hembra necesita quince machos para quedarse satisfecha y que, en señal de agradecimiento, los castra y los mata... A la fuerza uno se hace preguntas. Colombe está convencida de que contar estas cosas hace de ella una «chica liberada nada estrecha que aborda el sexo con naturalidad». Pero se le olvida que si me cuenta esta historia sólo lo hace para escandalizarme, y que además tiene un contenido nada anodino. Primero, porque para alguien como yo que piensa que el hombre es un animal, la sexualidad no es un tema escabroso sino una cuestión científica. Me parece apasionante. Y segundo, os recuerdo a todos que Colombe se lava las manos tres veces al día y chilla a la menor sospecha de pelo invisible en la ducha (siendo los pelos visibles más improbables). No sé por qué, pero me parece que esto encaja mucho con la sexualidad de las abejas reina.

Pero sobre todo, es curioso cómo interpretan los hombres la naturaleza y creen poder sustraerse a ella. Si Colombe cuenta así esta historia, es porque piensa que no le concierne. Si se mofa del patético retozar de los zánganos, es porque está convencida de no compartir su destino. Pero yo, en cambio, no veo nada chocante ni subido de tono en el vuelo nupcial de las abejas reina ni en el destino de los zánganos porque me siento profundamente semejante a todos estos animales, aunque mis costumbres difieran de las suyas. Vivir, alimentarse, reproducirse, llevar a cabo la tarea para la cual uno ha nacido y morir: no tiene ningún sentido, es cierto, pero así son las cosas. Qué arrogancia esta de los hombres que piensan que pueden forzar la naturaleza, escapar a su destino de insignificancias biológicas... Y qué ceguera tienen también con respecto a la crueldad o la violencia de sus propias maneras de vivir, de amar, de reproducirse y de hacer la guerra a sus semejantes...

Yo en cambio pienso que sólo se puede hacer una cosa: dar con la tarea para la cual hemos nacido y llevarla a cabo como mejor podamos, con todas nuestras fuerzas, sin buscarle tres pies al gato y sin creer que nuestra naturaleza animal tiene algo de divino. Sólo así tendremos el sentimiento de estar haciendo algo constructivo en el momento en que venga a buscarnos la muerte. La libertad, la decisión, la voluntad, todo eso no son más que quimeras. Creemos que podemos hacer miel sin compartir el destino de las abejas; pero también nosotros no somos sino pobres abejas destinadas a llevar a cabo su tarea para después morir.

PALOMA

1

AFILADOS

Esa misma mañana, a las siete, llaman a mi puerta.

Tardo varios instantes en emerger del vacío. Dos horas de sueño no disponen a mucha afabilidad por el género humano, y los numerosos timbrazos que siguen mientras me pongo bata y zapatillas y me atuso el cabello, extrañamente esponjoso, no estimulan mi altruismo.

Abro la puerta y me encuentro cara a cara con Colombe Josse.

—Bueno, ¿qué, estaba atrapada en un atasco?

Me cuesta creer lo que oigo.

—Son las siete —digo.

Ella me mira.

—Sí, lo sé —dice.

—La portería abre a las ocho —le indico, haciendo un enorme esfuerzo por contenerme.

—¿Cómo que a las ocho? —pregunta con aire escandalizado—. Ah, pero ¿hay un horario?

No, la vivienda de los porteros es un santuario protegido que no conoce ni el progreso social ni las leyes salariales.

—Sí —digo, incapaz de pronunciar una sola palabra más.

—Ah —contesta ella con voz perezosa—. Bueno, pero ya que estoy aquí…

—… volverá usted más tarde —digo, cerrándole la puerta en las narices y dirigiéndome hacia la tetera.

Al otro lado del cristal, la oigo exclamar: «Pero ¡bueno, esto es el colmo!», dar media vuelta, furiosa, y pulsar con rabia el botón de llamada del ascensor.

Colombe Josse es la hija mayor de los Josse. Colombe Josse es también una especie de engendro rubio que se viste como una gitana pobre. Si hay algo que aborrezco es esta perversión de los ricos que consiste en vestirse como pobres, con trapos dados de sí, gorros de lana gris, zapatos de *clochard* y camisas de flores que asoman bajo jerséis raídos. No sólo es feo, sino también insultante; no hay nada más despreciable que el desdén de los ricos por el deseo de los pobres.

Por desgracia, Colombe Josse también lleva una brillante carrera académica. El otoño pasado entró en la École Normale Supérieure, en la sección de Filosofía.

Me preparo un té y biscotes con mermelada de ciruela claudia tratando de dominar el temblor de rabia que agita mi mano, mientras un insidioso dolor de cabeza se infiltra bajo los huesos de mi cráneo. Me doy una ducha, nerviosa, me visto, abastezco a *León* de alimentos abyectos (paté de cabeza y restos de cortezas de cerdo húmedas y pegajosas), salgo al patio, saco los cubos de basura, saco a *Neptune* del cuartito de la basura y, a las ocho, cansada de todas estas salidas, regreso de nuevo a mi cocina, igual de nerviosa que cuando la dejé.

En la familia Josse está también la benjamina, Paloma, que es tan discreta y diáfana que tengo la impresión de no verla jamás, aunque vaya todos los días al colegio. Pues bien, a ella precisamente me envía Colombe, a las ocho en punto, como emisaria.

Qué maniobra más cobarde.

Me encuentro a la pobre niña (¿qué edad tendrá?, ¿once años, doce?) ante el felpudo de mi puerta, rígida como la ley. Respiro hondo —no descargar sobre el inocente la ira que ha provocado el maligno— y trato de sonreír con naturalidad.

—Buenos días, Paloma —le digo.

La niña tritura el bajo de su chaleco rosa, expectante.

—Buenos días —dice, con una vocecilla aguda.

La miro con atención. ¿Cómo he podido no darme cuenta hasta ahora? Algunos niños tienen el difícil don de dejar helados a los adultos. Nada en su comportamiento corresponde a lo que se espera de su edad. Son demasiado graves, demasiado serios, demasiado imperturbables y, al mismo tiempo, tremendamente afilados. Sí, afilados. Al mirar a Paloma con más atención, discierno una afilada agudeza, una sagacidad helada que si interpreté como reserva, me digo, fue sólo porque me resultaba imposible imaginar que la trivial Colombe pudiera tener por hermana a una jueza de la Humanidad.

—Mi hermana Colombe me manda avisarla de que van a traer un sobre muy importante para ella —dice Paloma.

—Muy bien —contesto, velando por no dulcificar mi tono, como hacen los adultos cuando hablan a los niños, lo cual, a fin de cuentas, no es sino una marca de desprecio tan grande como la ropa de pobre que visten los ricos.

—Pregunta si puede usted subírselo luego a casa —prosigue Paloma.

—Sí —le contesto.

—Vale —añade Paloma.

Y se queda ahí.

Es muy interesante.

Se queda ahí mirándome tranquilamente, sin moverse, con los brazos colgando a ambos lados del cuerpo y la boca un poco entreabierta. Tiene unas trenzas raquíticas, gafas de montura rosa y unos enormes ojos claros.

—¿Quieres tomar un chocolate? —le pregunto, porque no se me ocurre otra cosa.

Ella asiente con la cabeza, igual de imperturbable que antes.

—Entra —le digo—, justamente me estaba tomando un té.

Y dejo abierta la puerta de la portería, para atajar toda imputación de rapto.

—Yo también prefiero té, si no le molesta —me dice.

—No, claro que no —respondo, algo sorprendida, observando mentalmente que empiezan a acumularse ciertos datos: jueza de la Humanidad, bonita manera de expresarse, reclama té.

Se sienta en una silla y columpia los pies en el aire mirándome mientras le sirvo una taza de té de jazmín. Se la dejo delante y me siento ante la mía.

—Todos los días me las apaño para que mi hermana me tome por una retrasada mental —me declara tras un largo sorbo de especialista—. Mi hermana, que pasa noches enteras con sus amigos fumando, bebiendo y hablando como los jóvenes de los suburbios porque piensa que su inteligencia no se puede poner en duda.

Lo cual le va que ni pintado a la moda *clochard*.

—Estoy aquí como mensajera porque es una cobarde y una miedica —prosigue Paloma sin dejar de mirarme fijamente con sus grandes ojos límpidos.

—Bueno, al menos esto nos habrá proporcionado la ocasión de conocernos —comento educadamente.

—¿Puedo volver alguna vez? —pregunta, y hay como una súplica en su voz.

—Claro, eres siempre bienvenida. Pero temo que te puedas aburrir, no hay mucho que hacer aquí.

—Sólo querría estar tranquila —replica.

—¿No puedes estar tranquila en tu habitación?

—No —dice—, no estoy tranquila si todo el mundo sabe dónde estoy. Antes, me escondía. Pero ahora ya han descubierto todos mis escondites.

—Pero ¿sabes?, a mí también me molestan continuamente. No sé si podrás pensar tranquila aquí.

—Me puedo quedar ahí. —Señala el sillón delante del televisor encendido, sin sonido—. La gente viene para verla a usted, nadie me molestará.

—Yo encantada de que vengas —le digo—, pero antes tenemos que preguntarle a tu madre si le parece bien.

Manuela, que empieza el trabajo a las ocho y media, asoma la cabeza por la puerta abierta. Se dispone a decirme algo cuando descubre a Paloma y su taza de té humeante.

—Pase, pase —le digo—, estábamos tomando algo mientras charlábamos un poco.

Manuela enarca una ceja, lo que significa, al menos en portugués: ¿Qué está haciendo ella aquí? Yo me encojo imperceptiblemente de hombros. Manuela frunce los labios, perpleja.

—¿Y bien? —me pregunta no obstante, incapaz de esperar.

—¿Vuelve usted luego un momentito? —le digo, con una gran sonrisa.

—Ah —dice Manuela al ver mi sonrisa—, muy bien, muy bien, sí, luego vuelvo, como siempre.

Luego, mirando a Paloma:

—Bueno, pues luego vuelvo.

Y, educadamente:

—Adiós, señorita.

—Adiós —contesta Paloma, esbozando su primera sonrisa, una pobre sonrisita sin fuerzas que me parte el corazón.

—Tienes que volver ya a casa —le digo—. Tu familia se va a preocupar.

Se levanta y se dirige hacia la puerta arrastrando los pies.

—Es obvio —me dice—, que es usted muy inteligente.

Y como, desconcertada, no digo nada, añade:

—Ha encontrado el mejor escondite.

2

ESE INVISIBLE

El sobre que un mensajero deja en la portería para Su Majestad Colombe de la Escoria está abierto.

Abierto del todo, nunca estuvo cerrado. La solapa adhesiva conserva aún su tira protectora blanca, y el sobre entreabre su boca como un zapato viejo, desvelando un taco de hojas encuadernadas con espiral.

¿Por qué no se han tomado la molestia de cerrarlo?, me pregunto, descartando la hipótesis de la confianza en la probidad de los mensajeros y las porteras y suponiendo más bien la convicción de que el contenido del sobre no los interesará.

Juro y perjuro que es la primera vez y suplico que se tengan en cuenta los hechos (noche corta, lluvia de verano, Paloma, etc.).

Saco con cuidado del sobre el taco de hojas.

Colombe Josse, *El argumento de* potentia dei absoluta, tesina de máster bajo la dirección del Profesor Marian, Universidad de París-I, la Sorbona.

Sujeta con un clip a la cubierta hay una tarjeta de visita:

Querida Colombe Josse:
Aquí tiene mis anotaciones. Gracias por el mensajero.
Nos vemos mañana en el Saulchoir.
Cordialmente,
J. Marian

Se trata de filosofía medieval, o al menos así me informa la introducción al asunto. Es incluso una tesina sobre Guillermo de Ockham, monje franciscano y filósofo lógico del siglo XIV. En cuanto al Saulchoir, es una biblioteca de «ciencias religiosas y filosóficas» que se encuentra en el distrito XIII y que regentan unos frailes dominicos. Posee un importante fondo de literatura medieval, con, apuesto, las obras completas de Guillermo de Ockham en latín y en quince tomos. ¿Que cómo lo sé? Pues porque fui hace unos años. ¿Por qué? Por nada. Había descubierto en un plano de París esta biblioteca que parecía abierta a todo el mundo y fui a visitarla como coleccionista que soy. Recorrí los pasillos de la biblioteca, más bien vacíos, ocupados exclusivamente por ancianos muy doctos y estudiantes de aire pretencioso. Siempre me fascina la abnegación con la que nosotros los humanos somos capaces de dedicar una gran energía a la búsqueda de la nada y a la combinación de ideas inútiles y absurdas. Charlé sobre patrística griega con un joven que estaba redactando una tesis doctoral y me pregunté cómo tanta juventud podía malograrse de esa manera al servicio de la nada. Cuando se piensa bien en que lo que preocupa ante todo al primate es el sexo, el territorio y la jerarquía, la reflexión sobre el sentido de la oración en Agustín de Hipona se antoja relativamente fútil. Desde luego, se argüirá sin duda que el hombre aspira a un sentido que va más allá de las pulsiones. Pero yo replico que dicha objeción es a la vez muy cierta (¿qué decir, si no, de la literatura?) y muy falsa: el sentido es en sí otra pulsión, es incluso la pulsión llevada hasta su grado más alto de realización, pues utiliza el medio más eficaz, la comprensión, para lograr su objetivo. Pues esta búsqueda de sentido y de belleza no es el signo de la elevada naturaleza del hombre que, escapando a su animalidad, supuestamente encontraría en las luces del espíritu la justificación de su ser; no, es un arma afilada al servicio de un fin material y trivial. Y cuando el arma se toma a sí misma como objeto, es una simple consecuencia de ese cableado neuronal específico que nos distingue de los otros animales y, al permitirnos sobrevivir gracias a ese medio eficaz, la inteligencia, nos ofrece también la posibilidad de la complejidad sin fundamento, del pensamiento sin utilidad, de la belleza sin función. Es como un virus informático, una consecuencia sin consecuencia de la sutileza de nuestro córtex, una desviación superflua que utiliza inútilmente medios disponibles.

Pero incluso cuando la búsqueda no divaga así de esta manera, no deja de ser una necesidad que no contraviene la animalidad. La literatura, por ejemplo, tiene una función pragmática. Como toda forma de Arte, tiene como misión hacer soportable el cumplimiento de nuestros deberes vitales. Para un ser que, como el humano, da forma a su destino a fuerza de reflexión y reflexividad, el conocimiento así obtenido tiene el carácter insoportable de toda lucidez desnuda. Sabemos que somos animales dotados de un arma de supervivencia y no dioses que dan forma al mundo con su propio pensamiento, y desde luego hace falta algo para que esta sagacidad sea para nosotros tolerable, algo que nos salve de la triste y eterna fiebre de los destinos biológicos.

Entonces, inventamos el Arte, este otro procedimiento del animal que somos, con el fin de que nuestra especie sobreviva.

Que nada complace tanto a la verdad como la sencillez a la hora de expresarla es la lección que Colombe Josse debería haber aprendido de sus lecturas medievales. Hacer florituras conceptuales al servicio de la nada es sin embargo todo el beneficio que parece capaz de sacar de toda esta historia. Es uno de esos bucles inútiles y también un despilfarro desvergonzado de recursos, entre los que se incluyen el mensajero y yo misma.

Recorro las páginas recién anotadas de lo que debe de ser una versión final y me siento consternada. Habrá que reconocérsele a la señorita una pluma que no se defiende demasiado mal, aunque adolece de los vicios típicos achacables a su juventud. Pero que las clases medias se partan el espinazo para financiar con el sudor de su frente y de sus impuestos tan vana y pretenciosa investigación me deja sin habla. Secretarios, artesanos, empleados, funcionarios de baja categoría, taxistas y porteros se tragan una vida cotidiana hecha de mañanas grises para que la flor y nata de la juventud francesa, alojada y remunerada como es debido, despilfarre todo el fruto de estas vidas grises en el altar de ridículas tesinas.

A priori, no obstante, es del todo apasionante: *¿Existen universales o bien sólo cosas singulares?*, es la pregunta a la que, comprendo yo, Guillermo dedicó lo esencial de su vida. Encuentro que es un interrogante fascinante: ¿es cada cosa una entidad individual —y, en ese caso, lo que es similar entre una cosa y otra no es sino una ilusión o un efecto del lenguaje, que procede mediante palabras y conceptos, mediante generalidades que designan y engloban varias cosas particulares— o bien *existen realmente* formas generales de las que participan las cosas singulares y que no son simples hechos de lenguaje? Cuando decimos: una mesa, cuando pronunciamos la palabra «mesa», cuando formamos el concepto de mesa, ¿designamos siempre esta mesa en concreto o bien hacemos referencia *realmente* a una entidad «mesa» universal que funda la realidad de todas las mesas particulares que existen? ¿Es real la *idea* de mesa, o pertenece únicamente a nuestra mente? En ese caso, ¿por qué son parecidos algunos objetos? ¿Acaso el lenguaje los reagrupa de manera artificial y para comodidad del entendimiento humano en categorías generales, o bien existe una forma universal de la que participa toda forma específica?

Para Guillermo, las cosas son singulares, y el realismo de los universales, erróneo. No hay más que realidades particulares, la generalidad sólo pertenece a la mente y es complicar lo sencillo suponer la existencia de realidades genéricas. Pero ¿tan seguros estamos de ello? ¿Qué congruencia hay entre un Rafael y un Vermeer, me preguntaba yo anoche mismo? El ojo reconoce en ambos una forma común de la que ambos participan, la de la Belleza. Y yo por mi parte creo que tiene que haber realidad en esa forma, no puede ser un simple recurso de la mente humana que clasifica para comprender, que discrimina para aprehender: pues no se puede clasificar nada que no se preste a ello, no se puede reagrupar nada que no sea reagrupable, no se puede reunir nada que no sea reunible. Jamás una mesa será la *Vista de Delft*: la mente humana no puede crear esta disimilitud, de la misma manera que no tiene el poder de engendrar la so-

lidaridad profunda que una naturaleza muerta holandesa establece con una Virgen con Niño italiana. De la
misma forma que cada mesa participa de una esencia
que le da su forma, toda obra de arte participa de una
forma universal, y sólo ésta puede darle el sello que la
convierte en eso, en obra de arte. Bien es cierto que no
percibimos directamente esta universalidad: es la razón
por la que tantos filósofos se han mostrado reacios a
considerar las esencias como reales porque nunca veo
más que esta mesa presente y no bajo su forma universal
sal «mesa», nunca veo más que este cuadro y no la esencia misma de lo Bello. Y sin embargo… sin embargo,
está ahí, ante nuestros ojos: cada cuadro de un maestro
holandés es una encarnación de ella, una aparición fulgurante que sólo podemos contemplar a través de lo
singular pero que nos da acceso a la eternidad, a la
atemporalidad de una forma sublime.

La eternidad: ese invisible que contemplamos.

3

LA CRUZADA JUSTA

Pero ¿creen que todo esto interesa a nuestra aspirante a la gloria intelectual?

¡Qué va!

Colombe Josse, que por la Belleza o el destino de las mesas no tiene ninguna consideración lógica, se empeña en explorar el pensamiento teológico de Ockham al capricho de melindres semánticos carentes de interés. Lo más notable es la intención que preside la empresa: se trata de hacer de las tesis filosóficas de Ockham la *consecuencia* de su concepción de la acción de Dios, relegando sus años de labor filosófica al rango de excrecencias secundarias de su pensamiento teológico. Es sideral, embriagador como un mal vino y sobre todo muy revelador acerca del funcionamiento de la Universidad: si quieres hacer carrera, coge un texto marginal y exótico (la *Suma de lógica* de Guillermo de Ockham) todavía poco explorado, insulta su sentido literal buscando en él una intención que el propio autor no había visto (pues todo el mundo sabe que la inconsciencia en materia de concepto es mucho más poderosa que todos los designios conscientes), defórmala hasta el punto de que parezca una tesis original (es el poder absoluto de Dios, que funda un análisis lógico cuyas repercusiones filosóficas se pasan por alto), quema al hacerlo todos tus iconos (el ateísmo, la fe en la Razón contra la razón de la fe, el amor por la sabiduría y otras fruslerías que tanto gustan a los socialistas), dedica un año de tu vida a este jueguecito indigno a expensas de una colectividad a la que sacas de la cama a las siete y envíale un mensajero a tu director de investigación.

¿Para qué sirve la inteligencia si no es para servir? Y no hablo de esta falsa servidumbre que es la de los altos funcionarios y que exhiben con orgullo como señal de su virtud: ésta es una humildad de fachada que no es sino vanidad y desdén. Ataviado cada mañana con la ostentosa modestia del gran servidor, hace tiempo que Étienne de Broglie me ha convencido del orgullo de su casta. Al contrario, los privilegios dan *auténticos* deberes. Pertenecer al pequeño cenáculo cerrado de la elite es deber servir a la medida de la gloria y de la holgura en la existencia material que se cosecha como premio por esta pertenencia. ¿Soy yo como Colombe Josse una joven alumna de la École Normale Supérieure, con un porvenir abierto? Debo preocuparme del progreso de la Humanidad, de la resolución de problemas cruciales para la supervivencia, del bienestar o la elevación del género humano, del advenimiento de la Belleza en el mundo o de la cruzada justa por la autenticidad filosófica. No es un sacerdocio, hay donde elegir, los ámbitos son amplios. No se entra en la filosofía como en el seminario, con un credo por espada y una vía única por destino. ¿Se trabaja sobre Platón, Epicuro, Descartes, Spinoza, Kant, Hegel o incluso Husserl? ¿Sobre la estética, la política, la moral, la epistemología y la metafísica? ¿Se dedica uno a la enseñanza, a la elaboración de una obra, a la investigación, a la Cultura? Tanto da, es indiferente. Ya que, en una disciplina como ésta, sólo importa la intención: elevar el pensamiento, contribuir al interés común o bien unirse a una escolástica que no tiene más objeto que su propia perpetuación ni más función que la auto reproducción de elites estériles —lo que convierte a la Universidad en una secta.

Idea profunda n.º 14

Ve al salón de té Angelina
para saber
por qué arden los coches

¡Hoy ha ocurrido algo apasionante! He ido a la portería de la señora Michel para pedirle que llevara a casa un sobre para Colombe, que le iban a traer por mensajero. Se trata de su tesina de máster sobre Guillermo de Ockham, un primer borrador que su director ha tenido que leer y que luego le va a hacer llegar con sus anotaciones. Lo divertido ha sido que la señora Michel ha echado a Colombe porque ha llamado a su puerta a las siete para pedirle que le llevara el sobre a casa. La señora Michel ha debido de cantarle las cuarenta (la portería abre a las ocho), porque Colombe ha vuelto a casa como una fiera, chillando que la portera era una vieja cascarrabias y que habráse visto, ¿quién se cree que es? De pronto parece que mamá se ha acordado de que sí, en efecto, en un país desarrollado y civilizado no se molesta a las porteras a cualquier hora del día y de la noche (ojalá lo hubiera recordado antes de que llegara a bajar Colombe), pero eso no ha tranquilizado a mi hermana, que ha seguido berreando que porque se hubiera equivocado de horario eso no le daba derecho a esa desgraciada a darle con la puerta en las narices. Mamá ha hecho como si no pasara nada. Si Colombe fuera mi hija (Darwin me libre), yo le habría pegado un par de tortas.

Diez minutos más tarde, Colombe ha venido a mi cuarto con una sonrisita obsequiosa. Eso sí que no puedo soportarlo. Antes prefiero que me grite.«Paloma bonita, ¿te importa hacerme un favor enorme?», me ha dicho, haciéndome la pelota. «Paso», le he contestado yo. Ha respirado bien hondo lamentando que yo no sea su esclava personal —me habría podido mandar azotar y eso le habría hecho sentirse mucho mejor, «esta mocosa me pone de los nervios», habría dicho para sus adentros—. «Quiero un trato», he añadido. «Si ni siquiera sabes lo que quiero pedirte», me ha replicado con un tonillo despectivo. «Quieres que vaya a ver a la señora Michel», le he dicho yo. Se ha quedado con dos palmos de narices. A fuerza de decirse que soy retrasada mental, termina por creérselo. «Vale, voy, pero a cambio de que no pongas la música alta en tu cuarto durante un mes.» «Una semana», ha querido negociar Colombe. «Entonces no voy», le he contestado yo. «Vale», se ha rendido ella, «ve a ver a esta vieja podrida y dile que me traiga a casa el sobre de Marian en cuanto se lo dejen en la portería». Y se ha marchado dando un portazo.

He ido pues a ver a la señora Michel y me ha invitado a tomar un té.

Por ahora, la estoy analizando. No he dicho gran cosa. Me ha mirado de una forma extraña, como si me viera por primera vez. No ha dicho nada de Colombe. Si fuera una portera de verdad, habría dicho algo así como: «Hay que ver tu hermana, no son formas, ¿eh?, debería mostrar un poco de respeto.» En lugar de eso, me ha ofrecido una taza de té y me ha hablado con mucha educación, como si yo fuera una persona de verdad.

En la portería estaba encendida la televisión. Pero ella no la estaba viendo. Había un reportaje sobre los jóvenes que queman coches en los suburbios de París. Al ver las imágenes, me he preguntado: «¿qué puede llevar a un joven a quemar un coche?, ¿qué será lo que le pasa por la cabeza para llegar a hacer algo así?» Y entonces a continuación se me ha ocurrido esta idea: ¿Y yo? ¿Por qué quiero yo prenderle fuego a mi casa? Los periodistas hablan del paro y de la pobreza, yo hablo del egoísmo y de la falsedad de la familia. Pero son tonterías. Siempre ha habido paro, pobreza y familias que no valen para nada. Y sin embargo, ¡no se queman coches o casas todos los días! Me he dicho que, al final, todo eso eran falsos motivos. ¿Por qué se quema un coche? ¿Por qué quiero prenderle fuego a mi casa?

No he obtenido respuesta a mi pregunta hasta que me he ido de compras con mi tía Hélène, la hermana de mamá, y mi prima Sophie. Queríamos ir a comprarle un regalo a mamá por su cumpleaños, que vamos a celebrar el domingo que viene. Hemos puesto como excusa que nos íbamos juntas al museo Dapper, pero en realidad nos hemos ido a recorrer las tiendas de decoración de los distritos II y VIII. La idea era encontrar un paragüero y de paso comprar también mi regalo.

En cuanto a lo del paragüero, ha sido interminable. Nos hemos tirado tres horas cuando, para mí, todos los que hemos visto eran estrictamente idénticos: o bien cilindros de lo más sosos, o bien unos chismes con herrajes en plan antigualla. Todos con unos precios por las nubes. ¿No os chirría un poco la idea de que un paragüero pueda costar doscientos noventa y nueve euros? Pues eso es lo que ha pagado Hélène por un chisme pretencioso de «cuero envejecido» (sí, una porra: restregado con un cepillo de metal y punto) con costuras en plan silla de caballo, como si viviéramos en una remonta. Yo le he comprado a mamá en una tienda asiática un pastillero de madera lacada negra para que guarde dentro sus somníferos. Treinta euros. A mí eso ya me parecía muy caro, pero Hélène me ha preguntado si quería añadir algo al regalo, puesto que era tan poquita cosa. El marido de Hélène es gastroenterólogo y os puedo asegurar que en el reino de los médicos, el gastroenterólogo no es ni mucho menos el último mono... Pero aun así me caen bien Hélène y Claude porque son... pues el caso es que no sé muy bien cómo explicarlo... íntegros, sí, eso, son íntegros. Están contentos con sus vidas, creo; bueno, al menos no juegan a ser lo que no son. Y tienen a Sophie. Mi prima Sophie está aquejada de síndrome de Down. No va conmigo extasiarme ante los mongólicos como piensa mi familia que está bien hacer (incluso Colombe se presta a ello). El discurso consensuado es: tienen una minusvalía, pero ¡son tan entrañables, tan cariñosos, tan conmovedores! Personalmente, la presencia de Sophie se me hace bastante penosa: babea, grita, se pone de morros, coge rabietas y no entiende nada. Pero no quiere decir que no apruebe a Hélène y a Claude. Ellos mismos dicen que es una niña difícil y que es un horror tener una hija con síndrome de Down, pero la quieren y se ocupan muy bien de ella, me parece a mí. Eso, más su carácter íntegro, hace que me caigan muy bien. Ver a mamá, que juega a ser una mujer moderna a gusto consigo misma, o a Jacinthe Rosen, que juega a ser una burguesa de pura cepa, hace que Hélène, que no juega a nada de nada y está contenta con lo que tiene, resulte de lo más simpática.

Pero bueno, total, que después del circo del paragüero, hemos ido a tomar un chocolate con bizcocho a Angelina, el salón de té de la calle de Rivoli. Me diréis que no puede haber nada más alejado de la temática «jóvenes de los suburbios que queman coches». ¡Pues bien, estáis muy equivocados! He visto algo en Angelina que me ha hecho comprender ciertas otras cosas. En la mesa junto a la nuestra había una pareja con un bebé. Una pareja de blancos con un bebé asiático, un niño que se llamaba Théo. Hélène y ellos se han caído bien y han pegado la hebra un poco. Se han caído bien por ser los tres los padres de un niño diferente, por supuesto, por eso se han reconocido y han entablado conversación. Nos hemos enterado de que Théo era un niño adoptado, que tenía quince meses cuando lo trajeron de Tailandia, que sus padres habían muerto en el *tsunami,* así como todos sus hermanos. Yo miraba a mi alrededor y me preguntaba: ¿cómo se las va a apañar? Estábamos en Angelina, al fin y al cabo: todas esas personas bien vestidas, que paladeaban con aire afectado unos dulces birriosos y que no estaban ahí más que por… pues por la significación del lugar, la pertenencia a cierto mundo, con sus creencias, sus códigos, sus proyectos, su historia, etc. Algo simbólico, vaya. Cuando se toma el té en Angelina, se está en Francia, en un mundo rico, jerarquizado, racional, cartesiano, regulado. ¿Cómo se las va a apañar el pequeño Théo? Ha pasado los primeros meses de su vida en una aldea de pescadores en Tailandia, en un mundo oriental, dominado por valores y emociones propias donde la pertenencia simbólica quizá se ponga en práctica en las fiestas del pueblo cuando se honra al dios de la Lluvia, en el que los niños viven inmersos en creencias mágicas, etc. Y de repente helo aquí en Francia, en París, en Angelina, inmerso sin transición en una cultura diferente y en una posición que ha cambiado de manera radical: de Asia a Europa, del mundo de los pobres al de los ricos.

Entonces, de repente, me he dicho: quizá, dentro de unos años, Théo tenga ganas de quemar coches. Porque es un gesto de rabia y de frustración, y quizá la rabia y la frustración más grandes no sean el paro, ni la pobreza ni la ausencia de futuro; quizá sea el sentimiento de no tener cultura porque se está dividido entre varias culturas, entre símbolos incompatibles. ¿Cómo existir si uno no sabe dónde está? ¿Si se tiene que asumir a la vez una cultura de pescadores tailandeses y otra de grandes burgueses parisinos? ¿De hijos de inmigrantes y de miembros de una gran nación conservadora? Entonces uno quema coches porque cuando no se tiene cultura, uno deja de ser un animal civilizado y pasa a ser un animal salvaje. Y un animal salvaje quema, mata y pilla.

Sé que no es muy profundo, pero después de esto al menos sí se me ha ocurrido una idea profunda, cuando me he preguntado: ¿Y yo? ¿Cuál es mi problema cultural? ¿De qué manera estoy yo dividida entre distintas creencias incompatibles? ¿Qué me hace ser un animal salvaje?

Entonces, he tenido una iluminación: me he acordado de los cuidados conjuradores que prodiga mamá a las plantas, las manías fóbicas de Colombe, la angustia de papá porque la abuelita está en una residencia y todo un montón más de hechos como éstos. Mamá cree que se puede conjurar el destino a golpe de regadera; Colombe, que se puede alejar la angustia lavándose las manos; y papá, que es un mal hijo que recibirá su castigo por haber abandonado a su madre: a fin de cuentas, tienen creencias mágicas, creencias de hombres primitivos, pero, al contrario que los pescadores tailandeses, no pueden asumirlas porque son franceses cultos, ricos y cartesianos.

Y quizá yo sea la mayor víctima de esta contradicción porque, por una razón desconocida, soy hipersensible a todo lo disonante, como si tuviera una especie de oído absoluto para las notas desafinadas, para las contradicciones. Esta contradicción y todas las demás... Y, por consiguiente, no me reconozco en ninguna creencia, en ninguna de esas culturas familiares incoherentes.

Quizá yo sea el síntoma de la contradicción familiar y, por lo tanto, la que tiene que desaparecer para que la familia esté bien.

4

EL ADAGIO BÁSICO

Para cuando vuelve Manuela a las dos en punto de casa de los de Broglie, me ha dado tiempo de devolver la tesina a su sobre y de dejarlo en casa de los Josse.

He tenido así la ocasión de mantener una interesante conversación con Solange Josse.

Todos recordarán que, para los residentes, soy una portera corta de luces que se encuentra en la frontera borrosa de su visión etérea. Solange Josse no supone una excepción al respecto pero, como está casada con un diputado socialista, hace no obstante algún que otro esfuerzo.

—Buenos días —me dice, abriendo la puerta y cogiendo el sobre que le tiendo.

Y hablando de ese algún que otro esfuerzo:

—¿Sabe? —prosigue—, Paloma es una niña muy excéntrica.

Me mira para comprobar mi conocimiento de la palabra. Adopto una expresión neutra, una de mis preferidas, que permite mucho margen de interpretación.

Solange Josse es socialista pero no cree en el ser humano.

—Quiero decir que es un poco rara —articula, como si estuviera hablando con una persona con dificultades para oír.

—Es muy amable —comento yo, encomendándome a mí misma la tarea de inyectarle un poco de filantropía a la conversación.

—Sí, sí —dice Solange Josse, con el tono de quien está deseando llegar al quid de la cuestión pero antes debe superar los obstáculos que le erige la subcultura de su interlocutor—. Es una niña muy amable pero a veces se comporta de manera extraña. Le encanta esconderse, por ejemplo, desaparece durante horas.

—Sí —contesto—, ya me ha contado.

Es un pequeño riesgo, comparado con la estrategia que consiste en no decir nada, no hacer nada y no comprender nada. Pero creo poder representar mi papel sin delatar mi naturaleza.

—Ah, ¿ya le ha contado?

Solange Josse adopta de pronto un tono vago. «¿Cómo saber lo que la portera ha entendido de lo que Paloma le ha contado?» es la pregunta que, movilizando sus recursos cognitivos, la desconcentra y le confiere ese aire ausente.

—Sí, ya me ha contado —repito, con, reconozcámoslo, un laconismo no exento de talento.

Detrás de Solange Josse entreveo a *Constitución*, que pasa por ahí a velocidad reducida, con su hocico indiferente a todo.

—Huy, cuidado, el gato —advierte.

Y sale al rellano, cerrando la puerta tras de sí. No dejar salir al gato y no dejar entrar a la portera es el adagio básico de las señoras socialistas.

—Bueno, como le iba diciendo —prosigue—, Paloma me ha dicho que le gustaría ir a su portería de vez en cuando. Es una niña muy pensativa, le gusta plantarse en algún sitio y quedarse ahí sin hacer nada. Si tengo que ser sincera, preferiría que eso mismo lo hiciera en nuestra casa.

—Ah —digo yo.

—Pero de vez en cuando, si para usted no es molestia… Así al menos sabré dónde está. Nos volvemos locos buscándola por todas partes. A Colombe, que está hasta arriba de trabajo, no le hace mucha gracia tener que pasarse horas removiendo cielo y tierra para encontrar a su hermana.

Entorna la puerta y comprueba que *Constitución* se ha largado.

—No —digo yo entonces—, Paloma no me molesta.

—Ah, muy bien, muy bien —dice Solange Josse, para quien una actividad urgente y mucho más importante parece acaparar decididamente toda atención—. Gracias, gracias, es muy amable por su parte.

Y cierra la puerta.

5

ANTÍPODAS

Después de eso, llevo a cabo mi labor de portera y, por primera vez en todo el día, saco un rato para meditar. La velada del día anterior vuelve a mí dejándome un curioso sabor de boca. Se compone de un agradable aroma a cacahuete pero también un principio de angustia sorda. Trato de distraerme enfrascándome en regar las plantas de todos los rellanos del edificio, justo el tipo de tarea que considero las antípodas de la inteligencia humana.

A las dos menos un minuto, llega Manuela, con la misma expresión cautivada que *Neptune* cuando examina de lejos una mondadura de calabacín.

—¿Y bien? —reitera sin esperar más, tendiéndome unas magdalenas en un cestito redondo de mimbre.

—Otra vez voy a necesitar sus servicios —le digo.

—¿Ah, sí? —modula, alargando mucho y a su pesar la última sílaba.

Nunca había visto a Manuela en un estado tal de nervios.

—El domingo que viene hemos quedado a tomar el té y yo me encargo de llevar los dulces —le digo.

—Ooooooh —exclama, radiante—, ¡los dulces!

Y, pragmática de inmediato, añade:

—Tengo que prepararle algo que no se estropee enseguida.

Manuela trabaja hasta el sábado a mediodía.

—El viernes por la noche le haré un *glotof* —declara tras un breve lapso de reflexión.

El *glotof* es un pastel alsaciano, especial para glotones.

Pero el *glotof* de Manuela también es una auténtica delicia. Todo lo que tiene Alsacia de pesado y de reseco se transforma entre sus manos en obra maestra perfumada.

—¿Tendrá tiempo? —le pregunto.

—Pues claro —contesta, feliz—, ¡siempre tengo tiempo para un *glotof,* y más si es para usted!

Entonces se lo cuento todo: la llegada, la naturaleza muerta, el sake, Mozart, los *gyozas,* el *zalu, Kitty,* las hermanas Munakata y todo lo demás.

Tengan sólo una amiga pero elíjanla bien.

—Es usted fantástica —me dice Manuela, al final de mi relato—. Con todas las imbéciles que viven aquí, cuando por primera vez llega un señor como es debido, a la que invita es a usted.

Engulle una magdalena.

—¡Ha! —exclama de pronto, aspirando mucho la hache inicial—. ¡También le voy a hacer unas tartaletas al whisky!

—No —le digo—, Manuela, no quiero causarle tantas molestias, con el… *glotof* bastará.

—¿Causarme molestias? —contesta—. Pero ¡Renée,

si en todos estos años usted nunca me ha causado ninguna molestia, ¡al contrario!

Se queda pensando un segundo y pesca un recuerdo en su memoria.

—¿Qué estaba haciendo aquí Paloma? —pregunta.

—Pues estaba descansando un poco de su familia —le contesto.

—Ah —dice Manuela—, ¡la pobre! También es que con la hermana que tiene...

Manuela tiene por Colombe, cuyos trapos de vagabundo le encantaría quemar antes de mandar a su dueña al campo a una pequeña revolución cultural, sentimientos muy poco ambiguos.

—Al niño de los Pallières se le cae la baba cuando la ve pasar —añade—. Pero ella ni siquiera lo ve. Debería ponerse una bolsa de basura en la cabeza. Ah, sì todas las señoritas de la finca fueran como Olimpia...

—Es verdad, Olimpia es muy amable —corroboro.

—Sí —dice Manuela—, es una buena muchacha. *Neptune* tuvo *cagaleras* el martes, ¿sabe usted?, pues bien, lo curó ella.

Una cagalera sola es muy poquita cosa.

—Ya lo sé —le digo—, hemos salido bastante bien del apuro; sólo ha habido que cambiar la alfombra del vestíbulo. Mañana traen la nueva. No hay mal que por bien no venga, la otra era horrorosa.

—¿Sabe?, puede quedarse el vestido —me informa Manuela—. La hija de la señora le dijo a María: quédeselo todo, y María me ha dicho que le diga que le regala el vestido.

—Oh, es muy amable por su parte, pero no puedo aceptar —protesto.

—Ay, no empiece otra vez con lo mismo —dice

Manuela, irritada—. De todas maneras, el tinte lo va a pagar usted. Mire, mire esto, esplendorosa como una orquídea.

La orquídea es probablemente una forma virtuosa de la orgía.

—Bueno, pues déle las gracias a María de mi parte —le digo—. Me hace mucha ilusión su regalo.

—Eso está mejor. Sí, sí, ya le daré las gracias de su parte.

Llaman a mi puerta con dos golpecitos breves.

6

EL AVE ASCO PUS

Es Kakuro Ozu.

—Buenos días, buenos días —dice, entrando de un salto en la portería—. Oh, buenos días, señora Lopes —añade al ver a Manuela.

—Buenos días, señor Ozu —responde ella, casi gritando.

Manuela es una persona muy entusiasta.

—Estábamos tomando el té, ¿quiere unirse a nosotras? —le propongo.

—Huy, sí, encantado —dice Kakuro, cogiendo una silla. Y, al ver a *León*, añade—: ¡Vaya, bonito ejemplar! No lo había visto bien la otra vez. ¡Parece un luchador de sumo!

—Pero tome una magdalena, son esplendorosas como orgías —dice Manuela, que se hace un lío, pasándole el cesto a Kakuro.

La orgía es al parecer una forma viciosa de la orquídea.

—Gracias —dice Kakuro, cogiendo una—. ¡Riquísima! —articula nada más tragar el bocado.

Manuela se agita sobre su silla, con expresión de absoluta felicidad.

—He venido a preguntarles su opinión —anuncia Kakuro tras cuatro magdalenas—. Estoy en plena discusión con un amigo sobre la cuestión de la supremacía europea en materia de cultura —prosigue, dedicándome un guiño coqueto.

Manuela, a la que más valdría ser más indulgente con el niño de los Pallières, tiene la boca abierta de par en par.

—Él se inclina por Inglaterra, y yo, como es obvio, por Francia. Le he dicho entonces que conocía a alguien que podía deshacer el empate. ¿Quiere hacernos de árbitro?

—Pero soy juez y parte —digo, sentándome—, no puedo votar.

—No, no, no —aclara Kakuro—, no va usted a votar. Sólo responderá a mi pregunta: ¿cuáles son los dos inventos más importantes de la cultura francesa y de la cultura británica? Señora Lopes, esta tarde estoy de suerte, usted también, si quiere, puede darme su opinión —añade.

—Los ingleses... —empieza diciendo Manuela, muy lanzada, pero luego se para—. Primero usted, Renée —dice, llamada de pronto a una mayor prudencia, recordando sin duda que es portuguesa.

Yo me quedo pensando un momento.

—De Francia: la lengua del siglo XVIII y el queso cremoso.

—¿Y de Inglaterra? —quiere saber Kakuro.

—De Inglaterra es fácil —le contesto.

—¿El *púdingue*? —sugiere Manuela, pronunciándolo tal que así.

Kakuro se ríe a mandíbula batiente.

—Me hace falta uno más —dice.

—Pues el *rúguebi* —añade Manuela, con una entonación tan *british* como antes.

—Ja ja —se ríe Kakuro—. Estoy de acuerdo con usted. ¿Y usted, Renée, qué propone?

—El habeas corpus y el césped —digo, riendo.

Y eso nos hace a todos mucha gracia, incluso a Manuela, que ha entendido «el ave asco pus», lo cual no quiere decir nada, pero aun así es muy divertido.

Justo en ese momento, llaman a la puerta.

Hay que ver, esta portería que, ayer, no le interesaba a nadie, parece hoy el centro de la atención mundial.

—Adelante —digo, sin pararme a pensarlo, concentrada en la conversación.

Solange Josse asoma la cabeza por la puerta.

La miramos los tres con aire interrogador, como si fuéramos los comensales de un banquete que con su irrupción importunara una criada mal educada.

Abre la boca, pero se lo piensa mejor.

Paloma asoma la cabeza a la altura de la cerradura.

Me recupero y me levanto.

—¿Puedo dejarle a Paloma durante una horita? —pregunta la señora Josse, que se ha recuperado también pero cuyo curiosímetro está a punto de estallar—. Buenas tardes, mi querido señor Ozu —le dice a Kakuro, que se ha acercado para estrecharle la mano.

—Buenas tardes, mi querida señora Josse —contesta éste amablemente—. Hola, Paloma, me alegro de verte. Pues nada, mi querida amiga, su hija está en buenas manos, puede irse tranquila.

Cómo echar a alguien con elegancia y en una única lección.

—Esto… bien… sí… gracias —tartamudea Solange Josse, y retrocede despacio, todavía un poco sonada.

Cierro la puerta tras ella.

—¿Quieres una taza de té? —inquiero.

—Encantada, muchas gracias —me contesta Paloma.

Una verdadera princesa entre los altos cargos del partido.

Le sirvo media taza de té de jazmín mientras Manuela la abastece con las magdalenas que han escapado a nuestro voraz apetito.

—Según tú, ¿qué han inventado los ingleses? —le pregunta Kakuro, que sigue dándole vueltas a su concurso cultural.

Paloma reflexiona intensamente.

—El sombrero como emblema de la rigidez psicológica.

—Magnífico —aprueba Kakuro.

Observo que probablemente he subestimado con creces a Paloma y que habrá que profundizar un poco en ese tema, pero, porque el destino siempre llama tres veces y puesto que todos los conspiradores están abocados a ser desenmascarados un buen día, vuelve a oírse un tamborileo sobre la puerta cristalera de la portería, lo que aplaza mi reflexión.

Paul N'Guyen es la primera persona que no parece sorprendida de nada.

—Buenas tardes, señora Michel —me dice, y luego añade—: Buenas tardes a todos.

—Ah, Paul —dice Kakuro—, hemos desacreditado definitivamente a Inglaterra.

Paul esboza una sonrisa cordial.

—Muy bien —dice—. Acaba de llamar su hija. Volverá a llamar dentro de cinco minutos.

Y le tiende un móvil.

—De acuerdo. Bien, señoras, tengo que despedirme.

Se inclina ante nosotras.

—Adiós —proferimos al unísono las tres, como un coro virginal.

—Bueno —dice Manuela—, al menos una cosa bien hecha.

—¿Cuál? —pregunto.

—Nos hemos comido todas las magdalenas.

Nos reímos.

Me mira con aire pensativo y me sonríe.

—Es increíble, ¿eh? —me dice.

Sí, es increíble.

Renée, que tiene ahora dos amigos, ha dejado de ser tan arisca.

Pero Renée, que tiene ahora dos amigos, siente nacer en ella un terror informe.

Cuando se va Manuela, Paloma se acurruca a sus anchas en el sillón del gato, delante del televisor, y, mirándome con sus grandes ojos serios, me pregunta:

—¿Cree usted que la vida tiene sentido?

7

AZUL NOCHE

En el tinte, tuve que afrontar la ira de la dueña del lugar.

—Unas manchas así en un vestido de esta calidad —masculló, tendiéndome un ticket azul celeste.

Esta mañana le entrego mi rectángulo de papel a una persona distinta. Más joven y menos despierta. Rebusca interminablemente en unas hileras compactas de perchas y luego me tiende un bonito vestido de lino color ciruela, amordazado con un plástico transparente.

—Gracias —le digo, aceptando dicho vestido tras una ínfima vacilación.

Tengo pues que añadir al capítulo de mis infamias el rapto de· un vestido que no me pertenece a cambio del de una muerta a la que se lo robé. El mal se esconde, por lo demás, en lo ínfimo de mi vacilación. Si ésta hubiera nacido de un remordimiento ligado al concepto de propiedad, aún podría implorar el perdón de san Pedro, pero mucho me temo que sólo responde al tiempo necesario para calibrar hasta qué punto es practicable la fechoría.

A la una se pasa Manuela por la portería para dejarme su *glotof*.

—Quería haber venido antes —explica—, pero la señora de Broglie me vigilaba con el rabillo.

Para Manuela el rabillo *del ojo* es una precisión incomprensible.

En lo que a los dulces se refiere, encuentro, envueltos en una orgía de papel de seda azul noche, un magnífico *cake* alsaciano renovado por la inspiración, unas tartaletas al whisky tan finas que da miedo romperlas y unas tejas de almendras con los bordes bien caramelizados. Se me cae la baba al instante.

—Gracias, Manuela —le digo—, pero sólo somos dos, ¿sabe?

—Pues no tiene más que empezar a comer ahora mismo —contesta.

—Gracias otra vez, de verdad —le reitero—, le ha debido de llevar mucho tiempo.

—Ande, calle, calle —me ordena—. De todo he hecho doble, y Fernando se lo agradece.

Este tallo quebrado que por vos he amado

Me pregunto si no me estaré convirtiendo en una esteta contemplativa. Con una fuerte tendencia zen y, a la vez, una pizca de Ronsard.

Me explico. Es un «movimiento del mundo» un poco especial porque no es un movimiento del cuerpo. Pero esta mañana, mientras desayunaba, he visto un movimiento. EL movimiento, debería decir. La perfección hecha movimiento. Ayer (que era lunes) la señora Grémont, la asistenta, le trajo un ramo de rosas a mamá. La señora Grémont pasó el domingo en casa de su hermana que tiene en Suresnes un huertecito que el Estado arrienda a buen precio a la clase trabajadora, de los últimos que quedan ya, y se trajo un ramo con las primeras rosas de la temporada: rosas amarillas, de un bonito amarillo pálido como el de las prímulas. Según la señora Grémont, este rosal se llama «The Pilgrim», «El peregrino». Ya sólo eso me ha gustado. Al fin y al cabo es más elevado, más poético o menos cursi que llamar a los rosales «Madame Figaro» o «Un amor de Proust» (no me invento nada). Bueno, no haremos comentarios sobre el hecho de que la señora Grémont le regala flores a mamá. Tienen la misma relación que todas las burguesas progresistas tienen con sus asistentas, aunque mamá esté convencida de que el suyo es un caso aparte: una buena relación paternalista, de las de toda la vida, con ramalazo de novelita rosa (se ofrece un café, se paga como es debido, no se regaña jamás, se regala la ropa usada y los muebles rotos, se interesa uno por los hijos y, a cambio, ello da derecho a ramos de rosas y colchas de crochet marrón y beis). Pero esas rosas... Eran algo serio.

Estaba pues desayunando y miraba el ramo de rosas colocado sobre la encimera de la cocina. Creo que no pensaba en nada. De hecho, quizá por eso haya visto el movimiento; quizá, si hubiera estado absorta en otra cosa, si la cocina no hubiera estado en silencio, si yo no me hubiera encontrado allí a solas, no habría estado lo bastante atenta. Pero estaba sola, tranquila y vacía. Por eso he podido acoger en mí el movimiento.

Ha sonado un ruidito, bueno, más bien como si el aire se estremeciera e hiciera «shhhhhh» muy, muy, muy bajito: era un capullo de rosa con un trocito de tallo quebrado, que caía sobre la encimera. En el momento de tocar la superficie, ha emitido un «puf», un «puf» en plan ultrasonido, de los que sólo oyen los ratones o los hombres si están muy, muy, muy en silencio. Yo me he quedado con la cuchara suspendida en el aire, totalmente embelesada. Era algo magnífico. Pero ¿qué era lo magnífico? Yo no daba crédito: no era más que un capullo de rosa en el extremo de un tallo quebrado que acababa de caer sobre la encimera. ¿Entonces?

Lo he comprendido al acercarme y al mirar el capullo de rosa inmóvil, que había concluido su caída. Es algo que tiene que ver con el tiempo, no con el espacio. Oh, claro, siempre es bonito un capullo de rosa que acaba de caer, con un movimiento grácil. Es tan artístico: ¡dan ganas de pintarlo una y otra vez! Pero no es eso lo que explica EL movimiento. El movimiento, este fenómeno que uno cree que es algo espacial...

Pero, al mirar caer este capullo y este tallo, he intuido en una milésima de segundo la esencia de la Belleza. Sí, yo, una mocosa de doce años y medio, he tenido esta oportunidad increíble porque, esta mañana, se daban todas las condiciones: espíritu vacío, casa silenciosa, rosas bonitas, caída de un capullo. Y por eso he pensado en Ronsard, sin comprenderlo del todo al principio: porque es una cuestión de tiempo y de rosas. Porque lo bello es lo que se coge en el momento en que ocurre. Es la configuración efímera de las cosas en el momento en que uno ve al mismo tiempo la belleza y la muerte.

Ay, ay, ay, me he dicho, ¿quiere esto decir que así es como uno tiene que vivir su vida? ¿Siempre en equilibrio entre la belleza y la muerte, el movimiento y la desaparición?

Quizá estar vivo sea esto: perseguir instantes que mueren.

8

A SORBITOS FELICES

Y llega el domingo.

A las tres de la tarde, me encamino a la cuarta planta. El vestido color ciruela me está ligeramente grande —una suerte en este día de *glotof*— y tengo el corazón encogido, como un gatito acurrucado.

Entre la tercera y la cuarta planta, me topo cara a cara con Sabine Pallières. Hace ya varios días que, cuando me la cruzo, mira con desdén y desaprobación ostensibles mi cabello vaporoso. Se apreciará que he renunciado a disimular al mundo mi nueva apariencia. Pero esa insistencia me incomoda, por muy liberada que me sienta. Nuestro encuentro dominical no supone ninguna excepción a la norma.

—Buenas tardes, señora —digo, subiendo los escalones sin detenerme.

Me contesta con un gesto severo de cabeza, considerando mi peinado, y, entonces, al descubrir mi atuendo, se detiene en seco en un escalón. Una oleada de pánico me golpea y perturba la regulación de mi transpiración, amenazando mi vestido robado con la infamia de cercos en las axilas.

—Ya que sube, ¿puede usted regar las flores del rellano? —me pregunta con un tono exasperado.

¿Acaso debo recordárselo? Hoy es domingo.

—¿Son dulces? —pregunta de repente.

Llevo en una bandeja las obras de Manuela envueltas en seda azul marino y caigo entonces en la cuenta de que todo ello disimula mi vestido, de modo que lo que suscita la condena de la señora no son en absoluto mis pretensiones indumentarias sino la supuesta gula de algún muerto de hambre.

—Sí, una entrega imprevista —contesto.

—Pues bien, aproveche para regar las flores —declara, y reanuda su descenso irritado.

Llego al rellano de la cuarta planta y llamo al timbre no sin cierta dificultad, pues llevo también la cinta de vídeo, pero Kakuro me abre con diligencia y me libera al instante de mi voluminosa bandeja.

—Vaya, vaya —dice—, no era ninguna broma lo de traer usted los dulces, ya se me está haciendo la boca agua.

—Es a Manuela a quien tenemos que agradecérselo —le digo, siguiéndolo hasta la cocina.

—¿De verdad? —pregunta, extrayendo el *glotof* de su derroche de seda azul—. Es una auténtica perla.

Caigo entonces en la cuenta de que hay música.

No está muy alta y emana de unos altavoces invisibles que difunden el sonido por toda la cocina.

Thy hand, lovest soul, darkness shades me,
On thy bosom let me rest.
When I am laid in earth
May my wrongs create

No trouble in thy breast.
Remember me, remember me,
But ah! forget my fate.

Es la muerte de Dido, en la ópera *Dido y Eneas* de Purcell. Si quieren mi opinión: la obra de canto más bella del mundo. No es sólo bella, es sublime, y lo es por un encadenamiento increíblemente denso de los sonidos, como si los ligara una fuerza invisible y como si, a la vez que se distinguen, se fundieran los unos con los otros, en la frontera de la voz humana, casi en el territorio ya del lamento animal, pero con una belleza que no alcanzarán jamás los gritos de los animales, una belleza que nace de la subversión de la articulación fonética y de la transgresión del empeño que suele poner el lenguaje verbal en distinguir los sonidos.

Quebrar los pasos, fundir los sonidos.

El Arte es la vida, pero con otro ritmo.

—¡Vamos allá! —exclama Kakuro, que ha dispuesto tazas, tetera, azúcar y servilletitas de papel en una gran bandeja negra.

Lo precedo por el pasillo y, siguiendo sus indicaciones, abro la tercera puerta a la derecha.

«¿Tiene vídeo?», le había preguntado yo a Kakuro Ozu.

«Sí», había contestado él, con una sonrisa sibilina.

La tercera puerta a la izquierda se abre sobre una sala de cine en miniatura. Hay una gran pantalla blanca, un montón de aparatos brillantes y enigmáticos, tres hileras con cinco butacas de cine de verdad, tapizadas de terciopelo azul noche, una larga mesa baja delante de la primera y unas paredes y un techo cubiertos de seda oscura.

—Por cierto, ésta era mi profesión —dice Kakuro.

—¿Su profesión?

—Durante más de treinta años, he importado a Europa aparatos punteros de alta fidelidad, para grandes marcas de lujo. Es un comercio muy lucrativo, pero sobre todo maravillosamente lúdico para mí, pues soy un auténtico apasionado de los *gadgets* electrónicos.

Me acomodo en un asiento deliciosamente cómodo, y empieza la sesión.

¿Cómo describir este momento de intensa alegría? Vemos *Las hermanas Munakata* en una pantalla gigante, bañados en una dulce penumbra, con la espalda apoyada contra un respaldo mullido, saboreando un *glotof* y bebiendo un té hirviendo a sorbitos felices. De vez en cuando, Kakuro detiene la película y comentamos, hablando por los codos, las camelias sobre el musgo del templo y el destino de los hombres cuando la vida es demasiado dura. En dos ocasiones voy a saludar a mi amigo el *Confutatis* y regreso a la sala como quien regresa a una cama calentita y cómoda.

Es un espacio fuera del tiempo en el tiempo... ¿Cuándo he experimentado yo por primera vez este abandono exquisito que sólo es posible entre dos personas? La quietud que sentimos cuando estamos solos, esa certeza de nosotros mismos en la serenidad de la soledad no son nada comparadas con este dejarse llevar, este dejarse llegar y dejarse hablar que se vive con otro, en cómplice compañía... ¿Cuándo he experimentado por primera vez esta relajación feliz en presencia de un hombre?

Hoy es la primera vez.

9

SANAE

Cuando, a las siete de la tarde, después de haber conversado todavía un buen rato tomando té, me dispongo a despedirme, volvemos a pasar por el gran salón y entonces reparo, en una mesita baja junto al sofá, en la fotografía enmarcada de una mujer muy hermosa.

—Era mi esposa —dice Kakuro bajito, al ver que la observo—. Murió hace diez años, de cáncer. Se llamaba Sanae.

—Lo siento mucho —digo—. Era una... mujer muy hermosa.

—Sí —corrobora él—, muy hermosa.

Se instala un breve silencio.

—Tengo una hija, vive en Hong-Kong —añade—, y dos nietos.

—Tiene que echarlos de menos —le digo.

—Voy a verlos bastante a menudo. Los quiero mucho. Mi nieto, que se llama Jack (su padre es inglés) y tiene siete años, me ha dicho por teléfono esta mañana que ayer pescó su primer pez. ¡Es el acontecimiento de la semana, como bien se podrá imaginar!

Un nuevo silencio.

—Tengo entendido que usted también es viuda —dice Kakuro, escoltándome hasta el vestíbulo.

—Sí —digo-, soy viuda desde hace más de quince años.

Siento un nudo en la garganta.

—Mi marido se llamaba Lucien. El cáncer, también…

Estamos delante de la puerta y nos miramos con tristeza.

—Buenas tardes, Renée —dice Kakuro.

Y, recuperando una alegría que no es más que pura fachada:

—Ha sido un día fantástico.

Una tristeza inmensa se abate sobre mí a velocidad supersónica.

10

NUBARRONES NEGROS

—Eres una pobre estúpida —me digo, quitándome el vestido color ciruela y descubriendo un poco de azúcar *glas* al whisky en un ojal—. ¿Qué te creías? No eres más que una pobre portera. No hay amistad posible entre clases. Y además, ¿pobre loca, qué te creías?

«¿Pobre loca, qué te creías?», no dejo de repetirme estas palabras mientras procedo a mis abluciones vespertinas y me meto entre las sábanas tras una corta batalla con *León*, que no tiene intención de ceder un ápice de terreno.

El hermoso rostro de Sanae Ozu baila ante mis ojos cerrados, y me siento como un trasto viejo que de pronto hubieran vuelto a arrojar a una realidad sin alegría.

Me duermo con el corazón inquieto.

A la mañana siguiente, experimento una sensación cercana a la resaca.

Sin embargo, la semana transcurre de gloria. Kakuro hace algunas apariciones impulsivas solicitando mis dones de arbitraje (¿helado o sorbete?, ¿Atlántico o Mediterráneo?) y su refrescante compañía me sigue produciendo el mismo placer, pese a los oscuros nubarrones que planean silenciosamente por encima de mi corazón. Manuela ríe con ganas al descubrir el vestido color ciruela, y Paloma se apalanca en el sillón de *León*.

—Cuando sea mayor, seré portera —le declara a su madre, que me considera con una mirada nueva donde baila una sombra de prudencia cuando viene a dejar a su progenie en mi portería.

—Dios te libre —respondo, con una amable sonrisa para la señora—. Serás princesa.

Paloma exhibe una camiseta rosa bombón a juego con sus nuevas gafas y un aire pugnaz de «hija que será portera contra viento y marea y sobre todo contra su madre».

—¿A qué huele? —pregunta Paloma.

Hay un problema de cañerías en mi cuarto de baño y apesta a jaula de tigre. Llamé al fontanero hace seis días pero no parecía entusiasmarle mucho la idea de venir a arreglarlo.

—Las alcantarillas —respondo, poco dispuesta a desarrollar el tema.

—Fracaso del liberalismo —dice ella, como si yo no hubiera contestado.

—No, es una cañería atascada.

—Pues eso, lo que yo digo —insiste Paloma—. ¿Por qué no ha venido todavía el fontanero?

—¿Porque tiene otros clientes?

—En absoluto —replica—. La respuesta acertada es: porque no se siente obligado a hacerlo. ¿Y por qué no se siente obligado?

—Porque no tiene suficientes competidores —digo yo.

—¡Ahí está! —dice Paloma, con aire triunfante—, no hay regulación suficiente. Demasiados ferroviarios, pero no hay fontaneros suficientes. Personalmente, preferiría el koljós.

Por desgracia, e interrumpiendo tan apasionante diálogo, llaman a mi puerta.

Es Kakuro, con un aire que tiene un no sé qué de solemnidad.

Entra y descubre a Paloma.

—Anda, hola, jovencita —la saluda—. Bueno, Renée, pues puedo volver un poco más tarde, ¿no?

—Si quiere —le digo—. ¿Está usted bien?

—Sí, sí —responde.

Luego, como decidiéndose de pronto, se tira a la piscina:

—¿Quiere cenar conmigo mañana?

—Pues… —digo, sintiendo cómo se apodera de mí una tremenda angustia—, es que…

Es como si las intuiciones difusas de estos últimos días tomaran cuerpo de pronto.

—Me gustaría llevarla a un restaurante que me encanta —prosigue, con el mismo aire que un perro que aguarda a que le den un hueso.

—¿A un restaurante? —repito, cada vez más angustiada.

A mi izquierda, Paloma suelta un ruidito como de ratoncito.

—Mire —dice Kakuro, que parece algo incómodo—, se lo ruego de verdad. Es… es mi cumpleaños mañana y me haría mucha ilusión que fuera usted mi acompañante.

—Ah —digo, incapaz de añadir nada más.

—El lunes que viene me voy a casa de mi hija, lo celebraré allí en familia, claro, pero... mañana por la noche... si usted quisiera...

Hace una pequeña pausa y me mira, esperanzado.

¿Será impresión mía? Diría que Paloma hace ejercicios de apnea.

Se instala un breve silencio.

—Mire —le digo—, de verdad, lo siento mucho, pero no pienso que sea una buena idea.

—Pero ¿por qué? —pregunta Kakuro, visiblemente desconcertado.

—Es muy amable por su parte —añado, endureciendo una voz que tiende a relajarse—, se lo agradezco mucho, pero prefiero no ir, gracias. Estoy segura de que tiene usted amigos con los que podrá celebrar la ocasión.

Kakuro me mira, sin saber a qué atenerse.

—Pues... —dice por fin—, pues... sí, claro, pero... en fin... de verdad, me gustaría mucho... no entiendo.

Frunce el ceño.

—En fin —repite—, no lo entiendo.

—Es mejor así —le digo—, créame.

Y, empujándolo suavemente hacia la puerta, añado:

—Tendremos otras ocasiones de charlar, estoy segura.

Se marcha con el aire de alguien que no sabe dónde está ni qué ha pasado.

—Bueno, pues qué lástima —dice—, yo que estaba tan ilusionado. Es que, de verdad, no lo entiendo...

—Adiós —le digo, dándole suavemente con la puerta en las narices.

11

LA LLUVIA

Ya ha pasado lo peor, me digo.

Pero eso es porque no he contado con un destino color rosa bombón: me doy la vuelta y me encuentro cara a cara con Paloma.

Que no parece nada contenta.

—¿Se puede saber a qué está usted jugando? —me pregunta, con un tono que me recuerda al de la señora Billot, la última maestra que tuve.

—No estoy jugando a nada —respondo débilmente, consciente de la puerilidad de mi conducta.

—¿Tiene algún plan especial previsto para mañana por la noche? —me pregunta.

—Pues no, pero no es por eso...

—¿Y se puede saber por qué es exactamente?

—No me parece buena idea —le digo.

—¿Y por qué no? —insiste mi comisario político. ¿Por qué?

¿Es que acaso lo sé?

Entonces, sin previo aviso, se pone a llover.

12

HERMANAS

Toda esa lluvia…

En mi pueblo, en invierno, siempre llovía mucho. No tengo recuerdos de días de sol: sólo la lluvia, el yugo del barro y el frío, la humedad que se nos pegaba en la ropa y en el pelo y que, incluso junto a la lumbre, no se disipaba nunca del todo. ¿Cuántas veces habré pensado después en esa noche de lluvia, cuántas rememoraciones, en más de cuarenta años, de un acontecimiento que hoy, bajo este aguacero, resurge de nuevo?

Toda esa lluvia…

A mi hermana le habían puesto el nombre de una hermana mayor que había nacido muerta, y ésta a su vez llevaba el de una tía difunta. Lisette era guapa, y yo ya era consciente de ello aunque aún fuera muy niña, aunque mis ojos todavía no supieran determinar la forma de la belleza sino sólo intuir su esbozo. Como en mi casa apenas se hablaba, era un hecho que ni se mencionaba siquiera: pero estaba en boca de todos en el vecindario, y cuando mi hermana pasaba, su belleza suscitaba comentarios. «Tan guapa y tan pobre, qué destino más malo», glosaba la mercera camino del colegio. Yo, fea e inválida de cuerpo y de mente, sostenía la mano de mi hermana, que caminaba con la cabeza alta y paso ligero, indiferente a toda mención de destino funesto que se empeñaban en atribuirle.

A los dieciséis años, se fue a la ciudad a cuidar a los hijos de los ricos. No la vimos en un año entero. Volvió a pasar las Navidades con nosotros y trajo regalos extraños (bollos de especias, lazos de colores brillantes, bolsitas con lavanda) y un porte de reina. ¿Podía haber rostro más rosa, más vivo, más perfecto que el suyo? Por primera vez, alguien nos contaba una historia, y nos quedábamos todos prendidos de sus labios, ávidos del despertar misterioso que provocaban en nosotros las palabras que salían de la boca de esa campesina convertida en criada de los poderosos y que hablaba de un mundo desconocido, engalanado y resplandeciente, donde las mujeres conducían automóviles y regresaban por la noche a unas casas equipadas con aparatos que hacían el trabajo en lugar de los hombres o daban noticias del mundo con sólo pulsar un botón...

Cuando vuelvo a pensar en todo eso, calibro la carencia total en la que vivíamos. Nuestra granja distaba apenas cincuenta kilómetros de la ciudad, y unos doce de un pueblo grande, pero seguíamos como en el tiempo de los castillos medievales, sin comodidades ni esperanza mientras perdurara nuestra íntima certeza de que siempre seríamos palurdos. Sin duda todavía existe hoy en día, en algún pueblo remoto y aislado, un puñado de viejos a la deriva que ignoran la vida moderna, pero en nuestro caso se trataba de una familia entera todavía joven y activa que, al describir Lisette las calles de las ciudades iluminadas por Navidad, descubría que había un mundo cuya existencia ni siquiera sospechaba.

Lisette regresó a la ciudad. Durante algunos días, como por una inercia mecánica, seguimos hablando un poco. Varias noches seguidas, durante la cena, el padre comentó las historias de la hija. «Qué cosas, hay que ver qué cosas.» Después el silencio y los gritos se abatieron de nuevo sobre nosotros como la peste sobre los desheredados.

Cuando me acuerdo… Toda esa lluvia, todos esos muertos. Lisette llevaba el nombre de dos difuntas; a mí sólo me habían otorgado el de una, mi abuela materna, fallecida poco antes de nacer yo. Mis hermanos llevaban los nombres de primos a los que habían matado en la guerra, y mi madre, de una prima muerta al poco de nacer, a la que no había conocido. Vivíamos así, sin palabras, en ese universo de muertos en el que, una noche de noviembre, Lisette volvió de la ciudad.

Recuerdo toda esa lluvia… El ruido del agua martilleando sobre el tejado, los caminos anegados, el mar de barro a las puertas de nuestra granja, el cielo negro, el viento, la sensación atroz de una humedad sin fin, que nos pesaba tanto como nos pesaba nuestra vida: sin lucidez ni rebelión. Estábamos apiñados alrededor de la lumbre cuando, de pronto, mi madre se levantó, haciéndonos trastabillar a todos; sorprendidos, la miramos dirigirse hacia la puerta y, movida por un oscuro impulso, abrirla de par en par.

Toda esa lluvia, oh, toda esa lluvia… En el umbral

de la puerta, inmóvil, con el cabello pegado al rostro, el vestido empapado, los zapatos devorados por el barro y la mirada fija, estaba Lisette. ¿Cómo lo había sabido mi madre? Esta mujer que, para no maltratarnos, nunca nos había dado a entender que nos quería, ni con gestos ni con palabras, cómo esta mujer tosca que traía a los hijos al mundo de la misma manera que removía la tierra o daba de comer a las gallinas, esta mujer analfabeta, embrutecida hasta el punto de no llamarnos nunca por los nombres que nos había dado y los cuales dudo que aún recordara, ¿cómo había sabido esta mujer que su hija medio muerta, que no se movía ni hablaba y miraba la puerta bajo el aguacero sin pensar siquiera en llamar, esperaba a que alguien le abriera, la hiciera entrar y le ofreciera cobijo al calor de la lumbre?

¿Es esto acaso el amor materno, esta intuición en el corazón del desastre, esta chispa de empatía que perdura incluso cuando el hombre se ve reducido a vivir como un animal? Es lo que me había dicho Lucien: una madre que quiere a sus hijos siempre sabe cuándo sufren. Yo en cambio no me inclino por esta interpretación. Tampoco guardo rencor por esta madre que no era una madre. La miseria es una guadaña: siega en nosotros cuanta aptitud tenemos para la relación con el otro y nos deja vacíos, lavados de sentimientos, para poder soportar toda la negrura del presente. Tampoco tengo convicciones idílicas: no había nada de amor materno en esa intuición de mi madre, sino tan sólo la traducción en gestos de la certeza de la desgracia. Es una suerte de conciencia atávica, arraigada en lo más profundo de los corazones, que recuerda que a pobres desdichados como nosotros siempre les llega una noche de tormenta una hija deshonrada que vuelve a morir al hogar.

Lisette vivió aún lo suficiente para traer al mundo a su hijo. El recién nacido hizo lo que se esperaba de él: murió a las tres horas. De esa tragedia que para mis padres no era sino el curso natural de las cosas, por lo que no se afligieron más —ni menos tampoco— que si hubieran perdido a una cabra, me fragüé yo dos certezas: los fuertes viven y los débiles mueren, con gozos y sufrimientos proporcionales a sus posiciones jerárquicas e, igual que Lisette había sido hermosa y pobre, yo era inteligente e indigente, y abocada pues a castigo similar si esperaba sacar partido de mi mente a costa del desprecio de mi clase. Pero como tampoco podía dejar de ser lo que era, comprendí que mi vía era la del secreto: debía callar lo que era y, con el otro mundo, no mezclarme jamás.

De taciturna me convertí pues en clandestina.

Y, de repente, caigo en la cuenta de que estoy sentada en mi cocina, en París, en ese otro mundo en cuyo seno he cavado mi pequeño nicho invisible y con el que me he guardado muy mucho de mezclarme, y que lloro a lágrima viva mientras una niña de mirada prodigiosamente cálida sostiene mi mano entre las suyas y me acaricia con dulzura los dedos —y caigo en la cuenta también de que lo he dicho todo, lo he contado todo: Lisette, mi madre, la lluvia, la belleza profanada y, en resumen, la mano de hierro del destino, que da a los niños que nacen muertos madres que mueren por haber querido renacer. Lloro a lágrima plena, viva, buena y convulsiva, perpleja pero incomprensiblemente feliz de la transfiguración de la mirada triste y severa de Paloma en pozo de calor donde encuentra consuelo mi llanto.

—Dios mío —digo, calmándome un poco—, Dios mío, Paloma, ¡vas a pensar que soy una tonta!

—Señora Michel —me contesta ella—, ¿sabe una cosa?, me devuelve usted un poco de esperanza.

—¿Esperanza? —digo, sorbiéndome la nariz en un gesto patético.

—Sí —me asegura—, parece posible cambiar de destino.

Y permanecemos ahí largos minutos, cogidas de la mano, sin decir nada. Me he hecho amiga de un alma buena de doce años que me provoca un hondo sentimiento de gratitud, y la incongruencia de este apego disimétrico en edad, condición y circunstancia no alcanza a empañar mi emoción. Cuando Solange Josse se presenta en la portería para recuperar a su hija, nos miramos las dos con la complicidad de las amistades indestructibles y nos decimos adiós con la certeza de un cercano reencuentro. Una vez la puerta cerrada, me siento en el sillón frente al televisor, con la mano en el pecho, y me sorprendo a mí misma diciendo en voz alta: quizá vivir sea esto.

Idea profunda n.º 15

*Si quieres cuidar de ti
cuida de los demás
y sonríe o llora
por ese cambio radical del destino*

¿Sabéis una cosa? Me pregunto si no me habré perdido algo. Como alguien que tuviera las compañías equivocadas y descubriera de pronto otra vía al conocer por fin a las adecuadas. Las compañías equivocadas mías son mamá, Colombe, papá y toda esa gente. Pero hoy he conocido de verdad a la persona adecuada. La señora Michel me ha contado su trauma: huye de Kakuro porque la traumatizó la muerte de su hermana Lisette, seducida y abandonada por un chico de buena familia. No confraternizar con los ricos para no morir por ello es, desde entonces, su táctica de supervivencia.

Al escuchar a la señora Michel, me he preguntado una cosa: ¿qué es lo más traumático? ¿Una hermana que muere porque la han abandonado, o los efectos permanentes de este hecho: el miedo de morir si uno no se queda en el lugar que le corresponde? La muerte de su hermana, la señora Michel podría haberla superado; pero ¿se puede superar la puesta en escena que uno hace de su propio castigo?

Y, sobre todo, he experimentado otra cosa, un sentimiento nuevo y, al escribirlo ahora, estoy muy emocionada; de hecho, he tenido que dejar el boli un momento, para llorar. Pues esto es lo que he sentido: al escuchar a la señora Michel y al verla llorar, pero sobre todo al darme cuenta de hasta qué punto le sentaba bien contarme todo eso, a mí, he comprendido algo: he comprendido que yo sufría porque no podía ayudar a nadie a mi alrededor. He comprendido que sentía rencor por papá, mamá y sobre todo por Colombe porque soy incapaz de serles útil, porque no puedo hacer nada por ellos. Están en una fase demasiado avanzada de su enfermedad, y yo soy demasiado débil. Veo bien sus síntomas, pero no soy competente para curarlos, y eso me hace estar tan enferma como ellos, aunque no soy consciente de ello. Mientras que, al sostener la mano de la señora Michel, he sentido que yo también estaba enferma. Y, en todo caso, lo que es seguro es que no puedo cuidar de mí castigando a aquellos a los que no puedo curar. A lo mejor tengo que reflexionar un poco sobre esta historia de incendio y de suicidio. Por otra parte, no tengo más remedio que reconocerlo: ya no tengo muchas ganas de morir, de lo que sí tengo ganas es de volver a ver a la señora Michel, a Kakuro y a Yoko, su sobrina nieta tan impredecible, y de pedirles ayuda. Oh, por supuesto no me voy a plantar delante de ellos y a decirles: *please, help me,* soy una niña con tendencias suicidas. Pero tengo ganas de dejar que los demás me ayuden: después de todo, no soy más que una niña que sufre y aunque sea extremadamente inteligente, eso no cambia nada, ¿no? Una niña que sufre y que, en el peor momento, tiene la suerte de conocer a las personas adecuadas. ¿Tengo moralmente derecho a desaprovechar esta oportunidad?

Bah, y yo qué sé. Después de todo, esta historia es una tragedia. ¡Alégrate, hay personas valerosas!, tengo ganas de decirme, pero al final, ¡qué tristeza! ¡Terminan todas bajo la lluvia! Ya no sé muy bien qué pensar. Durante un segundo, he creído haber encontrado mi vocación; he creído comprender que, para cuidar de mí, tenía que cuidar de los demás, o sea, de los que son «cuidables», de los que se pueden salvar, en lugar de carcomerme por dentro porque no puedo salvar a los demás. Entonces qué, ¿debería hacerme médico de mayor? ¿O escritora? Es un poco lo mismo, ¿no?

Pero, por cada señora Michel, ¿cuántas Colombes, cuántos tristes Tibères?

13

EN LAS CALLES DEL INFIERNO

Cuando se marcha Paloma, totalmente sacudida por dentro, permanezco largo rato sentada en mi sillón.

Luego, armándome de valor, marco el número de teléfono de Kakuro Ozu.

Paul N'Guyen responde al segundo timbrazo.

—Ah, hola, señora Michel —me dice—, ¿qué puedo hacer por usted?

—Pues me gustaría hablar con Kakuro.

—Está ausente en este momento —me dice—, ¿quiere que la llame en cuanto vuelva?

—No, no —le digo, aliviada de poder operar con un intermediario—. ¿Podría decirle que, si no ha cambiado de opinión, me encantaría cenar con él mañana por la noche?

—Por supuesto —dice Paul N'Guyen.

Cuelgo el teléfono, me dejo caer de nuevo en mi sillón y me enfrasco durante una horita en pensamientos incoherentes pero agradables.

—Oiga, no huele aquí muy bien que digamos —articula una dulce voz masculina a mi espalda—. ¿No ha venido nadie a arreglarle esto?

Ha abierto la puerta tan despacito que no lo he oído. Es un hombre joven, moreno y guapo, con el pelo un poco alborotado, una cazadora vaquera recién estrenada y unos grandes ojos de cocker pacífico.

—¿Jean? ¿Jean Arthens? —pregunto, sin dar crédito a lo que veo.

—Pues sí —dice, inclinando la cabeza hacia un lado, como hacía antes.

Pero eso es todo lo que queda del desecho humano, de la joven alma quemada de cuerpo descarnado; Jean Arthens, antes tan próximo a la caída, ha optado visiblemente por el renacer.

—¡Tiene un aspecto sensacional! —le digo, con la mejor de mis sonrisas.

Me la devuelve amablemente.

—Hola, señora Michel —me dice—, me alegro de verla. Le queda bien —añade, señalando mi pelo.

—Gracias —le digo—. Pero ¿qué le trae por aquí? ¿Quiere una taza de té?

—Ah... —dice, con una pizca de la vacilación de antaño—. Pues sí, claro, encantado.

Preparo el té mientras se acomoda en una silla, mirando a *León* con ojos estupefactos.

—¿Antes ya era así de gordo este gato? —inquiere sin la más mínima perfidia.

—Sí, no es muy deportista que digamos.

—Y por casualidad, ¿no será él el que huele mal? —pregunta, olisqueándolo con aire consternado.

—No, no —le aseguro—, es un problema de cañerías.

—Debe de resultarle extraño que aparezca aquí así, tan de repente —dice—, sobre todo porque usted y yo tampoco es que habláramos mucho nunca, ¿eh?, no era yo muy locuaz cuando… bueno, cuando vivía mi padre.

—Me alegro de verlo y, sobre todo, parece que se encuentra usted bien —le digo con sinceridad.

—Pues sí —dice— … vuelvo de muy lejos.

Aspiramos simultáneamente dos sorbitos de té hirviendo.

—Estoy curado, bueno, creo que estoy curado —dice—, si es que de verdad se cura uno algún día. Pero ya no toco la droga, he conocido a una buena chica, bueno, más bien a una chica fantástica, tengo que decir. —Se le iluminan los ojos y resopla ligeramente mientras me mira—. Y he encontrado un trabajito bien majo.

—¿A qué se dedica? —le pregunto.

—Trabajo en el almacén de un astillero.

—¿De barcos?

—Pues sí, y es un trabajo muy agradable. Allí siempre tengo la sensación de estar de vacaciones. Viene la gente y me habla de su barco, de los mares a los que va, de los mares de los que vuelve, me gusta; y estoy muy contento de trabajar, ¿sabe?

—¿Y en qué consiste exactamente su trabajo?

—Pues soy como una especie de factótum: trabajo de reponedor, de chico de los recados, ya sabe. Pero con el tiempo he ido aprendiendo, así que ahora ya de vez en cuando me encargan tareas más interesantes: arreglar velas, obenques, establecer inventarios para un avituallamiento…

¿Son ustedes sensibles a la poesía del término? Se avitualla una embarcación o un ejército, se abastece una ciudad. A quienes no han comprendido que el embrujo de la lengua nace de tales sutilezas, dirijo la exhortación siguiente: desconfíen de las comas.

—Pero usted también tiene muy buen aspecto —dice, mirándome con cordialidad.

—¿Sí? Bueno, se han producido ciertos cambios beneficiosos para mí.

—¿Sabe? —me dice—, no he venido a ver mi casa o a nadie de aquí. Ni siquiera estoy seguro de que me reconocieran; de hecho, me había traído el carné de identidad, por si acaso tampoco usted me reconocía. No —prosigue—, he venido porque no consigo acordarme de algo que me ha ayudado mucho, ya cuando estaba enfermo y también después, durante mi curación.

—¿Y puedo yo serle útil en algo?

—Sí, porque fue usted quien me dijo el nombre de esas flores, un día. En ese arriate de allí —señala con el dedo el fondo del patio—, hay unas florecitas blancas y rojas muy bonitas, las plantó usted, ¿verdad? Y un día le pregunté qué flores eran, pero no fui capaz de retener el nombre en la memoria. Sin embargo, pensaba todo el rato en esas flores, no sé por qué. Son muy bonitas; cuando estaba tan mal, pensaba en esas flores y hacerlo me sentaba bien. Entonces, hoy pasaba por aquí y me he dicho: voy a ir a preguntarle a la señora Michel, a ver si me sabe decir.

Jean espera mi reacción, un poco incómodo.

—Le debe de parecer extraño, ¿verdad? Espero no asustarla con estas historias mías de flores y tal.

—No —le digo—, en absoluto. Si hubiera sabido que le hacían tanto bien… ¡Las habría plantado por todas partes!

Se ríe como un chiquillo feliz.

—Ah, señora Michel, ¿sabe usted?, prácticamente me salvaron la vida. ¡Eso ya es todo un milagro! Bueno, y entonces, ¿me puede decir qué flores son?

Sí, ángel mío, sí que puedo. En las calles del infierno, bajo el diluvio, sin aliento y con el corazón en los labios, una tenue luz: son camelias.

—Sí —le digo—. Son camelias.

Me mira fijamente, con los ojos abiertos de par en par. Luego una lágrima rueda por su mejilla de niño salvado.

—Camelias... —dice, perdido en un recuerdo que sólo le pertenece a él—. Camelias, sí —repite, volviendo otra vez los ojos hacia mí—. Eso es. Camelias.

Siento una lágrima resbalar también por mi mejilla.

Le cojo la mano.

—Jean, no se hace una idea de lo mucho que me alegra que haya venido hoy a verme —digo.

—¿Ah, sí? —dice, extrañado—. Pero ¿por qué?

¿Por qué?

Porque una camelia puede cambiar el destino.

14

DE UN PASILLO A LAS CALLES

¿Qué guerra es esta que combatimos, seguros de nuestra derrota? Aurora tras aurora, extenuados ya de todas las batallas que aún están por venir, nos acompaña el espanto del día a día, ese pasillo sin fin que, en las horas postreras, será nuestro destino por haberlo recorrido tantas veces. Sí, ángel mío, así es el día a día: tedioso, vacío y anegado en desdicha. Las calles del infierno no le son en nada ajenas; uno acaba allí un buen día por haber permanecido en ese pasillo demasiado tiempo. De un pasillo a las calles: entonces acontece la caída, sin sacudidas ni sorpresas. Cada día, volvemos a experimentar la tristeza del pasillo y, paso tras paso, seguimos el camino de nuestra lúgubre condena.

¿Vio él las calles? ¿Cómo se nace después de haber caído? ¿Qué pupilas nuevas sobre ojos calcinados? ¿Dónde empieza la guerra y dónde cesa el combate?

Entonces, una camelia.

15

SOBRE SUS HOMBROS EMPAPADOS EN SUDOR

A las ocho de la tarde, Paul N'Guyen se presenta en mi portería con los brazos cargados a más no poder de paquetes.

—El señor Ozu no ha vuelto todavía —un problema en la embajada con su visado—, por eso me ha pedido que le entregue todo esto —dice, con una bonita sonrisa.

Deja los paquetes sobre la mesa y me tiende una tarjetita.

—Gracias —le digo—. Pero no se irá sin tomar algo, ¿verdad?

—Gracias —me contesta—, pero todavía tengo mucho que hacer. Me reservo su invitación para otra ocasión.

Y me sonríe de nuevo, con un no sé qué de calidez y de alegría que me hace bien, sin reservas.

A solas en mi cocina, me siento delante de los paquetes y abro el sobre de la tarjetita.

«*De pronto, experimentó en sus hombros empapados
en sudor una agradable sensación de frescor que no
acertó a explicarse del todo al principio; pero, durante
el descanso, vio que un nubarrón bajo que surcaba
el cielo acababa de soltar su carga.*»

Por favor, acepte estos pocos presentes con sencillez.

Kakuro

Lluvia de verano sobre los hombros de Levin segando… Me llevo la mano al pecho, conmovida como nunca. Abro uno a uno los paquetes.

Un vestido pareo de seda gris perla, con un cuellecito chimenea, cerrado por delante por un lazo de satén negro.

Una estola de seda color púrpura, ligera y densa como el viento.

Zapatos de tacón bajo, de un cuero negro de grano tan fino y tan suave que me lo paso por la mejilla.

Miro el vestido, la estola, los zapatos.

Fuera, oigo a *León* que araña la puerta y maúlla para entrar.

Me pongo a llorar bajito, despacio, y en mi pecho se estremece una camelia.

16

ALGO TIENE QUE TERMINAR

A la mañana siguiente, a las diez, llaman a la ventana de mi portería.

Es un tipo alto y flaco, todo vestido de negro, con un gorro de lana azul marino en la cabeza y botas militares de la época de la guerra de Vietnam. Es también el novio de Colombe y un especialista mundial de la elipse en la fórmula de cortesía. Se llama Tibère.

—Busco a Colombe —dice Tibère.

Aprecien, se lo ruego, lo ridículo de esta frase. Busco a Julieta, dice Romeo, es a fin de cuentas más fastuoso.

—Busco a Colombe —dice pues Tibère, que sólo le tiene miedo al champú, como se puede apreciar cuando se quita el gorro que le toca la cabeza, no porque sea cortés sino porque hace mucho calor.

Estamos en mayo, qué demonios.

—Paloma me ha dicho que estaba aquí —añade.

Y vuelve a añadir:

—Joder, me *cagüen*…

Paloma, qué bien te lo pasas.

Lo acompaño rápidamente hasta la puerta y me enfrasco en pensamientos extraños.

Tibère… Ilustre nombre para tan patético aspecto… Rememoro la prosa de Colombe Josse, los pasillos silenciosos del Saulchoir… y mi mente enlaza con Roma. Tiberio… El recuerdo del rostro de Jean Arthens me pilla desprevenida, vuelvo a ver el de su padre y su chalina incongruente, tan ridícula… Todas esas búsquedas, todos esos mundos… ¿Podemos ser tan semejantes y vivir en universos tan distantes? ¿Es posible que compartamos un mismo frenesí, cuando sin embargo no somos del mismo suelo, ni de la misma sangre ni la misma ambición? Tibère… Me siento cansada, en verdad, cansada de todos estos ricos, cansada de todos estos pobres, cansada de toda esta farsa… *León* salta del sillón y viene a frotarse contra mi pierna. Este gato, que no es obeso más que por caridad, es también un alma generosa que siente las fluctuaciones de la mía. Cansada, sí, cansada…

Algo tiene que terminar, algo tiene que comenzar.

17

PADECIMIENTOS DEL APRESTO

A las ocho de la tarde, estoy lista.

El vestido y los zapatos son exactamente de mi talla (42 y 37).

La estola es romana (60 centímetros de ancho, 2 metros de largo).

Me he secado el pelo (que previamente había lavado 3 veces) con un secador Babyliss de 1600 vatios y me lo he peinado 2 veces en todos los sentidos. El resultado es sorprendente.

Me he sentado 4 veces y me he levantado otras 4, lo que explica que ahora mismo esté de pie, sin saber qué hacer.

Sentarme, quizá.

He sacado de su estuche detrás de las sábanas en el fondo del armario 2 pendientes heredados de mi suegra, la monstruosa Yvette; 2 pendientes antiguos de plata con 2 granates tallados en forma de pera. He efectuado 6 intentos antes de lograr enganchármelos correctamente en las orejas, y ahora tengo que vivir con la sensación de llevar dos gatos barrigones colgados de mis lóbulos estirajados. 54 años sin joyas no preparan para los padecimientos del apresto. Me he embadurnado los labios con 1 capa de barra de labios «Carmín profundo» comprado hace 20 años para la boda de una prima. La longevidad de estas cosas ineptas, cuando vidas valerosas perecen cada día, no dejará jamás de confundirme. Formo parte del 8% de la población mundial que aplaca su aprensión ahogándose en las cifras.

Kakuro Ozu llama 2 veces a mi puerta.

Abro.

Está muy guapo. Lleva un traje compuesto por una chaqueta de cuello oficial gris antracita con cubrebotones del mismo tono y un pantalón a juego, así como mocasines de cuero flexible que parecen pantuflas de lujo. Tiene un aspecto muy… euroasiático.

—Oh… ¡Está usted soberbia! —me dice.

—Vaya, gracias —contesto, emocionada—, pero usted también está muy guapo. ¡Feliz cumpleaños!

Me sonríe y, tras cerrar con cuidado la puerta detrás de mí y delante de *León* que intenta una incursión fuera de la trinchera, me tiende un brazo sobre el que apoyo una mano ligeramente trémula. Por favor, que no nos vea nadie, suplica en mí una instancia activa en la resistencia, la de Renée la clandestina. Por mucho que haya quemado en la hoguera montones de temores, no estoy aún preparada para ser la comidilla de la calle Grenelle.

Por eso, ¿a quién podría sorprenderle lo que ocurre a continuación?

La puerta de entrada a la que nos dirigimos se abre antes de que nos dé tiempo a alcanzarla.

Ahí están Jacinthe Rosen y Anne-Hélène Meurisse.

¡Demonios! ¿Qué hacer?

Ya las tenemos encima.

—Buenas noches, buenas noches, mis queridas señoras —gorjea Kakuro tirando de mí con firmeza hacia la izquierda y adelantándolas con celeridad—, buenas noches, mis queridas amigas, ¡llegamos tarde, así que reciban nuestros más caros saludos y nos marchamos pitando!

—Ah, buenas noches, señor Ozu —dicen, poniendo boquita de piñón, subyugadas, dándose la vuelta a un tiempo para seguirnos con la mirada.

—Buenas noches, señora —me dicen (a mí) sonriendo, mostrando los dientes.

Nunca había visto tantos dientes a la vez.

—Adiós, mi querida señora, ha sido todo un placer —me susurra Anne-Hélène Meurisse mirándome con avidez, mientras nos precipitamos hacia la puerta.

—¡Desde luego, desde luego! —trina Kakuro empujando con el talón la hoja de la puerta.

—Menos mal —dice—, si nos hubiéramos parado, nos habrían retenido una hora como mínimo.

—No me han reconocido —comento.

Me detengo en mitad de la acera, del todo sobrecogida.

—No me han reconocido —repito.

Él se detiene a su vez; mi mano no se ha movido de su brazo.

—Es porque no la han visto nunca —me dice—. Yo la reconocería en cualquier circunstancia.

18

EL AGUA EN MOVIMIENTO

Basta haber experimentado una vez que se puede estar ciego a plena luz del día y ver en la oscuridad para plantearse la cuestión de la visión. ¿Por qué vemos? Subiendo al taxi que había pedido Kakuro y pensando en Jacinthe Rosen y en Anne-Hélène Meurisse, que sólo habían visto de mí lo que podían ver (cogida del brazo del señor Ozu, en un mundo de jerarquías), la evidencia de que la mirada es como una mano que buscara capturar el agua en movimiento me golpea con una fuerza insólita. Sí, el ojo percibe pero no escruta, cree pero no inquiere, recibe pero no busca, vaciado de deseo, sin hambre ni cruzada.

Y mientras el taxi se desliza en el crepúsculo incipiente, pienso.

Pienso en Jean Arthens, sus pupilas quemadas iluminadas de camelias.

Pienso en Pierre Arthens, ojo acerado y ceguera de mendigo.

Pienso en esas señoras ávidas, ojos pedigüeños tan fútilmente ciegos.

Pienso en Gégène, órbitas muertas y sin fuerza, que ya sólo ven la caída.

Pienso en Lucien, no apto para la visión porque, a veces, la oscuridad es a fin de cuentas demasiado fuerte.

Pienso incluso en *Neptune*, cuyos ojos son un hocico que no sabe mentirse.

Y me pregunto si yo misma veo bien.

19

CENTELLEA

¿Han visto *Black Rain?*

Porque si no han visto *Black Rain* —o, en su defecto, *Blade Runner*—, les será difícil comprender por qué, al entrar en el restaurante, tengo la sensación de adentrarme en una película de Riddley Scott. En *Blade Runner* hay una escena, en el bar de la mujer serpiente, desde el cual Deckard llama a Rachel por un videófono de pared. También está el bar de alterne de *Black Rain,* con el cabello rubio y la espalda desnuda de Kate Capshaw. Y están esos planos con luz de vidriera y claridad de catedral rodeados por toda la penumbra de los infiernos.

—Me gusta mucho la luz —le digo a Kakuro, sentándome.

Nos han llevado a un reservado tranquilo, bañado en una luz que recuerda a la del sol, rodeada de sombras centelleantes. ¿Cómo puede la sombra centellear? Pues sí, centellea y no hay más que hablar.

—¿Ha visto *Black Rain?* —me pregunta Kakuro.

Nunca hubiera creído que pudiese existir entre dos

seres tal concordancia de gustos y de vericuetos psíquicos.

—Sí —contesto—, doce veces por lo menos.

La atmósfera es brillante, chispeante, distinguida, silenciosa y cristalina. Magnífica.

—Nos vamos a entregar a una orgía de *sushi* —anuncia Kakuro, desplegando su servilleta con un gesto entusiasta—. Espero que no le moleste, pero ya he pedido; quiero hacerle descubrir lo que considero lo mejor de la cocina japonesa en París.

—No me molesta en absoluto —digo, abriendo unos ojos como platos porque los camareros han dejado en la mesa botellas de sake y, en una miríada de adorables cuenquitos, toda una serie de verduritas que parecen marinadas en un qué sé yo qué que debe de estar riquísimo.

Y empezamos. Voy a pescar un pepino marinado, que de pepino y de marinado sólo tiene el aspecto pues, en la lengua, es algo delicioso. Kakuro levanta delicadamente con sus palillos de madera caoba un fragmento de… ¿mandarina?, ¿tomate?, ¿mango?, y lo hace desaparecer con destreza. Yo hurgo al instante en el mismo cuenquito.

Es zanahoria dulce para dioses gourmets.

—¡Feliz cumpleaños! —le deseo, alzando mi vaso de sake.

—¡Gracias, muchas gracias! —me dice, brindando conmigo.

—¿Es pulpo? —pregunto, porque acabo de descubrir un pedacito de tentáculo almenado en un cuenquito de salsa amarillo azafrán.

Traen dos bandejitas de madera gruesa, sin bordes, y sobre éstas, trozos de pescado crudo.

—*Sashimis* —aclara Kakuro—. También aquí encontrará pulpo.

Me sumo en la contemplación de la obra. La belleza visual es tal que corta la respiración. Encajo un pedacito de carne blanca y gris entre mis palillos desmañados (acedías, me precisa amablemente Kakuro) y, decidida a extasiarme, lo pruebo.

¿Por qué buscamos la eternidad en el éter de esencias invisibles? Esta cosita blanquecina es una miga bien tangible de ella.

—Renée —me dice Kakuro—, estoy encantado de celebrar mi cumpleaños en su compañía, pero tengo también un motivo más poderoso para cenar con usted.

Aunque sólo nos conozcamos desde hace un trío de semanas, empiezo a discernir bien los motivos de Kakuro. ¿Francia o Inglaterra? ¿Vermeer o Caravaggio? ¿*Guerra y Paz* o nuestra querida Ana?

Engullo un nuevo y ligerísimo *sashimi* —¿atún?— de tamaño respetable que, en mi humilde opinión, habría reclamado un poco de fraccionamiento.

—La había invitado para celebrar mi cumpleaños, sí, pero entre tanto alguien me ha dado una información muy importante. Por ello ahora tengo algo capital que decirle.

El pedazo de atún absorbe toda mi atención y no me prepara para lo que sigue.

—No es usted su hermana —dice Kakuro, mirándome a los ojos.

20

TRIBUS GAGAUSAS

Señoras.

Señoras que salen una noche a cenar a un restaurante lujoso, invitadas por un adinerado y amable caballero, actúen en todo momento con la misma elegancia. Ya las sorprendan, las irriten o las desconcierten, conserven un mismo refinamiento en la impasibilidad y, ante palabras chocantes, reaccionen con la distinción que tales circunstancias requieren. En lugar de eso, y porque soy una paleta que engulle *sashimis* como si fueran papas fritas, me atraganto espasmódicamente y, sintiendo con espanto alojárseme en la garganta la miga de eternidad, trato de escupirla con la distinción de un gorila. En las mesas más próximas se hace el silencio mientras, tras mil y un eructos y en un último y muy melódico espasmo, logro al fin desalojar a la culpable y, apoderándome de mi servilleta, realojarla *in extremis*.

—¿Debo acaso repetírselo? —pregunta Kakuro, que parece, (¡diablos!), divertirse.

—Yo... cof... cof... —(toso).

El *cof cof* es un responsorio tradicional de la oración fraterna de las tribus gagausas.

—Yo... o sea... cof... cof... —prosigo brillantemente.

Entonces, con la clase de quien se codea con las altas esferas, añado:

—¿*Qu'ha* dicho?

—Se lo diré otra vez para que la cosa le quede bien clara —articula, con esa suerte de paciencia infinita que se tiene con los niños o, más bien, con los cortos de luces—. Renée, no es usted su hermana.

Y, como me quedo ahí, mirándolo como una pazguata, añade:

—Se lo repito una última vez, con la esperanza esta vez de que no se atragante con *sushis* que, dicho sea de paso, cuestan treinta euros la unidad y exigen algo más de delicadeza en la ingestión: no es usted su hermana, podemos ser amigos. E incluso todo lo que queramos.

21

TODAS ESAS TAZAS DE TÉ

Tum tum tum tum tum tum tum
Look, if you had one shot, one opportunity,
To seize everything you ever wanted
One moment
Would you capture it or just let it slip?

Esto es de Eminem. Confieso que, a título de profeta de las elites modernas, a veces lo escucho cuando ya no me es posible ignorar que Dido ha perecido.
Pero sobre todo, gran confusión.
¿Una prueba?
Hela aquí.

Remember me, remember me
But ah! forget my fate
Treinta euros la unidad
Would you capture it
Or just let it slip?

Esto ocurre en mi cabeza y en las mejores familias, por lo que huelga todo comentario. La manera extraña que tienen las melodías de imprimirse en mi cabeza me sorprenderá siempre (sin evocar siquiera a un tal Confutatis, gran amigo de las porteras de vejiga pequeña), y, con un interés marginal y sin embargo sincero, observo que, esta vez, lo que importa es el *medley*.

Y me echo a llorar.

En la Tasca de los Amigos de Puteaux, una comensal que a punto está de ahogarse y se salva por los pelos para a continuación echarse a llorar, con el hocico hundido en la servilleta, constituye un entretenimiento de calidad. Pero aquí, en este templo solar de *sashimis* despachados por unidad, mis excesos tienen el efecto contrario. Una onda de reprobación silenciosa me circunscribe, y heme aquí sollozando y moqueando, obligada a recurrir a una servilleta bien cargadita ya para limpiar los estigmas de mi emoción y tratar de enmascarar lo que la opinión pública reprueba.

Sollozo a más no poder.

Paloma me ha traicionado.

Entonces, arrastrados por esos sollozos, desfilan en mi seno toda una vida de espíritu solitario transcurrida en la clandestinidad, todas esas largas lecturas recluidas, todos esos inviernos de enfermedad, toda esa lluvia de noviembre sobre el bello rostro de Lisette, todas esas camelias de regreso del infierno, encalladas en el musgo del templo, todas esas tazas de té al calor de la amistad, todas esas palabras maravillosas en boca de la maestra, esas naturalezas muertas tan *wabi*, esas esencias eternas iluminando sus reflejos singulares, también esas lluvias de verano que irrumpen en la sorpresa del placer, copos que danzan la melopea del corazón y, en el marco del Japón antiguo, el rostro puro de Paloma. Y lloro, lloro sin poder contenerme, a lágrima viva de felicidad, lágrima cálida y hermosa, mientras a mi alrededor el mundo se sume en el abismo y no deja más sensación que la de la mirada del hombre en cuya compañía me siento alguien y que, cogiéndome con dulzura de la mano, me sonríe con una calidez infinita.

—Gracias —logro murmurar con un hilo de voz.
    —Podemos ser amigos —dice—. E incluso todo lo que queramos.

Remember me, remember me,
And ah! envy my fate

22

LA HIERBA DE LOS PRADOS

Ahora ya sé lo que hay que vivir antes de morir. Bien: se lo puedo decir. Lo que hay que vivir antes de morir es un aguacero que se transforma en luz.

No he dormido en toda la noche. Tras y pese a mis abandonos llenos de gracia, la cena fue maravillosa: sedosa, cómplice, con largos y deliciosos silencios. Cuando Kakuro me acompañó hasta mi puerta, me besó largo rato la mano y nos separamos así, sin una palabra, con una sencilla sonrisa eléctrica.

No he dormido en toda la noche.

¿Y saben por qué?

Por supuesto que lo saben.

Por supuesto, todo el mundo se imagina que, además de todo lo demás, es decir, de una sacudida telúrica que pone patas arriba una existencia súbitamente descongelada, algo ronda por mi cabeza de jovencita romántica quincuagenaria. Y que ese algo se pronuncia: «E incluso todo lo que queramos.»

A las siete, me levanto, con un gesto mecánico, catapultando a mi gato indignado al otro extremo de la cama. Tengo hambre. Tengo hambre en sentido literal (una colosal rebanada de pan sepultada en mantequilla y mermelada de ciruela claudia sólo consigue azuzar mi dantesco apetito) y figurado: siento una frenética impaciencia de saber qué ocurrirá a continuación. Doy vueltas cual tigre enjaulado en mi cocina, acoso a un gato que no me hace ni caso, me meto entre pecho y espalda otra montaña de pan con mantequilla y mermelada, camino de un extremo a otro de la habitación ordenando cosas que no necesitan orden ninguno y me dispongo a un tercer asalto de pan con mantequilla y mermelada.

Y, de golpe, a las ocho, me tranquilizo.

Sin previo aviso, de manera sorprendente, un gran sentimiento de serenidad cae sobre mí como un chaparrón. ¿Qué ha ocurrido? Una mutación. No veo otra explicación; a algunos les crecen branquias; a mí me sobreviene la sabiduría.

Me dejo caer sobre una silla y la vida retoma su curso.

Un curso por lo demás poco o nada apasionante: recuerdo que sigo siendo portera y que a las nueve tengo que estar en la calle Del Bac para comprar limpiador para cobre. «A las nueve» es una precisión fantasiosa. Pero planificando bien mis tareas del día siguiente, me había dicho: «Iré hacia las nueve.» Cojo pues mi carrito de la compra y mi bolso y me voy por el mundo a buscar esa sustancia que saca brillo a los adornos de las casas de los ricos. Fuera hace un maravilloso día de primavera. Desde lejos diviso a Gégène, que se levanta con esfuerzo de sus cartones; me alegro por él por el buen tiempo que se anuncia. Pienso brevemente en el apego del *clochard* por el gran gurú arrogante de la gastronomía, y la idea me hace sonreír; al que es feliz, la lucha de clases se le antoja de pronto secundaria, me digo, sorprendida del bajón en mi conciencia social.

Y entonces ocurre: bruscamente, Gégène se tambalea. Estoy a quince pasos nada más y frunzo el ceño, inquieta. Se tambalea mucho, como sobre el puente de un barco presa del cabeceo, y alcanzo a ver su rostro y su expresión perdida. ¿Qué ocurre?, pregunto en voz alta apretando el paso hacia el necesitado. Por lo general, a estas horas Gégène no está ebrio y, por añadidura, aguanta tan bien el alcohol como una vaca la hierba de los prados. Para colmo de males, la calle está casi desierta; soy la única que ha reparado en el pobre hombre de andares vacilantes. Da unos pasos torpes en dirección a la calzada, se detiene y, cuando apenas me separan dos metros de él, echa a correr de pronto como alma que lleva el diablo.

Y esto es lo que ocurre a continuación.

Esto que, como todo el mundo, habría preferido que no ocurriera jamás.

23

MIS CAMELIAS

Me muero.

Sé con una certeza cercana a la adivinación que me estoy muriendo, que voy a expirar en la calle Del Bac, una bonita mañana de primavera, porque un *clochard* llamado Gégène, aquejado del baile de san Vito, ha trastabillado sobre la calzada desierta sin preocuparse de los hombres ni de Dios.

A decir verdad, tampoco estaba tan desierta la calzada.

He corrido en pos de Gégène abandonando bolso y carrito.

Y me han atropellado.

Sólo al caer al suelo, tras un instante de estupor y de incomprensión total, y antes de que el dolor me hiciera pedazos, he visto lo que me había atropellado. Descanso ahora de espaldas, con unas inmejorables vistas sobre el flanco de la furgoneta de reparto de una tintorería. Ha tratado de evitarme y se ha echado hacia la izquierda, pero demasiado tarde: su ala delantera derecha me ha golpeado de pleno. «Tintorería Malavoin» indica el logo azul sobre el pequeño utilitario blanco. Si pudiera, me reiría. Los caminos de Dios son tan explícitos para quien se molesta en descifrarlos... Pienso en Manuela, que se echará la culpa hasta el final de sus días por esta muerte perpetrada por una tintorería que sólo puede ser el castigo por el doble robo del cual, por su grandísima culpa, he sido a mi vez culpable... Y el dolor me anega; el dolor del cuerpo, un dolor que irradia, que se desborda, logrando la proeza de no estar en ningún sitio concreto y de infiltrarse por todos los lugares donde puedo sentir algo; y el dolor del alma también, porque he pensado en Manuela, a la que voy a dejar sola, a la que no volveré a ver, y porque ello me abre en el corazón una herida lancinante.

Dicen que en el momento de morir uno vuelve a ver toda su vida. Pero ante mis ojos abiertos de par en par que ya no disciernen ni la furgoneta ni a su conductora (la joven empleada del tinte que me había tendido el vestido de lino color ciruela y ahora llora y grita sin preocuparse lo más mínimo del decoro), ni a los transeúntes que han acudido tras el impacto y me hablan mucho sin que nada de lo que dicen tenga sentido, ante mis ojos abiertos de par en par que ya no ven nada de este mundo desfilan rostros queridos y, para cada uno, tengo un pensamiento desgarrador.

En lugar de rostro, en realidad, primero hay un hocico. Sí, mi primer pensamiento es para mi gato, no por ser el más importante de todos sino porque, antes de los verdaderos tormentos y las verdaderas separaciones, necesito quedarme tranquila sobre la suerte de mi compañero con patas. Sonrío para mis adentros pensando en la gran mole obesa que me ha hecho las veces de acompañante durante estos diez últimos años de viudedad y de soledad, una sonrisa algo triste y tierna porque, vista desde la muerte, la proximidad con nuestros animales de compañía ya no parece esa evidencia menor que el día a día vuelve banal; en *León* se han cristalizado diez años de vida, y caigo en la cuenta de hasta qué punto esos gatos ridículos y superfluos que atraviesan nuestras vidas con la placidez y la indiferencia de los imbéciles son los depositarios de los momentos buenos y alegres y de la trama feliz de éstas, incluso bajo el tendal de la desgracia. Hasta siempre, *León*, me digo, despidiéndome de una vida que nunca hubiera creído tan preciada.

Luego pongo mentalmente el destino de mi gato entre las manos de Olimpia Saint-Nice, con el alivio profundo que nace de la certeza de que lo cuidará bien.

Ahora ya puedo afrontar a todos los demás.

Manuela.
Manuela, amiga mía.
En el umbral de la muerte, te tuteo al fin.
¿Recuerdas esas tazas de té en la seda de la amistad? Diez años de té y de llamarnos de usted y, al final del camino, un calor en el pecho y esta gratitud sin límites por quién sabe quién o qué, la vida, quizá, por haber te-

nido la gracia de ser tu amiga. ¿Sabes que mis pensamientos más bellos los he tenido contigo? Tener que morir para ser por fin consciente de ello... Todas esas horas de té, esos largos intervalos de refinamiento, esa gran dama desnuda, sin adornos ni palacios, sin los cuales, Manuela, yo no habría sido más que una portera, mientras que por contagio, porque la aristocracia del corazón es una afección contagiosa, hiciste de mí una mujer capaz de cultivar una amistad... ¿Me habría sido acaso tan fácil transformar mi sed de indigente en placer del Arte y encandilarme con murmullos de hojas, camelias que languidecen y todas esas joyas eternas del siglo, con todas esas perlas preciosas en el movimiento incesante del río, si, semana tras semana, no te hubieras consagrado conmigo, ofreciéndome tu corazón, al sacro ritual del té?

Cuánto te añoro ya... Esta mañana comprendo lo que morir significa: en el momento de desaparecer, quienes mueren para nosotros son los demás pues yo estoy ahí, tumbada sobre la acera algo fría y me trae sin cuidado fallecer; ello no tiene más sentido esta mañana que ayer. Pero ya nunca volveré a ver a los que quiero, y si morir es eso, desde luego es la tragedia que dicen que es.

Manuela, hermana mía, no quiera el destino que yo haya sido para ti lo que fuiste tú para mí: un parapeto de la desgracia, una muralla contra la trivialidad. Continúa y vive, pensando en mí con alegría.

Pero, en mi corazón, no verte nunca más es una tortura infinita.

Y hete ahí, Lucien, en una fotografía que amarillea ya, ante los ojos de mi memoria. Sonríes, silbas. ¿La sentiste tú también así, mi muerte y no la tuya, el final de nuestras miradas mucho antes del terror de sumirte en la oscuridad? ¿Qué queda exactamente de una vida cuando quienes la vivieron juntos hace tiempo que han muerto? Experimento hoy un sentimiento curioso, el de traicionarte; morir es como matarte de verdad. No es suficiente pues que sintamos alejarse a los demás; aún hay que dar muerte a quienes sólo subsisten a través de nosotros. Y sin embargo, sonríes, silbas y, de pronto, yo también sonrío. Lucien... te quise bien, y por ello, quizá, merezca el descanso. Dormiremos en paz en el pequeño cementerio de nuestro pueblo. A lo lejos, se oye el río. En sus aguas se pescan alosas y gobios. Los niños van a jugar a sus orillas, gritando a pleno pulmón. Por la tarde, al ponerse el sol, se oye el ángelus.

Y usted, Kakuro, querido Kakuro, gracias a quien he creído en la posibilidad de una camelia... Si pienso hoy en usted es sólo fugazmente; unas pocas semanas no son la clave de nada; de usted no conozco mucho más que lo que fue para mí: un bienhechor celestial, un bálsamo milagroso contra las certezas del destino. ¿Podía ser de otro modo? Quién sabe... No puedo evitar que esta incertidumbre me encoja el corazón. ¿Y si...? ¿Y si me hubiera hecho reír, hablar y llorar un poco más, lavando de todos estos años la mancha de la falta y devolviéndole a Lisette, en la complicidad de un amor improbable, su honor perdido? Cuán patético... Ahora se pierde usted en la noche, y, en el momento de no verlo nunca más, he de renunciar a conocer jamás la respuesta del destino...

¿Acaso es eso morir? ¿Tan miserable es? ¿Y cuánto tiempo todavía?

Una eternidad, si sigo sin saber.

Paloma, hija mía.

Hacia ti me vuelvo. Hacia ti, la última.

Paloma, hija mía.

No he tenido hijos, porque no lo quiso la suerte. ¿He sufrido por ello? No. Pero de haber tenido una hija, habrías sido tú. Y, con todas mis fuerzas, lanzo una súplica para que tu vida esté a la altura de lo que prometes.

Y después, una iluminación.

Una iluminación de verdad: veo tu hermoso rostro serio y puro, tus gafas de montura rosa y esa manera que tienes de triturarte el bajo del chaleco, de mirar directamente a los ojos y de acariciar al gato como si pudiera hablar. Y me echo a llorar. A llorar de alegría dentro de mí. ¿Qué ven los curiosos inclinados sobre mi cuerpo roto? No lo sé.

Pero, por dentro, luce un sol.

¿Cómo se decide el valor de una vida? Lo que importa, me dijo Paloma un día, no es morir, sino lo que uno hace en el momento en que muere. ¿Qué hacía yo en el momento de morir?, me pregunto con una respuesta ya preparada en el calor de mi corazón.

¿Qué hacía yo?

Había conocido al otro y estaba dispuesta a amar.

Tras cincuenta y cuatro años de desierto afectivo y moral, apenas salpicado por la ternura de un Lucien que no era sino la sombra resignada de mí misma, tras cincuenta y cuatro años de clandestinidad y de triunfos mudos en el interior acolchado de un espíritu solitario, tras cincuenta y cuatro años de odio por un mundo y una casta convertidos por mí en exutorios de mis fútiles frustraciones, tras esos cincuenta y cuatro años de nada, de no conocer a nadie, ni de estar jamás con el otro:

Manuela, siempre.

Pero también Kakuro.

Y Paloma, mi alma gemela.

Mis camelias.

Tomaría gustosa con vosotros una última taza de té.

Entonces, un cocker jovial, con las orejas y la lengua colgando, cruza mi campo de visión. Es una tontería… pero me dan ganas de reír. Hasta siempre, *Neptune*, eres un perro tontorrón pero parece que la muerte nos hace perder un poco los papeles; quizá te dedique a ti mi último pensamiento. Y si eso tiene algún sentido, se me escapa por completo.

Ah, no, mira por dónde.

Una última imagen.

Qué curioso… Ya no veo rostros…

Pronto llegará el verano. Son las siete. Repican las campanas en la iglesia del pueblo. Vuelvo a ver a mi padre con la espalda inclinada, concentrado en el esfuerzo, removiendo la tierra de junio. El sol declina. Mi padre se incorpora, se enjuga la frente con la manga y emprende el regreso al hogar.

Fin de la jornada.

Van a dar las nueve.

En paz, muero.

Última idea profunda

¿Qué hacer
frente al jamás
si no es buscar
el siempre
en unas notas robadas?

Esta mañana la señora Michel ha muerto. La ha atropellado la furgoneta de reparto de una tintorería, cerca de la calle Del Bac. No consigo creer que esté escribiendo estas palabras.

La noticia me la ha dado Kakuro. Al parecer, Paul, su secretario, iba por esa calle justo en ese momento. Ha visto el accidente desde lejos, pero cuando ha llegado era ya demasiado tarde. La señora Michel ha querido socorrer al *clochard,* Gégène, el de la esquina de la calle Del Bac, ese que está como un tonel de gordo. Ha corrido tras él pero no ha visto la furgoneta. Según parece se han tenido que llevar a la conductora al hospital porque le había dado una crisis de nervios.

Kakuro ha llamado a la puerta de casa a eso de las once. Ha pedido verme y entonces me ha cogido la mano y me ha dicho: «No hay modo de evitarte este dolor, Paloma, así que te lo digo tal cual ha ocurrido: Renée ha tenido un accidente hace poco, a eso de las nueve. Un accidente muy grave. Ha muerto.» Lloraba. Me ha apretado la mano muy fuerte. «Dios mío, pero ¿quién es Renée?», ha preguntado mamá, asustada. «La señora Michel», le ha contestado Kakuro. «¡Ah!», ha exclamado mamá, aliviada. Kakuro le ha dado la espalda, asqueado. «Paloma, ahora tengo que ocuparme de un montón de cosas nada agradables, pero nos veremos después, ¿de acuerdo?», me ha dicho. He dicho que sí con la cabeza y yo también le he apretado la mano muy fuerte. Nos hemos hecho un saludito a la japonesa, una rápida inclinación de cabeza. Nos comprendemos. Nos duele tanto a los dos.

Cuando se ha ido, lo único que yo quería era evitar a mamá. Ha abierto la boca, pero yo le he hecho un gesto con la mano, con la palma levantada hacia ella, para decir: «Ni lo intentes.» Ha soltado como un hipido pero no se me ha acercado y ha dejado que me fuera a mi cuarto. Allí me he acurrucado hecha una bola en la cama. Al cabo de media hora, mamá ha llamado suavemente a la puerta. He dicho: «No.» No ha insistido.

Desde entonces, han pasado diez horas. También han pasado muchas cosas en el edificio. Las resumo: Olimpia Saint-Nice se ha precipitado a la portería al enterarse de la noticia (había venido un cerrajero a abrirle la puerta) para llevarse a *León* y lo ha instalado en casa. Pienso que la señora Michel, que Renée... lo habría querido así. Eso me ha aliviado un poco. La señora de Broglie ha dirigido todas las operaciones, bajo el mando supremo de Kakuro. Es curioso, pero la vieja cascarrabias casi me ha resultado simpática. Le ha dicho a mamá, su nueva amiga: «Hacía veintisiete años que estaba aquí. La vamos a echar de menos.» Ha organizado al instante una colecta para las flores y se ha encargado de ponerse en contacto con la familia de Renée. ¿Tendrá familia? No lo sé, pero la señora de Broglie va a investigar.

Lo peor es la señora Lopes. Ha sido también la señora de Broglie quien se ha encargado de darle la noticia, cuando ha venido a las diez a limpiar. Al parecer se ha quedado un momento ahí plantada sin comprender nada, tapándose la boca con la mano. Y luego se ha caído al suelo. Cuando ha vuelto en sí, quince minutos después, sólo ha murmurado: «Perdón, oh, perdón», se ha vuelto a poner el pañuelo y se ha ido a su casa.

Un dolor así te parte el corazón.

¿Y yo? ¿Qué siento yo? Parloteo sobre los pequeños acontecimientos del 7 de la calle Grenelle pero no soy muy valiente que digamos. Me da miedo ir al interior de mí misma y ver qué ocurre allí. También siento vergüenza. Pienso que quería morir para hacer sufrir a Colombe, a mamá y a papá porque todavía yo no había sufrido de verdad. O más bien: sufría pero sin que me hiciera daño de verdad y, por ello, todos mis pequeños proyectos eran lujos de adolescente sin problemas. Racionalizaciones de niña rica que quiere hacerse la interesante.

Pero ahora, y por primera vez, he sentido dolor, tanto dolor. Es como un puñetazo en el estómago, me corta la respiración, tengo el corazón hecho migas y siento retortijones. Un dolor físico insoportable. Me he preguntado si me recuperaría algún día de este dolor. Me dolía tanto que tenía ganas de gritar. Pero no he gritado. Lo que noto ahora que el dolor sigue aquí pero ya no me impide andar o hablar es una sensación de impotencia y de absurdo totales. Entonces, ¿es así? De golpe, ¿todos los posibles se apagan? Una vida llena de proyectos, de conversaciones apenas empezadas, de deseos que ni siquiera se han realizado, ¿se apaga en un segundo y ya no hay más nada, ya no hay nada que hacer, ya no se puede volver atrás?

Por primera vez en mi vida, he sentido el significado de

la palabra *nunca*. Pues bien, es horrible. Pronunciamos esa palabra cien veces al día pero no sabemos lo que decimos antes de habernos enfrentado a un verdadero «nunca más». El caso es que uno siempre tiene la ilusión de que controla lo que ocurre; nada nos parece definitivo. Por mucho que me dijera estas últimas semanas que pronto me iba a suicidar, ¿de verdad lo creía? ¿De verdad me hacía sentir esta decisión el significado de la palabra «nunca»? En absoluto. Me hacía sentir mi poder de decidir. Y pienso que, unos segundos antes de matarme, ese «nunca más» habría seguido siendo una palabra vacía. Pero cuando alguien a quien se quiere muere... entonces de verdad os digo que uno siente lo que significa, y hace mucho, mucho, mucho daño. Es como un castillo de fuegos artificiales que se apagara de golpe y todo quedara negro. Me siento sola, enferma, me duele el corazón y cada movimiento me cuesta esfuerzos titánicos.

Y entonces ha ocurrido algo. Cuesta creerlo por lo triste que es este día. He acompañado a Kakuro a eso de las cinco a la portería de la señora Michel (quiero decir de Renée) porque quería coger algo de ropa suya para llevarla a la morgue del hospital. Ha llamado a nuestra puerta y le ha preguntado a mamá si podía hablar conmigo. Pero yo había adivinado que era él: ya estaba junto a la puerta. Por supuesto, he querido ir con él. Hemos cogido juntos el ascensor, sin hablar. Parecía muy cansado, más cansado que triste; me he dicho: así es como se ve el sufrimiento en los rostros sabios. No se nota demasiado, sólo provoca la impresión de un cansancio enorme. ¿También yo parezco cansada?

Bueno, el caso es que hemos bajado a la portería Kakuro y yo. Pero, al cruzar el patio, nos hemos parado en seco los dos a la vez; alguien se había puesto a tocar el piano y se oía muy bien lo que tocaba. Era algo de Satie, creo, bueno, no estoy segura (pero en todo caso era algo clásico).

Realmente no tengo ninguna idea profunda sobre esto. De hecho, ¿cómo tener una idea profunda cuando un alma gemela descansa en una cámara frigorífica de hospital? Pero sé que nos hemos parado en seco los dos y hemos respirado hondo, dejando que el sol nos calentara la cara y escuchando la música que venía de arriba. «Pienso que a Renée le habría gustado este momento», ha dicho Kakuro. Y nos hemos quedado ahí unos minutos, escuchando la música. Yo estaba de acuerdo con él. Pero ¿por qué?

Pensando en eso esta noche, con el corazón y el estómago hechos papilla, me digo que a fin de cuentas quizá sea eso la vida: mucha desesperación pero también algunos momentos de belleza donde el tiempo ya no es igual. Es como si las notas musicales hicieran una suerte de paréntesis en el tiempo, una suspensión, otro lugar aquí mismo, un siempre en el jamás.

Sí, eso es, un *siempre* en el *jamás*.

No tema, Renée, no me suicidaré y no le prenderé fuego a nada de nada.

Pues, por usted, a partir de ahora buscaré los siempres en los jamases.

La belleza en este mundo.

ÍNDICE

Marx (Preámbulo)

Camelias